Waldemar Augustiny

ELISE UND CHRISTINE

Die beiden Frauen im Leben Friedrich Hebbels

Westholsteinische Verlagsanstalt Boyens & Co.
Heide

ISBN 3-8042-0366-3

Unveränderte Neuauflage der 1971 im Eugen-Salzer-Verlag erschienenen Ausgabe

Umschlagentwurf Jürgen Meyer
Herstellung: Westholsteinische Verlagsdruckerei Boyens & Co., Heide
Printed in Germany

DER DAMPFER ODER, WIE MAN DAMALS SAGTE, DER VAPEUR, der den Liniendienst nach Triest versah, schickte schon zum zweitenmal den Ruf seiner Sirene über die Dächer von Ancona. Aber die Matrosen, die griffbereit an den Haltetauen standen, rührten sich nicht. Ein Passagier hatte durch Boten melden lassen, er sei von Rom infolge Radbruchs mit fünf Stunden Verspätung eingetroffen und warte jetzt auf dem Paßamt.

Weder der Kapitän mitsamt seiner Mannschaft noch die Passagiere, die bei der milden Luft auf dem Deck lagerten oder sich im Salon Kaffee servieren ließen, glaubten der Geschichte mit dem Radbruch. Dagegen Schwierigkeiten auf dem Paßamt, die gab es in diesem unruhigen Jahr 1845 alle Tage.

Jedermann wußte und sprach davon mit vorgehaltener Hand: Verschwörer gingen im Lande um. Risorgimento – Erhebung – war die Devise. Italien, nach dem Ausspruch Metternichs nicht mehr als ein geographischer Begriff, sollte nicht länger ein Haufen machtloser Kleinstaaten bleiben, von denen einer nur, das Königreich Sardinien, als Nationalstaat gelten konnte. Die Lombardei mit Venedig gehörte zu Österreich, Habsburger Nebenlinien regierten in Toscana und Modena, Franzosen in Neapel und Sizilien, der Kirchenstaat besaß das fette Mittelstück, dazu die Capitale, das alte Rom. Fuori di Barbari – Befreiung von den Ausländern –, Einheit für ganz Italien! Die Verschwörer arbeiteten zusammen mit gleichgesinnten Gruppen in Deutschland, Polen und Frankreich. Die Polen, deren Aufstand im Jahr

1840 blutig zusammengebrochen war, besaßen in ganz Europa Sympathie; wo immer Demonstrationen veranstaltet wurden, zeigte man neben den Nationalfarben auch die polnische Fahne, den weißen Adler auf rotem Grund.
Die Verschwörer bedrohten das Staatengefüge, das der Wiener Kongreß mühsam ausgeklügelt hatte, und die Polizei, Hüter der bestehenden Ordnung, sah sich die Pässe von Reisenden dreimal an, ehe sie ihren Stempel aufdrückte. Vielleicht gehörte der Fremde, auf den der Dampfer wartete, zu einer Verschwörergruppe und war am Ende einer der Führer, nach denen gefahndet wurde; ihre Namen wurden im Volk mit Schauder oder Bewunderung genannt: Mazzoni, Giobert, Balba, Cavour.
Endlich – zum drittenmal heulte die Sirene – tauchte der Mann auf. Mit fliegenden Rockschößen eilte er über den Hafenplatz, stolperte das Fallreep hinauf, stand einen Augenblick schwer atmend und hüstelnd da und verschwand, eine lange, spindeldünne Gestalt, im Salon. Der Kapitän und mit ihm die Besatzung und die Passagiere waren enttäuscht. Die Kleidung des Mannes war schäbig, sein Koffer, mit einem Strick verschnürt, hielt nur notdürftig zusammen. So trat kein Mann des Risorgimento auf, denn zu ihm bekannten sich vornehmlich begüterte Bürger und Angehörige des Adels. Am Ende gehörte er der Bewegung der Sozialisten an, die das Gefüge der Gesellschaft umwälzen wollten und dabei vor Aufruhr, Fürstenmord und anderen grausigen Dingen nicht zurückschreckten. Die ersten Fanale waren die Aufstände der Lyoner Seidenspinner, der schlesischen Weber, der Eisenarbeiter in Manchester gewesen, nicht zu vergessen die Bombenanschläge in Rußland.
Im Salon saßen Kaufleute aus verschiedener Herren Länder, von denen einer sich rühmte, vierundzwanzigmal diese Route gefahren zu sein; niemals habe Anfang November das

Adriatische Meer so spiegelglatt dagelegen. Man sah Herren, die man ihrer distinguierten Erscheinung halber für Diplomaten halten konnte, und nahe dem Büfett unterhielten sich, lebhaft gestikulierend, drei Polen, die auch hier liebevolle Aufmerksamkeit erregten. An einem kleinen, noch unbesetzten Tisch nahm der verspätet gekommene Passagier Platz. Offenbar um den Kellner zu ignorieren, schnürte er seinen Koffer auf, entnahm ihm ein Buch, ein Diarium, und begann mit nervöser Hand darin zu blättern.

Der Inhalt des Tagebuchs war alles andere als revolutionär. Da und dort standen Abrechnungen über Einnahmen und Ausgaben, und die Einnahmen erwiesen sich meist als Darlehen. Es folgten Klagen, beispielsweise darüber, daß in Neapel der Kaffee einen halben Skudi mehr kostete als in Rom – so rechnete kein Mann, der politische Grenzen versetzen oder die Gesellschaft aus den Angeln heben wollte. Die Gemütsstimmung, die sich in diesem Diarium spiegelte, war meist gedrückt. »Wie es mir geht? Wie meiner Hose.« Nun, die Hose befand sich, wie der Augenschein bewies, in elendem Zustand.

Der Text war deutsch geschrieben. Gehörte der Verfasser zu jenen Schwärmern, die, kaum mit Bargeld versehen, über die Alpen nach Süden wanderten, nur um Reste des Altertums zu bestaunen, derentwegen ein richtiger Italiener nicht den Hals drehte? Auch das traf nicht zu, wie aus jener Bemerkung hervorging: »Ebenso wenig hat die antiquarische Seite der Stadt Rom einen Reiz für mich; ich kann mir den Göttertempel aus dem Steinhaufen, der noch von ihm übrig blieb, nicht wieder zusammensetzen, und es ist mir völlig gleichgültig, ob er so hoch war, wie man sagt, oder nicht ...«

Wer ist dieser Mann? Welchen Beruf übt er aus? Was treibt ihn, mit schmaler Kasse und abgewetztem Zeug quer durch

Europa zu reisen? Hier steht zu lesen: »Ich gedenke, Campe einen neuen Band Gedichte anzubieten.« Ein Dichter demnach, der den Mond und die Geliebte besingt? Die hohe, weiße Stirn, die großen, sanften Augen sprächen dafür. Aber ein paar Zeilen zurückgeblättert stehen die Worte, die auf andere, hochgespanntere Ziele hinweisen: »Ich denke in einem einzigen großen Gedicht, dessen Held nicht mehr dieses oder jenes Individuum, sondern die ganze Menschheit ist, den Grundstein zu einem ganz neuen, bis jetzt noch nicht dagewesenen Drama zu legen.« Nun gleitet der Finger über einen Entsetzen erregenden Satz: »Ich möchte mich nie an einem Menschen rächen, der mir Übels tut, wohl aber an Gott, der solche Menschen geschaffen hat. Buchstäblich wahr.«

Was für ein Mensch spricht sich hier aus? Sicher kein politischer Verschwörer, wohl aber ein Empörer, der, auf sich allein gestellt, den Kampf mit dem Universum, mit Gott aufnimmt, mithin ein Narr oder, vielleicht, ein Genie.

Der Kontrolleur betritt den Salon. Der erste, den er sich aufs Korn nimmt, ist der Passagier, der im letzten Augenblick den Dampfer noch erreicht hat. Dieser zeigt eine Karte zweiter Klasse vor und ist füglich aus dem Salon zu verweisen. Aber der Kontrolleur kommt einige Minuten zu spät. Gerade hat ein Mann aus der Gesellschaft der Polen sich an den Tisch begeben, er stellt sich als Professor in Triest vor und beginnt – in tadellosem Deutsch – eine Bitte vorzutragen. Seine Freunde und er selber würden sich freuen... der Herr sei ihnen bereits in Neapel aufgefallen... also, seine Tischrunde würde es als eine Ehre betrachten, wenn...

Der Kontrolleur unterbricht, der Professor jedoch steckt ihm eine Banknote zu, und nun begeben sich beide, der polnische Professor, der in Triest lehrt, und der aus Deutschland stammende Fremde zu dem Tisch der Polen. Man stellt sich

vor. Der eine ist Arzt in Krakau, der andere Gutsbesitzer in Galizien und wird mit dem Grafentitel angeredet.
Der Deutsche nennt seinen Namen: »Friedrich Hebbel«; er fügt hinzu: »Doktor der Philosophie« und errötet, denn das Diplom ist bis jetzt nicht bezahlt und liegt noch in Erlangen.
Der Professor fragt, ob der Herr auch ein Gelehrter, mithin sein Kollege sei.
Hebbel erwidert: »Ich übe kein Amt aus. Der Mensch soll diejenige Kraft in sich entfalten, die er als bedeutendste erkennt.«
»Sehr beachtlich!« meint der Professor, und was sei seine, des Herrn Doktors, eigentliche Begabung?
»Die poetische.«
Die Polen stehen feierlich auf. Sie preisen die deutschen Dichter, die ihre Freundschaft mit Polen bezeugt haben. Heinrich Heine, zum Beispiel, ob er den großen Dichter Heinrich Heine kenne.
»Vor wenigen Monaten erst habe ich in Paris von ihm Abschied genommen.«
Er hat ihn gesehen! Der Professor ruft den Kellner. »Eine Flasche Frascati!« Und er fragt – mit Verlaub –, ob der Herr Doktor bereits gefrühstückt habe.
Hebbel bejaht, errötet jedoch von neuem, als habe er eine Lüge gesprochen. Der Professor bestellt Brot und Käse. Auch Kaffee? Hebbel nickt hastig.
Heine! Der Graf zitiert: »Trommle die Leute aus dem Schlaf ...«, und der Arzt fällt ein: »Marschiere trommelnd immer voran, das ist die ganze Wissenschaft.«
Während Hebbel sich von dem goldbraunen Brotlaib eine Scheibe schneidet, den ersten Bissen Käse in den Mund schiebt, fragt der Professor seine Freunde, ob sie wüßten, was Heine über Polen geschrieben habe. Als sie verneinen,

nennt er das Jahr, in dem Heines Aufsatz über Polen erschienen ist, 1822, und beginnt – fast wörtlich, wie er hinzufügt – zu zitieren: »Das Todeszucken des polnischen Volkskörpers ist ein entsetzlicher Anblick. Aber alle Völker Europas und der ganzen Erde werden den gleichen Todeskampf überstehen müssen, damit aus dem Tode das Leben, aus der Nationalität die Fraternität, die Menschenverbrüderung hervorgehe. Ist das groß gedacht?«

Groß zwar, doch nicht polnisch gedacht, erwidert der Graf, denn Polen liege keineswegs in der Agonie. Und sollte es wirklich sterben, werde ihm, bei der Mutter Gottes, eine Auferstehung beschert sein.

Der Professor weicht aus und will mehr über Heine wissen.

Hebbel, mit Brot, Wein und Käse beschäftigt, läßt sich Zeit.

»Er lag fiebernd im Bett, als ich das letztemal bei ihm war.«

Der große Dichter krank!

Ob der Herr Doktor sich erinnere, was Heine zuletzt gesagt habe?

»Er bat mich, meine Hand auf seine Stirn zu legen.«

Und was sei dann geschehen?

»Er empfand diesen Akt als Segen, wie er mir sagte. Mir erging es auch so.«

Schweigen. Der Professor hebt sein Glas. Sie trinken auf die Gesundheit des kranken Dichters.

Ob der Herr Doktor Börne noch gekannt habe, will der Professor wissen.

»Börne? Ja. Er hat für die Freiheit der Unterdrückten auf die persönliche Freiheit verzichtet. Sein Tod hat mich schmerzlich bewegt.«

Hebbel schlürft, die Augen schließend, seinen Kaffee.

Am Ende sei der Herr Doktor auch ein politischer Dichter?

»Nein. Der politische Schriftsteller wirft Fackeln in die Arena. Seine Parolen heißen nationale Einheit, Volksver-

tretung, Kontrolle der Regierung durch das Volk. Der Dichter, ich meine jetzt den dramatischen, ich meine mich selbst, hat andere Aufgaben zu erfüllen.«
»Und diese wären?« fragt der Professor.
»Die dramatische Kunst soll den welthistorischen Prozeß erhellen, der in unseren Tagen vor sich geht und die politischen, religiösen, sittlichen Institutionen in Frage stellt. Insofern soll sie zeitgemäß sein. In diesem Sinne wirft auch sie Fackeln in die Arena. Ich versuche in meinen Tragödien zu zeigen, was an den Institutionen alt und krank ist.«
»Schön. Aber, bitte, die Menschen! Sie als Dichter verfassen keine politischen Programme, Sie stellen Menschen dar.«
»Meine Menschen leiden an ihrer morschen Umwelt, ob sie an sie gefesselt sind und sie verteidigen oder ob sie sich empören und an ihr zugrunde gehen. So betrachtet, ist die Tragödie das Gewissen der Menschheit.«
Der Professor wiederholt »das Gewissen der Menschheit« und macht sich Notizen. Der Arzt und der Graf dagegen scheinen mehr von Hebbels äußerer Erscheinung gefesselt zu werden. Seine Wangen bekommen Farbe, die eben noch sanften Augen blitzen, der Oberkörper schaukelt in rhythmischen Bewegungen.
Der Professor nimmt den Faden wieder auf. »Den Dichter, so habe ich Sie verstanden, beschäftigt der gegenwärtige Zustand der Welt.«
»Er lastet auf mir, als ob ich allein unter ihm zu leiden hätte. Daher lege ich seine Fundamente bloß, damit die Welt erkennt, daß Überlebtes, Morschgewordenes beseitigt und daß auf festen Fundamenten neu gebaut werden muß. Mit einem Wort: ich will am Wagen der Menschheit Vorspanndienste leisten.«
»Das Drama erhellt gewissermaßen die Weltentwicklung?«
»Das kann es nicht. Die Tragödie, wie ich sie verstehe, kann

die Welt nicht deuten, sie wohl aber in ihrer Unbegreiflichkeit bewußt machen. Denn dies ist die Situation des Menschen: mitten unter den ungeheuren Kräften, die ihn umbrausen, steht er allein und mit verbundenen Augen; er fühlt das erlösende Wort auf den Lippen, ohne es aussprechen zu können.« Hebbel zitiert aus einem seiner Gedichte: »Die Form der Welt bricht in sich selbst zusammen, und dämmernd tritt die neue aus dem Nichts.«

Der Professor notiert sich die Verse und will weiterfragen, der Arzt und der Graf jedoch haben genug von theoretischen Auseinandersetzungen, sie bestellen Flaschen, füllen wieder und wieder die Gläser; beide wollen nun auch zu Wort kommen. Der Arzt zitiert Worte, die Hebbel eben gesprochen hat: »Der Mensch steht allein, mit verbundenen Augen ...« Und: »Die neue Form tritt dämmernd aus dem Nichts.« Der Graf gebärdet sich, als sei seinem Leben erst durch diese Stunde Gehalt geschenkt worden. »Habe ich meine Zeit verschlafen?«

Der Professor will dem Gespräch wieder eine ernsthafte Wendung geben. »Darf ich erfahren, verehrter Herr Doktor, verzeihen Sie meine Unwissenheit, in welchen Ihrer Dramen diese Anschauungen deutlich werden?«

Hebbel zählt auf: ›Judith‹, ›Genoveva‹, ›Maria Magdalena‹, ›Diamant‹.

Ob er die Ehre gehabt habe, seine Stücke aufgeführt zu sehen.

O ja. Im königlichen Hoftheater Berlin, in Hamburg, Leipzig und auf kleineren Bühnen. Die Stücke seien auch gedruckt worden, bei Hoffmann und Campe in Hamburg; dort sei außerdem ein Gedichtband von ihm erschienen.

Die drei Polen blicken einander an. Also hat ihr Instinkt sie nicht betrogen! Bedeutende Bühnen haben dem Dichter seinen Rang bestätigt.

Der Graf erhebt sein Glas. »Wie könnten wir genug danken, daß ein Großer des Geistes an unserem Tisch sitzt? Verfügen Sie über uns! Besuchen Sie mich! Bewegen Sie sich auf meinen Gütern, als wären sie Ihr Eigentum! Lassen Sie uns, mit Verlaub, Brüderschaft trinken!«
Hebbel blickt erstaunt um sich. Derselbe Mann, der trotz intensiver Arbeit nie aus der bitteren Not herausgekommen ist, der in den letzten Jahren manche Woche kein warmes Essen zu sich genommen hat, der diese Reise einem Stipendium des dänischen Königs verdankt und nun, da die Summe aufgezehrt ist, mit geliehenem Geld die Rückreise antritt über Wien nach Berlin, wo ihn Erfolg oder neues Elend erwartet, dieser durch sein Unglück und seine Armut gehemmte, linkische Mann hat das Gefühl: nun tritt es ein, das Wunder, auf das er jahrelang gewartet hat, das Wunder, anerkannt, geliebt, gefeiert zu werden, der Sorgen enthoben zu sein, endlich in Freiheit arbeiten zu können – großer Gott, wenn diese Reise die Erfüllung brächte!
Seine Zunge löste sich. Seine Gedanken, in einsamen Zimmern erdacht, in Tagebüchern und Briefen niedergeschrieben, brechen hervor wie gestautes, nun befreites Wasser sprudelnd, sich überstürzend. Während fleißig Flaschen geleert werden, während die Gläser, die Bruderschaft immer neu bestätigend, zusammenklingen, poltern in hartem norddeutschem Akzent Sätze heraus, die den Polen fremd, nicht immer verständlich, gelegentlich wie Ketzerei vorkommen, aber sie nehmen sie hin als neu, kühn und groß.
Der Professor ringt sich die Frage ab: Ob der Herr Doktor – bitte schön, er möge entschuldigen – nicht gelegentlich Widersprüche geäußert habe oder, bescheidener ausgedrückt, widersprüchlich erscheinende Gedanken.
Widersprüche! Hebbels Schläfenadern beginnen zu schwellen. »Erfährt sich der Mensch nicht als ein Bündel von Wi-

dersprüchen? Steht er nicht dem vollkommenen Widerspruch aller Dinge gegenüber?« In seiner Stimme klingt Zorn auf. »Das Mysterium des Widerspruchs ist die letzte Urtatsache, die der Mensch nicht erklären kann, die er in Tun und Leiden bewußt zu ertragen hat. Gott selbst, sobald er in das Reich der Erscheinungen tritt, ist dem Widerspruch unterworfen.«

Verstehen ihn die Polen? Sie trinken, sie umarmen einander, umarmen auch ihren bewunderten Gast. Sie sprechen kaum. Ihre Augen hängen an ihm, und sein Geist entzündet sich an ihrer Begeisterung.

So gehen die Stunden hin. Der Dampfer zerschneidet die ruhige Fläche des Adriatischen Meeres. Einmal heult die Schiffssirene auf. Ein Matrose ruft in den Salon hinein, daß in Kürze Venedig angelaufen wird. Die Passagiere begeben sich an Deck. Auch die Polen und ihr Gast klettern, ein wenig schwankend, die Treppe hinauf. Da erhebt sich vor rauchigem Abendhimmel die Silhouette der Handelsstadt, Kuppeln und Türme in durchsichtigen Farben. Der Hafenplatz gewinnt Kontur. Der Dampfer legt an. Körbe mit Melonen und Artischocken werden ausgeladen, Fässer und Kisten übernommen. Passagiere verlassen das Schiff, andere trippeln über das Fallreep an Deck. Der Dampfer nimmt seine Fahrt wieder auf.

Die Polen und mit ihnen Hebbel kehren zu ihrem Platz im Salon zurück. Jetzt soll gegessen werden, was das Buffet bietet. Jetzt wollen die Polen richtig trinken, Champagner, den besten aus den Kellern Frankreichs. Nach so viel dankbar genossener Belehrung verlangt die Natur ihr Recht. Sie schwatzen und erzählen miteinander, gegeneinander in deutscher, französischer, italienischer Sprache. Hebbel, nicht sonderlich sprachbegabt, versteht, was ihm polnisch gesagt wird, und meint sogar, auf polnisch zu antworten.

Die babylonische Sprachverwirrung ist aufgehoben durch die Bruderschaft des Geistes.
Gegen Mitternacht sinken allmählich die Köpfe, die Zunge will nicht mehr gehorchen, der Professor beginnt als erster zu schnarchen. Ein Diener bringt Decken. Einer nach dem andern streckt sich auf dem Sofa aus und wird warm eingehüllt.
Hebbel steht auf. Er hat mehr getrunken, als er vertragen kann, doch schlafen? In seinem Kopf flattern die Gedanken wie Elmsfeuer. Taumelnd, hüstelnd tastet er die Treppen hinauf. Die Nachtluft erquickt und ernüchtert ihn so weit, daß ihm die Begegnung mit den Polen als Traum erscheint, der bereits erloschen ist. Freundschaft, so stürmisch angeboten, kann nicht Bestand haben. Wer hat mir die Treue gehalten, zehn Jahre lang, seit ich zweiundzwanzigjährig, viel zu spät, mich losriß von zu Hause, von dem elenden Marktflecken Wesselburen und dem kümmerlichen Broterwerb als Kirchspielschreiber? Wer hat an mich geglaubt, mein Selbstvertrauen gestärkt, mich ernährt, für mich gearbeitet (peinlich, daran zu denken), wer war mein Halt zehn schreckliche Jahre lang? Ein einziger Mensch, eine Frau, Elise Lensing.
Männerfreundschaften? Es gab Leute von Rang und Stand, die mir wohlwollend, herablassend ihre Anerkennung bezeigten. Gleichaltrige? Sie kamen und gingen wie die Zugvögel im Herbst. Das Weihnachtsfest in Rom mit den dänischen und holsteinischen Künstlern zusammen, da war es ähnlich gewesen wie heute. Maler Gurlitt hatte mich mitgenommen. Wir speisten, mit Weinlaub bekränzt, in einem Saal, dessen dunkle Wände mit Kreidezeichnungen, Porträts bedeutender Künstler, bedeckt waren. Von unbekannter Hand wurde mir eine Feder geschenkt und dazu der reizende Sinnspruch: »Wohl bin ich stumm, aber gebraucht

von dir, sprech ich zu ewigen Zeiten.« Es wurden Toaste gesprochen, und immer war von Ewigkeit die Rede, auch von der Ewigkeit der Freundschaft. Wer ist geblieben von diesen Freunden? Einer, vielleicht, Gurlitt.
Nein, die Polen sind ihrer Natur nach überschwenglich. Ihre Gelübde, im Augenblick ehrlich gemeint und im Augenblick auch glaubwürdig, kennen keine Dauer. Vielleicht werden sie mir in Wien helfen, das wäre möglich. Sie haben Verbindung zu hohen und höchsten Gesellschaftskreisen.
Freundschaften zu Männern? Einmal, ja, habe ich sie erfahren: Emil Rousseau, Kommilitone in Heidelberg und München, aber mit zweiundzwanzig Jahren wurde er mir entrissen. Wie denn? Ein so reicher, erst eben sich entfaltender Geist, jetzt dahingerafft, vielleicht in anderer Gestalt weiterlebend? Die Nachricht schlug mich zu Boden. Denn es war meine Überzeugung und ist es noch heute: Kein Mensch verläßt die Erde, solange sie ihn in bezug auf Geist und Herz noch verändern kann. Der Tod hat nur Gewalt über das Gewordene, nicht über das Werdende. Emil Rousseau! Du warst ein vollkommener Freund, nur eins fehlte deiner Hingabe: Widerstand. Ich aber brauche den Widerstand.
Elise! Ich bin dir alles, meinen äußeren und meinen inneren Menschen, meine Existenz in der Welt und in der Kunst, schuldig geworden. Du warst zu mir, nein, du bist, ganz abgesehen von dem, was du für mich tatest, mein Schutzengel. Niemals hätte ich, ohne dich zu kennen, meine ›Genoveva‹ schreiben können. Aber auch dir fehlt die Kraft zum Widerstand.
Der Herbstwind wehte mild, dennoch begann Hebbel zu husten. Ach, immer diese Anfälligkeit! Er stellte sich in den Windschatten des Maschinenhauses. Die Wände vibrierten vom Stampfen der Kolben. Die Nacht war ruhig, klar, der

Mond, von dünnem Nebel verschleiert, gab ein schwaches Licht. Die Sterne schienen herabgefallen zu sein: da und dort glommen auf dem Wasser einzelne Lichtpunkte. Sie kamen näher. Schatten von Segeln wurden sichtbar. Eine Fischerflotte suchte mit Lampen ihre Beute. Der einzelne Schiffer mit seinem Licht in der grenzenlosen Nacht: Sinnbild des Menschen in der Leere der Welt. Aber horch, sie riefen einander, sie sangen: immer sucht der Mensch in seiner Einsamkeit den anderen. Jetzt rauschte ganz nahe am Dampfer ein Boot vorüber, der Schiffer schrie hinauf, der Kapitän auf der Brücke rief zurück.

Hebbel spürte, daß er nicht allein stand. Ein Mann hatte sich neben ihn gestellt, ein Mönch, ein Deutscher. Er bot Feigen an und erzählte von der arabischen Grammatik, die er geschrieben hatte, und von seiner Missionstätigkeit. Ein frommer Mann, ein guter Mann, nur schade, daß Hebbel ihm nicht folgen konnte. Gebete, ja, welcher Mensch kann leben, ohne zu beten? Aber über den Unerforschlichen Aussagen zu machen, wie es die Kirche tut? Der Gott, wie ihn der Christ sich denkt, paßt so vortrefflich in die große, krause Weltmaschine wie eine Welle in die Windmühle. Aber eben weil sie so erstaunlich gut paßt, möchte ich einen solchen Gott bezweifeln.

Dieser Mönch jedoch war ein frommer, ein guter Mann. Er sagte: »Lieber Freund, sehen Sie einmal geradeaus! Ein wenig rechts vom Schiffsmast – erkennen Sie das aufblitzende und wieder verlöschende Licht? Es ist das Leuchtfeuer von Triest. Nehmen Sie es als ein gutes Zeichen! Alles kann uns zum Zeichen werden, daß wir von einem höheren Willen geführt werden.«

Ein guter Mann, dieser Mönch! Ich will ihn und seine Worte als Zeichen nehmen, daß mein Leben endlich sich ins Große wendet.

Wider Hebbels Erwartung erwies sich die Freundschaft der Polen als beständig. In Triest baten sie ihn, er möge sich als ihr Gast betrachten, und sie bezogen ein elegantes Hotel, von dem der Besitzer allerlei Rühmenswertes zu berichten wußte, zum Beispiel: In diesem Haus sei ein Deutscher, ein berühmter Deutscher, der Herr Professor Winckelmann, ermordet worden. Worauf der Graf erwiderte: Heute nehme ein noch bedeutenderer Gast Quartier, der Dichter Dr. Friedrich Hebbel, und der hoffe, lebend wieder herauszukommen.

Der in Triest wohnende Professor gab ein Abschiedsfest, bei dem es wieder hoch herging mit Getränken, Speisen und Tischreden. Am Abend bestiegen dann der Graf, der Krakauer Arzt und Hebbel, alle ein bißchen verkatert, die Postkutsche. Hebbel hustete, seine Brustschmerzen meldeten sich wieder – wann war er je frei von Schmerzen gewesen? Dabei zählte er nicht mehr als zweiunddreißig Jahre, sieben Monate und zwei Wochen.

In der Nacht hielt der Wagen vor einem matt erhellten Zollhaus. Grenzsoldaten forderten die Pässe, durchsuchten den Wagen und die Gepäckstücke, während die Reisenden im eisigen Wind auf der Strecke warten mußten. War das der Empfang im Vaterland? Addio, bella Italia! Hebbel zitierte aus seinem Drama ›Moloch‹, das ihn ständig beschäftigte und nie vollendet wurde: »O welch ein Land! Aus ewigen Nebeln quält die matte Sonne mühsam sich hervor und sieht so Schreckliches, daß sie's verdrießt, die Nacht verscheucht zu haben, die es barg.«

Während der Weiterfahrt dachte er: Elise! Sie ist die einzige, die mich ertragen hat, denn ich bin ein Ungeheuer, ein Menschenfresser. In Wien wird kein Brief von ihr auf der Post liegen, ich bin ja selbst neugierig auf meine Adresse. Wie sehr brauche ich eine Schulter, an die ich mein Haupt lehnen kann. Aber warum bin ich von Rom nicht direkt in den Norden und nach Hamburg gereist? Warum der Umweg über Wien und Berlin? Ich liebe, ich verehre dich fast wie ein himmlisches Wesen. Ich neige mich vor deinem Bilde – aber eben vor deinem Bilde, wenn ich es, fern von dir, heraufbeschwöre. O dieser Widerspruch, selbst in der Seele des Menschen! Ich habe Talent, vielleicht Genie, aber alles, was sich in meinem Geiste vorbereitet, würde erstikken, wenn ich zurückkehrte.
Woher – denn an mehr ist nicht zu denken – nur so viel Brot nehmen, wie der Bettler braucht? Handwerksschriftsteller kann ich nicht werden, selbst wenn ich es wollte. Ich lebe von den Gulden, die Gurlitt, der treue, mir geliehen hat. Vielleicht öffnen sich mir in Wien die Theater, sonst werde ich es in Berlin versuchen, wo immerhin die ›Judith‹ viermal gegeben wurde. Wenn aber alles fehlschlägt? Niemand kann die Rechtslage klären: Wenn einer sich erhungert, nicht aus Widerwillen gegen die Speise, sondern weil er keine hat und weil er so wenig stehlen und rauben wie den Bettler machen mag: ist er dann ein Selbstmörder? Diese Frage ist nicht unwichtig für einen Mann von Genie, der leicht in eine solche Situation geraten kann. O Elise! Ich habe mein Talent auf Kosten des Menschen genährt, und was in meinen Dramen als aufflammende Leidenschaft Leben und Gestalt erzeugt, das ist in meinem Dasein eine böse, unheilgärende Flamme, die mich selbst und meine Teuersten verzehrt.
Am nächsten Tag erreichte der Postwagen Grätz. Da Hebbel fieberte, riet der Arzt, hier zu übernachten. Hebbel je-

doch bestand darauf, daß sie, wie verabredet, den Nachtzug nach Wien nahmen. So mieteten die Polen ein Coupé, betteten den Kranken auf eine Bank und wachten bei ihm. Hebbel, in Decken gehüllt, mit Medikamenten versehen, lag mit geschlossenen Augen da. Seine Lippen bewegten sich. Die Polen vernahmen dann und wann ein geflüstertes Wort und jetzt ganz deutlich, fast wie einen Schrei, das Wort Brand. »Es ist das Fieber«, meinte der Graf, und der Arzt nickte.

Hebbel sieht den Brand Hamburgs vom Jahr 1842. Der Turm von St.Petri neigt sich und stürzt. Ein Feuerregen wälzt sich über die Dächer. Weithin hallender Donner: das Rathaus wird gesprengt. Die Keller mit Weinen, Arrak, Sprit explodieren, brennende Lohe ergießt sich über die Fleete und Kanäle. Die Brücken knistern. Ein Weltuntergang? Warum nicht jetzt? Wenn die Erde erst wankt, wenn die Sterne taumeln, wird der Mensch feststehen.

Ich sehe nicht mehr das mir bekannte Hamburg, sondern den Untergang Karthagos. Für den ›Moloch‹ bietet mir der Brand einen gewaltigen Hintergrund. Artillerie schießt ganze Straßenzüge zusammen. Dragoner und Infanterie jagen die Plünderer, die in der allgemeinen Not an nichts anderes denken, als einen kleinen, erbärmlichen Vorteil zu erhaschen. Aber – bin ich besser als die Plünderer, wenn ich den Untergang dieser Stadt für mein Drama nütze? Gehöre ich nicht auch zu den Leuten, die an einem alles verzehrenden Feuer ihre Äpfelchen braten?

Der Graf flüsterte: »Wenn unsereiner fiebert, wird das Gehirn blöde. Das Genie, scheint es, wird von gewaltigen Visionen gepeinigt.«

»Still!« Der Arzt legte seinen Zeigefinger auf die Lippen. »Das Fieber sinkt. Das Bewußtsein kehrt zurück.«

Hebbel schlug die Augen auf. Er dachte: Wie viele Pläne

bedrängen mich – welche werde ich vollenden? Die Zukunft lastet auf mir, als wäre die lange Ewigkeit nur eine einzige ungeheure Säule von finsteren Tagen und Nächten, die auf mich drückt. Ach, Elise!

Am frühen Morgen erreichten sie Wien. Hebbel fühlte sich matt, doch vom Fieber befreit. Die Polen setzten ihn in einen Fiaker und fuhren zu ihrer Wohnung, die der Graf in Wien unterhielt, suchten dann ein Zimmer für ihren erlauchten Gast, fanden es gegen Abend und schafften Hebbels Koffer herbei. Nun saß er allein, immer noch von Husten, Brustschmerzen und Schnupfen gequält, auf dem Stuhl. Ihn fror. Die Wirtin hatte gefragt, ob sie heizen solle. Er hatte gedankt; er sei unempfindlich gegen Kälte.

In den folgenden Tagen ging er ein wenig spazieren, freute sich an den imposanten Architekturen, dem großstädtischen Verkehr, genoß die Aussicht von der Bastei und fühlte sich an Rom erinnert. Er besuchte gelegentlich ein Café und saß einsam und fremd, von manchem Stammgast mit Verwunderung betrachtet, bei einer Tasse Kaffee und blätterte in Zeitungen. Mittags begnügte er sich, wie er es oft in Paris und Rom getan hatte, mit trockenen Brötchen.

Am fünften Tag raffte er sich auf, den ersten Brief an Elise zu schreiben. Er zögerte mit der Anrede. Wie hatte er in früheren Jahren, ja noch in Rom, begonnen? »Meine teuerste Elise!« – »Meine allerteuerste Elise!« Er hatte nicht gelogen. Es blieb dabei: sie hatte ihn vom Abgrund zurückgerissen und ihn jahrelang, bis zur Selbstaufopferung, gehalten. Aber jetzt, wenn er nach Hamburg zurückkehrte, wenn er einwilligte in ihr verständliches Verlangen zu heiraten, dann täte sich ein neuer Abgrund auf, der ihn endgültig vernichtete. Mich ekelt vor den Zwirnsfäden, die nach der bürgerlichen Ordnung Widerstrebendes binden sollen. Ich bin im Weltall verwurzelt und nicht in einem Topf. Er überlegte nicht länger mehr und schrieb: »Liebe Elise!« Der Brief berichtete von der Ankunft in Wien, nannte die neue Adresse und sollte nun die Reise von Rom her schildern, gelangte jedoch nur bis zur Ankunft in Ancona, so sehr erschöpfte ihn das Schreiben. Er schloß nüchtern: »Lebe wohl! Dein Friedrich Hebbel.«

Trotz seines schlechten Befindens beschloß er, Besuche zu machen. Kann der Mensch erwarten, das Glück komme ihm entgegen, wenn er sich nicht selbst bemüht? Er besann sich auf einen Namen, Deinhardt, der Direktor oder Intendant des Hoftheaters gewesen und im Adreßbuch als Hofrat verzeichnet war. Dieser Mann hatte mindestens vier Rezensionen über ihn gebracht und seine Stücke über den grünen Klee gelobt – er würde ihm am Ende auch den Weg zur Bühne ebnen.

Mit klopfendem Herzen (o diese ihm seit der Jugend anhaftende Verlegenheit!) stieg er die Stufen hinauf, läutete, und was begab sich? Kaum hatte die mit einem Häubchen gezierte Zofe ihm die Karte abgenommen, da kam ihm ein kleingewachsener Herr mit ausgebreiteten Armen entgegen.

»Herr Dr. Hebbel? So etwas. Die große Hoffnung des deutschen Theaters! Grüß Sie Gott.«

Schon saßen sie zu dritt am Tisch, das Ehepaar Deinhardt und er, und von neuem konnte er Lobeshymnen hören.

»Dreihundertzweiundsechzig Tage danke ich Gott, daß ich nicht mehr Theaterdirektor bin, aber drei Tage wünsche ich, es noch zu sein, nur um ›Judith‹, ›Genoveva‹ und ›Maria Magdalena‹ aufführen zu lassen! Aber ...«

Dieses Aber mit gerolltem R ließ Hebbel frieren.

»Aber ich bin überzeugt, daß Ihre Stücke nach zwanzig Jahren auf allen deutschen Bühnen so populär sein werden, wie es je Stücke gewesen sind, denn wie weit lassen sie an dramatischer Kraft und Poesie alle anderen hinter sich zurück. Ich weiß, daß Ihre ›Genoveva‹ auf dem hiesigen Theater eine gewaltige Wirkung haben würde. Aber ...« Wieder dieses entsetzliche Aber! »Mit wem wollen Sie anknüpfen? Graf Dietrichstein, der Intendant, ist ein ausgemachter Schwachkopf, sein Ratgeber, Baron Münch, Sie kennen ihn unter dem Pseudonym Friedrich Halm, ist zwar ein Verehrer Ihrer Kunst, redet jedoch dem Intendanten nach dem Mund, der Dramaturg Franz Edler von Holbein, gutwillig, aber schwach, die Schauspieler, die für Sie schwärmen, sind nicht Direktoren ... Kurz, warten Sie einige Monate, die Verhältnisse werden sich ändern, dann schreiben Sie mir, ich werde Ihre Sache führen wie meine eigene.«

Hebbel bekam noch Empfehlungen mit, an Grillparzer zum Beispiel, an Halm, einige Bände der ›Wiener Jahrbücher‹ wurden ihm auf seine Bitten unter den Arm geschoben, dann stand er draußen und wußte nicht, ob er einen Schritt weitergekommen war.

Jetzt zu Grillparzer? Im übrigen Reich galt er als ein Mann etwa vom Range Schillers, hier in Wien jedoch schien er kaum eine Rolle zu spielen. Die Presse berichtete nichts über ihn, auf den Theaterzetteln fehlte sein Name. So war es wahrscheinlich, daß er sich, wie Deinhardt behauptete, in einen Schmollwinkel zurückgezogen hatte. Hebbel kannte ihn nur von seiner ›Ahnfrau‹ her, einem Stück, das er ihm nicht recht verzeihen konnte. Dennoch war Grillparzer ein Dichter, turmhoch über den Possenreißern, die, soweit er sah, das Wiener Theater beherrschten. Vielleicht würde Halm ihn freundlicher empfangen? Der hatte sich mit Schauspielen, ein bißchen Schiller, ein bißchen Pariser Boulevardtheater, die Herzen des Wiener Publikums erobert; seine letzte Komödie, ›König und Bauer‹, hatte Hebbel gestern erst im Burgtheater gesehen und als fade empfunden. Immerhin, mit einem erfolgreichen Mann ließ sich besser umgehen, und so ging er in die kaiserliche Bibliothek, an der Halm das Amt eines Kustos bekleidete, traf ihn aber nicht an. Also doch zu Grillparzer!

Eine charmante Frau öffnete ihm die Tür. War sie Kati Fröhlich, die ›ewige Braut‹, mit der Grillparzer, wie es hieß, zusammenlebte? Sie komplimentierte den Herrn Dr. Hebbel in den Salon und öffnete nach einer kleinen Weile die Tür zu einem Kabinett, in dem Hebbel zunächst nur Bücher wahrnahm, Bücher an den Wänden, auf Tischen und Stühlen. Dann erhob sich aus einem Wust von Papieren, Broschüren, Lederbänden ein Mann. Hebbel war überrascht. Die kühne Stirn, die gebogene Nase, die ausgehöhlten Wangen erinnerten ihn an die Maske Schillers, die er von Abbildungen her kannte. Die Augen dagegen, die tief eingekerbten Sprechfalten, die heruntergezogene Unterlippe zeugten von Müdigkeit, Resignation, vielleicht Menschenverachtung, Eigenschaften, die Schiller ganz und gar nicht besessen hatte.

Da sich Hebbel nichts von ihm erhoffte, gab er sich freier als anfänglich bei Deinhardt und bekam den Eindruck, diesen Mann mit dem ersten Händedruck bereits für sich gewonnen zu haben. Jedenfalls öffnete Grillparzer dem Gast aus dem Norden mit erstaunlicher Offenheit sein Herz. Das Wiener Theater: der Intendant sei unfähig und ohne eigenes Urteil, die Presse korrumpiert durch die Zensur. Diese, die Zensur, sei das eigentliche Grundübel. Es gab ein Bücherrevisionsamt ... Grillparzer wiederholte gedehnt dieses Wortungetüm – dort stapelten sich zurückgehaltene Druckschriften. Von den Maßnahmen dieses Amts profitierten die Buchhändler, die unter dem Ladentisch verbotene Bücher bereithielten und mit Aufschlag verkauften. Die Höhe der Korruption: gerade in den Kreisen der Aristokratie und der hohen Beamtenschaft unterhielt man sich freimütig über die

literarische Produktion, die auf dem Index der Behörde stand. Fürst Metternich zum Beispiel, der Kanzler, zitierte mit Vorliebe Heinrich Heine, der im österreichischen Teil der Monarchie verboten war. Er kokettierte offen damit, daß er die neuesten Gedichte Heines auswendig kannte.
Was man gegen die Zensur ausrichten könne?
Er selber, Grillparzer, habe im März dieses Jahres zusammen mit Halm und Feuchtersleben und anderen eine Petition an Herzog Ludwig gerichtet, denn dieser, nicht der völlig untaugliche Kaiser Ferdinand, übte die Regierungsgewalt aus. Was dabei herausgekommen sei? Der Herzog habe die Petition stillschweigend ad acta gelegt. Spräche man mit einem hohen Polizeibeamten oder einem Minister, dann bekomme man zu hören: Was wollen Sie denn, Verehrtester? Die Wünsche der Liberalen stimmen mit den Absichten der Vernünftigen in der Hauptsache überein, und kommt die Zeit, wird man auch Rat finden.
So sehe es aus, seufzte Grillparzer, und mit einer Aufrichtigkeit, die den Gast fast erschreckte, fügte er hinzu: Fürst Metternich, die Regierung, die kaiserliche Beamtenschaft ließen sich von ›Lumpen‹ beraten. Das reaktionäre Regiment bediene sich übrigens geradezu teuflischer Methoden. Man gab den Literaten Posten mit auskömmlichem Gehalt und Pensionsberechtigung. Als Zensor war, man sollte es nicht glauben, ein einflußreicher Feuilletonist tätig.
»Eigentlich hat jeder nennenswerte Literat seinen Posten. Nehmen Sie Bauernfeld, er schreibt Salonstücke, ganz unterhaltsame Sachen, und was ist er nebenher? Sekretär bei der Hofkammer und seit diesem Jahr auch noch Konzipist bei der Lotterie. Und Halm, der Baron Münch, Sie müssen ihn aufsuchen, er hat Einfluß beim Theater, Halm ist Regierungsrat und Kustos bei der Hofbibliothek. Ich selbst ...«, wieder ächzte und seufzte Grillparzer, »bin Archivdirektor.

Ich weiß, was es heißt, Amt, Gehalt und Pensionsansprüche aufzugeben. Als ich mit dem Minister über diese unerträgliche Situation sprach, was, meinen Sie, bekam ich zu hören? Ein Literat ohne Amt, das gibt's in Wien doch nicht; das wäre ja ein Hund ohne Halsband, und das verstieße gegen die Polizeivorschrift. – Aber nun zu Ihnen, lieber Freund! Sie möchten Ihre ›Judith‹ hier aufgeführt sehen. Es handelt sich um einen biblischen Stoff. Wissen Sie, was die Zensoren sagen werden? Dergleichen gehört in die Kirche und nicht auf die Bühne. Sie tun hier in Wien wunder wie kirchlich, die hohen Herren, dabei geben sie sich im Umgang zynisch wie nur je ein Jakobiner. Der Baron Zedlitz, Sie werden ihn nicht mehr erleben, er ist kürzlich gestorben, dieser wackre Baron wurde vor seinem Tode gefragt, ob er die Sakramente gereicht haben wolle. Und was antwortete dieser Christ? ›Nun, sterben hat noch jeder müssen, also wird's mich auch nicht umbringen.‹ Solche Geschichten könnte ich Ihnen dutzendweise erzählen. Ihre ›Judith‹ also ...«

Hebbel warf ein, die Judith der Bibel habe er gar nicht gebrauchen können. Das Faktum, daß ein verschlagenes Weib einem Helden den Kopf abschlüge, finde er abscheulich. »In meiner Tragödie verläßt Judith zwar auf Geheiß Gottes ihre Sippe, aber der Mord geschieht aus einer ganz persönlichen Entscheidung, aus Rache für ihre geschändete Weiblichkeit. Diese von mir beabsichtigte Verwirrung der Motive ...«

»Um so schlimmer, lieber Freund. Ein biblischer Stoff, anders als die Bibel ihn erzählt, ist doppelt unmöglich. Sie werden in Wien kein Glück haben, sowenig wie ich, obwohl ich hier geboren bin. Sie sehen, was diese scheußliche Atmosphäre aus mir gemacht hat.«

Hebbel nickte zustimmend, behielt aber für sich, was er dachte, und schrieb am Abend an Elise: »Grillparzer darf einen Teil seines Leidens der beklommenen Atmosphäre, in der er atmet, zuschreiben, er zieht aber aus ihr auch wieder seinen Trost, denn er kann, wie es so mancher andere tut, sich einbilden, daß sein Holunderstrauch in besserem Boden eine Palme geworden wäre.«

Am nächsten Tag traf er Halm in der Bibliothek. Der erste Eindruck: ein Kanzleigesicht. Der zweite: ein hochgebildeter und ebenso liebenswürdiger Mann, aber Liebenswürdigkeit war offenbar eine Nationaltugend in Österreich. Er sagte Hebbel viel Schmeichelhaftes, sog seine Lobsprüche auch nicht aus der Luft, vielmehr zitierte er aus ›Judith‹, aus ›Maria Magdalena‹ und sogar aus den theoretischen Schriften, bedauerte jedoch, bedauerte unendlich, dem norddeutschen Dichter keine Aussichten in Wien machen zu können. »Sie werden gespielt werden, wann, kann ich nicht prophezeien, aber auf allen deutschen Bühnen, sogar hier bei uns. Nur jetzt, in naher Zukunft? Sie kennen den Intendanten, Graf Dietrichstein, nicht? Gehen Sie hin, ein kurzer Besuch genügt, um Sie von Ihren Chancen zu überzeugen. Einen geistig so stumpfen Menschen werden Sie bisher kaum gesehen haben.«

Hebbel, im Lauf des Gesprächs ernüchtert, freute sich, Halm schlagfertig erwidern zu können: »Am Jüngsten Tage werden alle Stühle gerückt und die Plätze anders besetzt. Aber ein Narr, der darauf wartet.«

Nach diesem Besuch gab er auf. »Ich habe eine Schlacht verloren, aber nicht an Götter, sondern an Lumpen«, schrieb er an Elise.

Den Besuch beim Intendanten machte er trotzdem, aber mehr, weil er sich eine Komödie versprach, und in der Tat wurde es eine Komödie.

Ein niederer Beamter bat ihn mit kühler Höflichkeit in ein Vorzimmer, fragte ihn nach Namen, Stand und Zweck des Besuches. Dann mußte er warten, auf die Minute dreiviertel

Stunden. Endlich öffnete sich die Tür – nicht etwa zu Seiner Exzellenz, dem Herrn Intendanten, sondern zu einem weiteren Vorzimmer, und hier wiederholte sich derselbe Vorgang. »Bitte schön: in welcher Angelegenheit? Der Name? Herr Dr. Hebbel? Einen Moment!« Der Moment dauerte zweiundzwanzig Minuten. In einem dritten Vorzimmer ging es unwahrscheinlich rapide zu. Nach kaum sieben Minuten öffnete ein Diener eine Flügeltür. Ein großer Raum, ein Saal tat sich auf, prunkvoll ausgestattet mit Teppichen, Ölbildern, der Bronzestatue einer Tänzerin. Am Schreibtisch ein hagerer, leicht angegrauter, aristokratisch wirkender Herr.

Hebbel mußte an den Empfang beim dänischen König denken, als er vor drei Jahren um ein Reisestipendium nachsuchte. Ein General übernimmt die Anmeldung, kommt nach kurzer Zeit zurück: »Seine Majestät lassen bitten.« Ein kleines, fast schmuckloses Zimmer, in der Mitte, stehend, in Uniform mit Degen, der König. Er begrüßt durch Handschlag den Bittsteller, von dem er weiß, daß er ein Dichter ist.

Hier, im Hoftheater, nahm die Audienz folgenden Verlauf: Der Intendant lud mit eleganter Handbewegung seinen Gast ein, in einem Sessel Platz zu nehmen. Hebbel setzte sich. Dann klagte der Intendant, auf seinen mit Schriftstücken überladenen Schreibtisch weisend, wie sehr seine Kräfte, seine Nerven überlastet seien: der Spielplan, Aufregungen mit dem Personal, die Verwaltung, der Schriftwechsel mit dem Ministerium, es nehme kein Ende. Schließlich schien er sich darauf zu besinnen, daß der Besucher wohl in eigener Angelegenheit gekommen sei, und sagte: Hebbel? Der Name sei ihm nie begegnet, auch von seinem Schaffen habe er nichts gehört, partout nichts.

Hebbel, gereizt, antwortete, daß dies nicht seine Schuld sei.

Nun, so möge er denn erzählen, was er geschrieben habe. Dramen vermutlich, denn warum anders habe er um einen Empfang beim Intendanten des Hoftheaters nachgesucht. Also, wenn er die Güte haben wolle ...
Hebbel dachte: Soll ich wie ein Tuchhändler meine Ware anpreisen? Er nannte ohne Erklärung den Titel ›Judith‹.
Sehr interessant! Doch nicht die Judith aus dem Alten Testament? Also ein biblischer Stoff. In diesem Punkte seien Seine Katholische Majestät und sei auch der Hof sehr empfindlich.
»Biblische Stoffe kann ich unmöglich bringen, verstehen Sie, unmöglich. Aber haben Sie denn nichts geschrieben, was dem Leben, der Gegenwart, entnommen ist?«
»›Maria Magdalena‹.«
»Ah! Also nicht die aus dem Neuen Testament? Ich verstehe. Ein Salonstück?«
»Ein bürgerliches Trauerspiel.«
»Etwas Ähnliches wie ›Kabale und Liebe‹? Hoffentlich ohne das schockierende Motiv der außerehelichen Schwangerschaft.«
»Meine Maria Magdalena, ein junges Mädchen, Haustochter, ist bereits vor Beginn der Handlung schwanger. Sie machen ein entsetztes Gesicht, Exzellenz? Aber Sie spielen ›Kabale und Liebe‹, und Sie spielen den ›Faust‹, in dem das holde Gretchen verführt wird, warum nicht ...«
»Bester, Verehrtester! Einem toten Dichter, will sagen einem Klassiker, läßt das Publikum manches durchgehen. Vom zeitgenössischen Dramatiker dagegen erwartet man anderes als Verführung, Schwangerschaft, Kindesmord, Wahnsinn und ähnliche schreckliche Dinge.«
»Meine Maria Magdalena springt in den Brunnen und bringt sozusagen zwei um, das Kind und sich selbst.«
Der Intendant verbarg sein Gesicht in den Händen. Dann, nach einer Weile des Schweigens: »Was in aller Welt treibt

die jungen Dichter, so furchtbare Dinge darzustellen, anstatt Versöhnung, Erbauung oder Auflösung in Heiterkeit zu bieten?«

»Ich habe zeigen wollen, daß die Tragödie, in ihrem höchsten Sinne verstanden, nicht nur unter Göttern und Heroen, unter Marschällen oder gelehrten Herren möglich ist, daß sie sich auch unter einfachem Volk und innerhalb einfacher Verhältnisse in unwiderstehlichem Zwang vollzieht.«

»Einfaches Volk – glauben Sie nicht, daß ich da voreingenommen bin. In unserer Monarchie sind die einfachen Menschen oft die treuesten Untertanen.«

»Meine Tragödie ›Maria Magdalena‹ zeigt die Verhältnisse in einer Kleinstadt. Auch die nämlich haben teil am Weltprozeß. Als die kleinen Gemeinschaften sich bildeten, boten sie mit ihren Sitten und ihrer Moral, ihren Gesetzen und Einsichten den Bürgern Schutz, am Ende aber entarteten sie in mörderischen Zwang. Das ist die heutige Situation. Die falsch verstandene bürgerliche Moral erstickt die Menschlichkeit. Der Vater verstößt seine Tochter. Der Liebende läßt von der Geliebten, weil sie von einem anderen schwanger ist, und schleudert ihr ins Gesicht: ›Darüber kommt kein Mann hinweg.‹ Selbst das Walten Gottes wird in dieser erstarrten Welt unsichtbar. ›Gott im Himmel, ich würde mich erbarmen, wenn ich Du wäre und Du ich‹, sagt meine von allen verlassene Heldin.«

Der Intendant wollte unterbrechen, Hebbel jedoch redete wie im Fieber weiter.

»Die menschliche Gesellschaft unterliegt denselben Gesetzen wie die Natur. Die Pflanze wächst und bildet einen Kern als das verdichtete Resultat des Lebensprozesses. Dieser Kern ist so gut wie tot, er ist aus dem Lebenskreislauf ausgeschieden, er muß in Fäulnis übergehen und einen neuen Keim hervorbringen, der nun wieder am Lebensstrom teilnimmt. So

steht es um das Gemeinwesen: die alte bürgerliche Moral ist geschrumpft zum Kern, sie befindet sich im Zustand der Fäulnis, sie muß, damit die Menschen nicht an ihr zerbrechen, zugrunde gehen und den Keim einer neuen Ordnung aus sich heraustreiben.«
»Genug! Genug!« rief der Intendant. »Sie meinen also, aber das ist ja nicht faßbar ... Sie wollen sagen, daß unsere Gesellschaft verfault ist? Das klingt ja nach Revolution. Sie sind ein revolutionärer Schriftsteller. Solche Triaden, das muß Ihnen gesagt werden, machen den Ohren der Wiener Gesellschaft Schmerzen.«
Der Intendant sprach weiter, Hebbel jedoch hörte nicht mehr zu. Er dachte an die Audienz beim dänischen König, die so großartig einfach verlaufen war.
Der König: »Wie steht's? Was haben Sie auf dem Herzen?« – »Ich wage es, Eurer Majestät ein Gesuch um ein Reisestipendium zu überreichen.« – »Es wird sich machen lassen. Nur im Augenblick kann ich Ihnen keinen Bescheid geben.« – »Das ist auch nicht nötig. Ich bleibe den Winter über hier.« – »Es handelt sich darum, wie lange Ihnen das Stipendium bewilligt werden kann.« – »Wenn ich nur einige Jahre weiter bin, werde ich ganz anders dastehen.« – »Dann haben Sie Namen und Ruf. Daß Sie die Voraussetzungen dafür, nämlich Genie besitzen, das weiß ich.« – »Nur zwei, drei Jahre, und ich werde von meinen Arbeiten leben können.« – »Schön! Ich werde Sie gern unterstützen.«
Der Intendant schien seine Rede beendet zu haben. Hebbel, um einer förmlichen Verabschiedung zuvorzukommen, stand auf, verneigte sich und ging.
Am nächsten Mittag hörte er durch Baron Münch, der Intendant habe getobt und habe seinen Vorzimmerbeamten befohlen, den ›roten Dichter‹ auf keinen Fall, unter keinen Umständen, wieder vorzulassen.

Nunmehr verzichtete Hebbel auf weitere Besuche. Dass er vergeblich auf Gegenbesuche von Deinhardt und Halm wartete, nahm er als Bestätigung dafür, daß Wien kein Boden für ihn sei. Er machte, seiner Gesundheit wegen, Spaziergänge in den öffentlichen Gärten, besuchte weiterhin sein am Glacis gelegenes Café, wo er sich hinter Zeitungen versteckte, im übrigen zog er sich auf sein ungeheiztes Zimmer zurück und ernährte sich von Kaffee und trockenen Brötchen, was er vor seiner Wirtin ängstlich verbarg. Er las viel, so einen Roman von der Sand, Thier's ›Histoire du Consulat et de l'Empire‹ und Grillparzers ›Ottokar‹. Als er die ersten beiden Akte dieses Stückes gelesen hatte, schämte er sich, es jetzt erst kennenzulernen. Der weitere Fortgang dagegen enttäuschte ihn, vor allem der fünfte Akt. »Ich begreife Geister dieser Art nicht. Bei mir tritt am Schluß erst die ganze Kraft in Erscheinung.«

Plötzlich begann ihn eine neue Tragödie, die ›Julia‹, zu beschäftigen. Die Fabel hatte er als Souvenir aus Italien mitgebracht. Durch Zeitungsnotizen war er auf das Brigantentum in den Abruzzen aufmerksam geworden, jene Räuberbanden, die, auf sich selbst gestellt, außerhalb der bürgerlichen Ordnung lebten. Er glaubte, mit dem neuen Stoff die ›Maria Magdalena‹ fortsetzen zu können. Hatte er hier die zermalmende Gewalt der kleinbürgerlichen Moral dargestellt, an der die Menschen wehrlos zugrunde gehen, so wollte er in der ›Julia‹ die von der Gesellschaft Ausgestoßenen in ihrer Hölle zeigen, die den Einzelnen zu radikaler Maßlosigkeit entfesselte. Seine Absicht formulierte er so:

»Die wankende Gesellschaft sitzt bei einer wohlbestellten Tafel; ich lege den Totenkopf auf den Tisch und mahne ans Ende. Ihr wollt von dem Ende nichts wissen, ihr wollt von dem Gebäude, in dem ihr jubelt und zecht, lieber während des Rausches erschlagen werden, als seine morsch gewordenen Pfeiler durch neue zu ersetzen.«

Denn er selber lebte wie ein Ausgestoßener in dieser eleganten, leichtlebigen Stadt, die Feste feierte auf einem Parkett, das bereits von künftigen Revolutionen bebte. Aus seiner Seele war gesprochen, was Julia, die außerhalb der geordneten Gesellschaft Geborene, dem Räuberhauptmann Antonio zuruft: »Wehe der Welt, in der das möglich ist«, und auch die Antwort Antonios: »Wehe dem Menschen, den es trifft.«

Fast täglich schrieb er Briefe an Elise, und er zählte die Tage, wann er frühestens eine Antwort erwarten könne. Der Stil der Briefe wurde inniger. Sie begannen wie früher »Teuerste Elise« und endeten: »Ewig Dein ...« Sie berichteten die großen und kleinen Ereignisse dieser Tage. »Meine Briefe an Dich sind mein Tagebuch.« Die vergeblichen Bemühungen, an den Bühnen Fuß zu fassen, die nahezu vollständige Vereinsamung in der großen Stadt: »Mein Untergang scheint beschlossen.« Ein Lichtblick, die Arbeit an der ›Julia‹: »Dieses Stück wird wieder in Form und Gestalt etwas ganz Neues, was niemand erwarten, wofür also auch niemand ein Maß mitbringen wird. Wenn wie bisher bei mir Akt nach Akt, so wird hier Szene nach Szene eine Katastrophe bringen.« Das ewige Rechnen, ob er sich dieses oder jenes leisten könne: »Eine Tasse Kaffee kostet hier fünf Schilling nach Hamburger Geld, ein kleines Brot einen Schilling, für die Wohnung muß ich neun Gulden zahlen und sogar für das Öffnen der Tür zur Nachtzeit zwei Schilling.« Sein schlechter Gesundheitszustand: »Von meiner Erkältung bin ich noch immer nicht wieder hergestellt, ein seltsamer Husten will gar nicht weichen, und der Schnupfen hört auch nicht wieder auf. Kein Wunder, da ich mir nicht einheizen lasse.« Seine wechselnde Lebensstimmung spiegelte sich im Ton. Er war bald trotzig-tapfer: »Jede Schlacht will ich bestehen, nur das Gespenst der Not muß mir nicht zu nahe kommen, das vernichtet mich.« Bald klang der Ton verzagt: »Das hätte ich nie gedacht, daß ich noch in meinem dreiunddreißigsten Jahr nicht soweit sein würde wie der lausigste Handlungsdiener! Nun, im Sarge liegen wir alle nackt.« Gelegentlich wurde der Ton sarkastisch: »Ich entdecke vielleicht morgen die Kunst, aus Kartoffeln Gold zu machen.«

Dringend, als hinge sein Leben davon ab, bat er um Antwort. »Wie lange verzögert sich Dein Brief! Ich muß abreisen, wenn ich nicht noch für einen Monat das Logis behalten will, und Du läßt mich warten!«

So ging der November hin. Daß er Wien verlassen müsse, war für Hebbel beschlossene Sache. Worauf wartete er noch?

War es wirklich der Brief Elises?

Inzwischen schienen sich seine Lebensverhältnisse aufzuhellen. Das ›Morgenblatt‹ meldete die Ankunft des Dichters und brachte in drei Fortsetzungen einen Aufsatz über die bisher erschienenen Werke. Ein belletristisches Blatt zeigte an, daß die ›Judith‹ nach Berlin nunmehr in Oldenburg, Gotha und Königsberg aufgeführt werde. Die ›Kölnische Zeitung‹, auch in Wien beachtet, kritisierte die verschwenderischen Opernaufführungen und fuhr fort: »Was tut man für einen Mann wie Friedrich Hebbel? Was tut man, um ihn in die Lage zu versetzen, wo er sich klären und läutern kann? Nichts! Und doch liegt mehr Kunst und Poesie, mehr Ewiges und Unvergängliches in einem seiner Dramen als in den gesamten Berliner Opern.« Buchhändler begannen seine Bücher ins Schaufenster zu legen. Hebbel selbst war zumute, als wären er und seine Werke über Nacht in aller Leute Munde. Poeten sprachen ihn im Café an und äußerten ihre Freude, daß ein Dichter aus dem deutschen Norden diese durch die Zensur geknebelte Stadt aufgesucht habe. Schauspieler luden ihn ein. Einer von ihnen beteuerte, daß er nichts sehnlicher wünsche, als den Holofernes in der ›Judith‹ zu spielen, ein anderer, daß er gern den Meister Anton aus der ›Maria Magdalena‹ verkörpern möchte, nur waren beide leider keine Direktoren.

Eine der beiden Tragödinnen am Burgtheater, Julie Rettich, lud ihn in ihren Salon. Hebbel, in seinem schlechtsitzenden Rock mit den zu kurzen Ärmeln, sollte einer Gesellschaft aus Aristokraten und Künstlern irgend etwas nach seiner Wahl lesen.

Er überwand seine Verlegenheit und hatte mitgebracht: seine Komödie ›Der Diamant‹. Dieses Stück, 1841 abgeschlossen, 1845 in Neapel endgültig überarbeitet, hielt er noch immer für die »beste und sicher die eigenartigste seiner Produktionen«. Hier, glaubte er, war die schwere und der Komödie allein würdige Aufgabe gelöst worden: was auf der Bühne geschah, bedeutete für die Personen des Stückes bitterer Ernst, aber dieser Ernst löste sich für den Zuschauer, der von oben her die Verwicklungen durchschaute, in Schein auf und erweckte Heiterkeit. Er war überzeugt, im Salon der Julie Rettich Erfolg zu haben. Allein er las in seinem vom dithmarscher Dialekt gefärbten Deutsch, dem die Wiener nur mit Mühe folgen konnten, und wer war schon geneigt, im Salon einer Schauspielerin sich anzustrengen? Als sich am Schluß der Lesung niemand zu Wort meldete, hielt er das Schweigen für Zeichen der Ergriffenheit, und die Dankesworte der Gastgeberin nahm er für bare Münze. Es ent-

ging ihm, daß die Handlung der Komödie ganz und gar nicht dem Geschmack der Anwesenden entsprach. Denn was hatte er dieser mondänen Gesellschaft zugemutet?
Ein herumstreunender Soldat legt sich in der Hütte eines Bauern zum Sterben und hinterläßt diesem einen Diamanten. Ein jüdischer Händler versucht vergeblich, den Stein zu erwerben, entwendet ihn schließlich und macht sich davon. Aber schon gibt der König des Landes bekannt, daß der Diamant aus dem Besitz der Prinzessin gestohlen und daß demjenigen eine Belohnung sicher sei, der ihn wiederbringe, eine schöne Belohnung, eine ganze Million. Was tut da der Händler? Um ganz sicherzugehen, verschluckt er den Diamanten. In dem Wahn, daß er nun Besitzer des Kleinods sei, wird er selber zum Besitztum, um den bald Bauer, Richter, endlich der Gefängnisaufseher sich streiten, denn er gilt als Verpackung eines Millionenschatzes. Schon geht man daran, kurzen Prozeß zu machen, das heißt, des kostbaren Inhalts wegen dem Manne den Bauch aufzuschneiden. Aber da hilft die Natur. Der Händler verschwindet hinter einem Busch, und der Stein kommt zum Vorschein. Er gelangt wieder in die Hände des Bauern, der liefert ihn am Hof ab, bekommt seine Million, und alles ist gut.
Man brauchte nicht der Wiener Gesellschaft anzugehören, um diese Handlung und ihre Auflösung schockant zu finden. Die Gastgeberin sprach es aus: Wieder kam dieses wienerische Aber, das Hebbel haßte. Aber die Gebüschszene, auf dem Theater, coram publico! Dergleichen sei doch unmöglich. Hebbel erwiderte, das sei nur die Prüderie des neunzehnten Jahrhunderts, worauf sie antwortete: »In Wien brauchen wir ein Jahrhundert, bis wir diese Prüderie überwinden.« Ein Herr, Angehöriger des Uradels, was er durch Haltung und Gestik betonte, wies auf die Charakterzeichnung hin, deren Lebendigkeit ihn an niederländische Bau-

ernbilder erinnert habe, und ein anderer Herr meinte, in Norddeutschland werde das Stück einen riesigen Erfolg haben, in Wien dagegen ...

In der Debatte brillierte Hebbel mit immer neuen Einfällen, und obwohl er wußte, daß er seinem Ziel, Wiens Theater zu erobern, nicht nähergekommen war, genoß er das Hochgefühl, Mittelpunkt eines erlesenen Kreises zu sein. In sein Zimmer zurückgekehrt, berichtete er Elise von dem großen Abend im Salon seiner »Freundin Julie Rettich«.

Als er aber am nächsten Morgen zum Spiegel schlich, erblickte er blasse, eingefallene Wangen, entzündete Augen – das Gesicht eines Spielers, der bei zu hohen Einsätzen verloren hatte und dem nichts blieb, als die Karten auf den Tisch zu werfen.

Die Wirtin brachte ihm die Post. Nachricht von Elise? Nein. Der Brief war in Wien aufgegeben worden, und den Namen des Absenders konnte er nicht entziffern.

Sein Husten meldete sich wieder. Ihn fror, weil er nicht heizen lassen konnte. Ein Bettler mit ein wenig Ausdauer hätte es weitergebracht.

Elise! Was würde ich geben für ein einziges Wort des Trostes!

Wenn es dir schlecht geht, nicht wahr, dann jammerst du nach Elise.

Wer sprach da? Doch nicht das Bild, das ihn aus dem Spiegel anstarrte?

Hast du jemals daran gedacht, daß sie, die arme Frau, auch einmal deine Stütze brauchte?

Sie ist die einzige, mit der ich alle meine Gedanken, meine Erfolge und meine Niederlagen teile.

Du willst mich nicht verstehen. Zweimal hat sie dir einen Knaben geboren. Den ältesten, Max, hat sie beerdigen müssen. Du aber hast ihr nicht einmal deinen Namen gegeben

und sie durch Heirat vor dem Gerede der Nachbarn geschützt.
Mir ist, das weiß sie, eine Gewissensehe heiliger als die von Behörden registrierte und von Priestern sanktionierte Heirat.
Sei doch ehrlich gegen dich selbst! Sie war dir gut genug, ihr Vermögen für dich zu opfern, dich zu kleiden, dir Unterschlupf zu gewähren. Aber sie war dir als Frau nicht schön genug, zu alt auch, so hast du sie ausgenutzt.
Sie war mein Schutzengel – sagt das nicht genug?
Du hast sie ausgenutzt, obwohl du weißt, daß der Mensch nie den Mitmenschen als Mittel benutzen darf. Erinnerst du dich an dein Gedicht – nun, ich will es zitieren: »Hab Achtung vor dem Menschenbild und denke, daß, wie auch verborgen, darin für irgendeinen Morgen der Keim zu allem Höchsten schwillt!«
Genug jetzt! Hätte ich eine Pistole griffbereit, ich würde meinem Spiegelbild mitten ins Gesicht hinein schießen und würde den Lauf wenden und dann den richtigen treffen.
O mein Gott! Mein Leben war von vornherein falsch angelegt. Das Spiel ist aus. Die letzte Möglichkeit heißt Berlin. Das Hoftheater hat meine ›Judith‹ uraufgeführt – mit einem scheußlichen Schluß, aber das erfuhr ich erst später. Vielleicht hat der Intendant mich nicht vergessen, obwohl er sich um meine späteren Stücke nicht gekümmert hat. Ich werde abreisen. Leb wohl, Wien, mit deinem Charme, deiner nicht gerade zuverlässigen Höflichkeit! Noch heute werde ich mir das Billett nach Prag besorgen.
Dennoch blieb er, vor sich hinbrütend, in seinem Zimmer hocken. Gegen Abend öffnete er den Brief, den die Wirtin ihm auf den Tisch gelegt hatte. Eine Theaterkarte fiel heraus. ›Der Nibelungen Hort‹ von Ernst Raupach? Den Autor kannte er nicht, der Stoff interessierte ihn. Mit welcher Be-

geisterung hatte er als Vierzehnjähriger die Nibelungensage verschlungen, wie aufmerksam hatte er später in Hamburg das Heldengedicht auf seine dramatischen Elemente untersucht. Also ging er, um sich die Aufführung anzusehen.
Das Stück war fade, das Spiel mäßig bis auf die Leistung einer einzigen Schauspielerin. Hebbel wurde lebhaft an sein bisher stärkstes Theatererlebnis erinnert, an Corneilles ›Cinna‹ im Théatre Français. Wie eine marmorne Statue war ihm die Heldin, die Rachel, erschienen, er schreckte zusammen, wenn sie sich bewegte oder zu sprechen begann. Das Tragische, das sie wie eine dunkle Wolke umhüllte, ließ sie von Anfang an als Opfer erscheinen, das schon halb erbracht war und nun nur zur anderen Hälfte gebracht werden sollte. Dagegen diese Kriemhild hier! War die Rachel groß, indem sie die dichterische Idee statuarisch verkörperte, so war die Kriemhild groß in der Kraft zur Verwandlung. Als zartes Mädchen, als innig Liebende begann sie, dann zuckten dämonische Kräfte auf, endlich brach eine ganze Hölle hervor: das Weib, das nach Rache verlangte, Rache selbst um den Preis des geliebten Mannes, stand als schwarze Flamme auf der Bühne.
Als zum Schluß die Lichter aufleuchteten und der Beifall des vollen Hauses aufrauschte und allmählich verebbte, nahm er den Theaterzettel zur Hand und las: »Kriemhild – Demoiselle Christine Enghaus.«
War ihm der Name nicht schon einmal begegnet? Ja, in Hamburg. Damals war er selber noch der Junge gewesen, der vom Lande kam und sich einbildete, in Wochen oder Monaten das Pensum des Gymnasiums nachholen zu können; jedenfalls war er kaum imstande gewesen, eine schauspielerische Leistung zu würdigen. Aber vielleicht stand damals, vor zehn Jahren, Christine Enghaus erst am Beginn ihrer Entwicklung. Heute erkannte er eine große Begabung

und mehr: die elementare Kraft ihrer Darstellung entsprach seinem Bemühen, Tragödien von erbarmungsloser Notwendigkeit zu gestalten.
Er ging am folgenden Tag nicht zur Post, um sich das Reisebillett zu besorgen, und auch am zweiten und dritten Tag nicht. Er wartete. Nur auf einen Brief von Elise? Oder wollte er dem Schicksal Gelegenheit geben, ihn, den Tragiker, doch noch in Wien zum Erfolg zu führen? Oder hielt ihn die Erinnerung an diese Kriemhild fest, das Bild der schwarzen Flamme Christine Enghaus?

EINES MORGENS ÜBERRASCHTE IHN OTTO PRECHTLER, DER als Lyriker einen Namen hatte, mit der Nachricht, die kaiserlich-königliche Hofschauspielerin Christine Enghaus habe den Wunsch geäußert, den Dichter Friedrich Hebbel kennenzulernen. Als Hebbels Gesicht erstarrte, gestand er, daß er es gewesen sei, der die Schauspielerin zu der Einladung ermutigt habe, denn er wisse, daß sie die ›Judith‹ sowie die ›Maria Magdalena‹ genauestens kenne und schätze. Tag und Stunde seien ausgemacht, und er zweifle nicht, daß Hebbel den Wunsch eines so hervorragenden Mitgliedes des Hoftheaters erfüllen werde.

Hebbel zweifelte. Nach dem Eindruck, den diese Frau auf ihn gemacht hatte, stand ihm etwas anderes bevor als geistreiche und unverbindliche Unterhaltung, wie sie im Hause der Julie Rettich gepflegt wurde. War er jedoch in seiner schwankenden, recht verstanden, verzweifelten Situation gerüstet, einer großen Künstlerin zu begegnen? Und seine Kleidung – im Salon der Julie Rettich, unter zahlreichen Gästen hatte er seine anfängliche Befangenheit bald überwunden, aber nun sollte er auf einer Vormittagsvisite der Künstlerin gegenübersitzen, allein, in seinem schäbigen Rock? Eine Absage würde ihn aller Verlegenheit entheben, und in wenigen Tagen verließ er Wien sowieso. Aber würde er nicht in Berlin, oder wo immer er sich aufhielte, von Reue und Selbstanklagen gequält werden? Das dunkle Gestirn der Kriemhild hatte sich seinem Gedächtnis eingebrannt. Jetzt kam nicht die Kriemhild, sondern die Person Christine Enghaus auf ihn zu. War es Flucht, wenn er sich versagte? Himmelskörper, die nach den Gesetzen der Physik sich aufeinander zubewegen, können nicht ausweichen. Der Mensch hatte die Freiheit, einen anderen Weg zu wählen, aber hing nicht über den Menschen die Notwendigkeit des Schicksals, von der er als tragischer Dichter wußte? Sein Anzug gäbe ihm vielleicht eine Rechtfertigung, sich bei Frau Enghaus zu entschuldigen. Nicht einmal Handschuhe besaß er, wie er Otto Prechtler gestand.

Der jubelte. »Handschuhe? Verehrtester Meister, einen ganzen Laden voll Handschuhe könnte ich Ihnen bringen, aber wie ist es mit diesen hier? Machen Sie eine Anprobe!« Er reichte Hebbel sein Paar tadelloser, fast neuer Glacés.

Hebbel streifte sie über die Hände, sie paßten, und nun senkte er den Kopf. »Sagen Sie Frau Enghaus meinen Dank! Ich werde kommen.«

»Und ich, mit Verlaub, werde Sie begleiten. Bis morgen!«

Das Haus, Alservorstadt, Quergasse 217, lag am Glacis. Hebbel legte seine Hand auf Prechtlers Arm und blieb stehen. Wie schön die Sicht über Dächer und schwarzes Geäst der Gärten! Die Fassade des Gebäudes, reiner Klassizismus, erinnerte an Paris. Beide Männer standen eine ganze Weile vor dem Haus, verglichen ihre Uhren, endlich schellten sie am Eingang. Die Treppen, mit rotem Teppich belegt, dämpften die Tritte. Im Salon herrschte eine Atmosphäre von Wohlstand und Eleganz, die Hebbel verwirrte. Zwei, drei Minuten mußten die Männer warten. Waren sie zu früh gekommen? Jetzt schlug die Standuhr elfmal. Alsbald öffnete sich die Tür.

Christine Enghaus trat ein.

Als sie den Besuchern die Hand entgegenstreckte, war Hebbel überrascht. In ihrer täglichen Umgebung wirkte sie nicht weniger großartig als auf der Bühne. Schauspielerinnen, abgeschminkt, ohne feierliches Kostüm, bewahrten,

wähnte er, kaum mehr als Spuren jener Erscheinung, mit der sie im Rampenlicht die Zuschauer entzückt hatten.
Sie setzten sich zu dritt an den Mahagonitisch. Prechtler hielt sich nach der konventionellen Begrüßung zurück; er sagte so gut wie nichts. Die Unterhaltung zwischen Christine und Hebbel kam nur mühsam in Fluß. Sie fragte, womit sie dienen könne. Er dankte höflich. Sie sprach von dem scheußlichen Wetter, das seiner Gesundheit hoffentlich nicht schade. Er gestand, daß er einen hartnäckigen Schnupfen nicht loswerde, und ärgerte sich über die Bemerkung. Eine Pause entstand. Dann entdeckte er, daß diese anscheinend in sich selbst ruhende, ihrer selbst sichere Frau verlegen, aufgeregt war wie ein Schulkind. Er meinte, den Anlaß zu erkennen: sie saß einem Dichter gegenüber, der Gestalten erfand, die nachzuschaffen Beruf des Schauspielers war. Seine Vermutung gab ihm die innere Freiheit zurück. Er entwickelte seine Theorie des Tragischen: Der Mensch erfährt sich als Individuum. Aber je mehr er sich als Einzelner verwirklicht, um so tiefer verstrickt er sich in den Gegensatz von Ich und Welt, und sie, die Welt, strebt danach, das Individuum zu vernichten.
Christine hörte angestrengt zu, wie die gekrausten Falten ihrer Stirn anzeigten. Hebbel sah es und geriet nur noch mehr ins Feuer. Er dozierte über Sophokles, Shakespeare, Schiller. Nach Schiller sehe es in der Literatur so aus, als löse sich das tragische Weltbewußtsein auf und als kenne der Bühnendichter nur noch das Traurige, Schmerzliche und Gräßliche. »Ich knüpfe die Tragödie noch einmal unmittelbar an die Gottheit an.«
Sie hob die Hand. »Sprechen wir doch von der ›Judith‹!«
Zum Verständnis der ›Judith‹, meinte er, sei seine Theorie vom Tragischen wichtig, Christine aber schüttelte den Kopf. »Ich versuche aus der Handlung und aus den Charakteren

das Tragische zu erfassen – aus der Rolle, die mir zugedacht ist oder die ich mir erwähle, und aus dem Gegensatz der Rollen. In diesem Falle: aus der Spannung zwischen Holofernes und Judith.«

»Schön. Fangen wir mit Holofernes an!«

»An diese Gestalt kann ich nur mit Entsetzen denken.«

»Das beweist mir, daß Sie ihn verstanden haben. Er ist der Mensch ohne Freunde, ohne Gegenspieler, ohne Gott. Er macht sich selbst zur Gottheit, einer negativen Gottheit, die nur zerstören kann.«

Sie zitierte: »Schade, daß ich alles, was ich achte, vernichten muß.«

»Dieser Scheingott ginge auch ohne äußere Gewalt an sich selbst zugrunde, schon aus Überdruß und Langeweile.«

»Er ist sich dessen bewußt: es ist öde, nichts ehren zu können als sich selbst.«

Hebbel blickte erstaunt auf. »Sie haben genau gelesen. Dieser Mann, das ins Ungeheure gesteigerte Individuum, fordert das Weltgesetz heraus. In ihm spiegelt sich, was ich Ihnen als Theorie entwickeln wollte, der tödliche Widerspruch zwischen Individuum und Universum.«

»Das ist mir jetzt deutlich. Aber die Judith! Sie haben sie aus der Erzählung des Alten Testaments herausgelöst.«

»Ich wollte eine Tragödie schaffen.«

»Soweit ich mich erinnere – leider bin ich nicht ganz bibelfest –, festigt sich Judith dort im Gebet, sammelt sich drei Tage an einem einsamen Ort, erfüllt ein Ritual, das aus Gebet und Waschung besteht, und nun bringt sie die Kraft zu der Tat auf, die Gott beschlossen hat. Zu ihrem Volk zurückgekehrt, wird sie mit Dank und Jubel begrüßt, und die Priester sprechen das Amen.«

»Ein Geschehen, von Gott gefordert, nach seinem Willen ausgeführt, entbehrt des tragischen Widerspruches. Aus solchem Stoff ließe sich allenfalls eine Legende oder ein Mysterienspiel machen. Darum habe ich Judiths Tat, den Mord an Holofernes, anders motiviert. Sie verläßt ihr Volk, um den Auftrag Gottes zu erfüllen, aber sie, die Gesandtin Gottes, bleibt Weib. Als sie Holofernes gegenübersteht, als sie, die von Männern Enttäuschte, in ihm den ganzen, den absoluten Mann erkennt, wird sie schwach.«

Christine Enghaus zitierte wieder: »Gott meiner Väter, schütze mich vor mir selbst.«

»Ihre Kräfte verlassen sie angesichts der düsteren Majestät dieses Mannes. Aber als sie ihn in seiner Furchtbarkeit erkennt und trotzdem als Weib sich ihm ausgeliefert fühlt, da weiß sie, daß sie ihn morden muß.«

Christine: »Ich muß ihn morden, wenn ich nicht vor ihm knien soll.«

»So geschieht das Grauenhafte: nicht damit der Auftrag Gottes erfüllt werde – sie, das Weib, rächt sich für ihren geschändeten Leib.«

»Nichts trieb mich als der Gedanke an mich selbst.«

»Sie hat sich so weit vom göttlichen Auftrag entfernt, daß sie ihre Tat, die doch nach Gottes Ratschluß dem Heil ihres Volkes dienen soll, als sinnlos empfindet.«

Christine: »Ja, ich habe den ersten und letzten Mann der Erde getötet, damit du in Frieden deine Schafe weiden, du deinen Kohl pflanzen und du dein Handwerk treiben und Kinder, die dir gleichen, zeugen kannst.«

»So wird Judith eine tragische Gestalt. Gott erreicht seine Ziele durch Menschen, die er beruft. Aber indem er sich ihrer bedient, läßt er sie schuldig werden und zermalmt sie. Judith weiß das. Zu ihrem Volk zurückgekehrt, als Heldin umjubelt ...«

Christine: »Ihr Jubelruf, ihr Zimbelklang und Paukenschall wird mich zerschmettern, und dann habe ich meinen Lohn.«

Hebbel schloß den Dialog ab. »Nun wissen Sie, wie es mir gelang, den Legendenstoff in eine Tragödie umzuschaffen.«

»Es ging Ihnen um den Kampf der Geschlechter, dargestellt durch zwei aufs äußerste gesteigerte Charaktere.«

»Um den zwischen den Geschlechtern anhängenden Prozeß, ja. Aber nun muß ich Sie fragen: Wie kommt es, daß Sie meine Tragödie so gründlich gelesen, daß Sie die Rolle der Judith aus dem Gedächtnis sprechen können?«

»Ich war in Hamburg.«

Hebbel nickte.

»Der Direktor Schmidt wollte die ›Judith‹ aufführen. Er sagte zu mir: Die Hauptrolle ist wie für Sie geschrieben, und ich werde sie Ihnen geben.«

»Ein kluger Direktor.«

»Durch dieses Versprechen wollte er mich in Hamburg halten. Aber ich hatte den Vertrag mit Wien schon unterschrieben. In Wien las ich dann das Buch und war begeistert, aber am Burgtheater ...«

»Ich weiß: biblische Stoffe darf man nicht bringen.«

»Es ist ein Jammer. Dabei hätte ich die Rolle nur mit Schaudern sprechen können.«

»Warum?«

»Ihre Tragödie kennt keine Versöhnung. Sie weiß nichts von der Gnade des Himmels. Der Mensch steht in gänzlicher Verlassenheit allein.«

»Versöhnung in der Tragödie – darunter verstehen die meisten, daß die kämpfenden Personen sich erst miteinander schlagen und am Schluß miteinander tanzen.«

»So meine ich es nicht. Aber ich vermisse die Stimme, die in Goethes ›Faust‹ vom Himmel herabruft: Sie ist gerettet.«

»Wissen Sie, wie mir solch ein Schluß vorkommt? Der Dichter legt seine gefalteten Hände über die Wunde, um sie zu verdecken. Er verdeckt damit ein Weltgesetz. Das Leben

ist der große Strom, die Individuen sind Tropfen, die tragischen aber Eisstücke; sie müssen zerschmolzen werden, und damit dies geschieht, sich aneinander reiben und zerstoßen.«
»Sie Armer! Daß Sie so leben müssen! Ich muß Ihnen gestehn: ich kann noch wie ein Kind die Hände falten und bin dann nicht verlassen.«
»Glauben Sie, daß es mir anders geht? Das ist der Widerspruch, der durch alle Dinge und mitten durch das Menschenherz geht.«
Beide sahen sich eine Weile schweigend an. Die Standuhr tat einen einzigen Schlag. Hebbel zog zum Vergleich seine Taschenuhr. Wahrhaftig, auch sie zeigte halb eins an, und er hatte doch gelernt, daß man einen Vormittagsbesuch nicht über eine halbe Stunde ausdehnt. Er nickte Prechtel zu. Beide standen auf und beugten sich über die Hand, die ihnen entgegengestreckt wurde.
»Ich nehme Abschied – nicht für immer, doch sicher für lange Zeit. In den nächsten Tagen reise ich nach Berlin. Schade!«
»Es ist sehr schade«, antwortete Christine Enghaus.
Von einem Wirbel der Empfindungen bewegt, langte Hebbel in seiner Wohnung an. Auf dem Tisch lag ein Brief. Elise! Er war nicht imstande, ihn gleich zu lesen, und steckte ihn vorerst in seine Rocktasche.

Als er am Abend den Brief hervorholte, entzifferte er das Datum des Poststempels. Vier Wochen hatte der Brief gebraucht. Er erinnerte sich: in Kopenhagen hatte er drei, höchstens fünf Tage, in Paris sechs bis acht Tage auf Antwort warten müssen, so war im Hin und Her eine Aussprache immerhin möglich gewesen. Aber Post, die vier Wochen unterwegs war, interessierte ihn nicht mehr als ein alter Hut. Er begann zu lesen. Elise knüpfte an den Brief an, den er in der verzweifelten Stimmung der ersten Wiener Tage geschrieben hatte. »Mein Untergang scheint beschlossen.«
Du lieber Gott, seitdem hatte sein Schicksal einen rasenden Verlauf genommen. Er irrte keineswegs mehr wie ein Ausgestoßener durch die Straßen der großen Stadt. Die literarische Jugend sah zu ihm auf wie zu einem König, und die Älteren, wie Grillparzer zum Beispiel, betrachteten ihn zum mindesten als Kronprinzen. Er hatte Zugang zu den Salons gefunden, Madame Rettich hatte ihn eingeladen, und eben dieser Tag hatte ihm – ein überwältigendes Ereignis – das Gespräch mit Christine Enghaus geschenkt.
»Wenn Du in Wien unterzugehen fürchtest, bei mir in Hamburg findest Du Zuflucht. Du kannst Dich in Ruhe umsehen, und der Theaterdirektor ist Dir doch gewogen.«
Er mußte lachen. Das Schauspielhaus hatte allerdings die ›Judith‹ aufgeführt, mit großem Erfolg, aber die ›Genoveva‹, die ›Maria Magdalena‹? Hätte der Herr Schauspieldirektor Schmidt seine, Hebbels, Begabung wirklich erkannt, er würde sich nicht für eine einzige dramatische Dichtung, sondern für sein Gesamtwerk einsetzen.

Und Campe, sein Verleger, wohne am Ort ... Einfältiges Kind! Gleichzeitig teilte sie ihm mit, daß Campe die Novellen abgelehnt habe. Dieser Schurke! Er denkt an seine Zechinen, an nichts anderes, mag die Literatur darüber zugrunde gehen.

»Wenn Du kommst, könnten wir endlich heiraten. Das Zimmer neben der Küche habe ich für Dich herrichten lassen, dort wirst Du ungestört arbeiten.«

Das Zimmer neben der Küche! Die kleine Wohnung in einem der vielstöckigen Häuser der Langereihe, die Hinterhöfe mit Geschrei und Gekeife und dem Geruch der Armut! Fast täglich die Besuche ihrer Eltern, brave Leute, alle beide: Stiefvater Ziese, der alte Schiffsführer, der mit seinem Ewer kaum das tägliche Brot verdiente, und die runde, asthmatisch schnaufende Mutter. Gute Eltern, kein Wort war gegen sie zu sagen. Sie besaßen den Takt, wie man ihn gerade bei einfachen Leuten findet. Wann waren sie ihm je mit Vorwürfen begegnet? Elise, die von beiden geliebte Tochter, lebte, so sahen sie es, in wilder Ehe mit einem Dichter, den sie nicht verstanden, doch respektierten; nur die stille Anklage ihrer Blicke, die konnten sie nicht verbergen.

Nein, Elise, ich will Taten sehen, Erfolg, Anerkennung, Geld, auch das; das Leben unter kleinen Leuten bringt mich um. Ein dramatischer Dichter hat etwas von einem Feldherrn, und in diesem Augenblick meiner Biographie bin ich der Marschall, der seine Truppen und sein ganzes Material einsetzt, um die Entscheidung zu erzwingen: Sieg oder Untergang.

Zum zweitenmal in diesem Brief das Wort Heirat! Für den genialen Mann, ich habe es dir oft gesagt, ist die Ehe die Ausnahme, wie sie für den gemeinen Mann die Regel ist.

Habe ich nicht durch Taten bewiesen, daß ich die Gewissensehe mit dir ernster nehme als mancher seine vom Standesamt beurkundete und vom Priester sanktionierte Ehe? Meine Briefe an dich werden adressiert: Madame Dr. Hebbel. Und die Wohnung in der Langereihe steht auf meinem Namen. Auch die Miete, sofern es meine Mittel erlauben, habe ich dir geschickt.

Was schreibt sie am Schluß? »Du bist das einzige Band, das mich noch am Leben fesselt, und das Leben hat nur Wert für mich durch dieses Band.«

Das war ein Zitat aus einem Brief, den er selber vor zwei Jahren in Paris geschrieben hatte. Auch die folgenden Zeilen waren diesem Brief entlehnt: »Ich beschwöre Dich, antworte mir sogleich! Hörst Du? Sogleich, auf der Stelle, in der Minute, in der dieser Brief eintrifft.«

Er erinnerte sich. Paris, Oktober 1843. Die Riesenstadt, die ihn anfangs verschüchterte, ängstigte, begann ihn mit ihrem brausenden Leben, der Großzügigkeit ihrer Anlage, den tausend geschichtsträchtigen Bauten und Plätzen zu faszinieren. Da kam – an einem Sonntag, dem 22. Oktober, ein Uhr mittags, das Datum hatte sich ihm eingeprägt – ein Brief Elises mit der Nachricht, daß Max, sein und ihr Kind, nicht ganz drei Jahre alt, plötzlich an einer Hirnhautentzündung gestorben war. Im gleichen Brief zeigte sie an, sie fürchte, zum zweitenmal schwanger zu sein, und sie nehme heiße Fußbäder, um nicht noch einmal der Schande und dem Gerede der Leute ausgesetzt zu sein. Damit nicht genug: ihr Vermögen sei aufgezehrt, sie stehe fast ohne Mittel da, krank sei sie auch und unfähig, sich durch Näharbeiten, wie sie es sonst getan habe, Geld zu verdienen. Das alles schrieb sie nüchtern, wie ein Mensch, der nichts mehr erhoffte, den kein Unglück mehr umbringen und kein Glück jemals aufrichten könnte.

Der Brief traf ihn wie ein Blitzschlag. Elise hatte ihn mit Geld und Kleidung unterstützt, war ihm im Schwanken seines Schicksals Halt gewesen, und er hatte alles hingenommen wie ein Kind, das die Mühsal seiner Mutter nicht gewahr wird. Nun aber, als er um das Leben der seelisch und körperlich Zerbrochenen bangen mußte, konnte er an jenem Oktobertag 1843 nur schreiben: »Wenn ich noch eine Antwort auf diesen meinen Brief von Dir erhalte und wenn Du mir schreiben kannst, daß Du gesund bist, so will ich meine Hände falten und sprechen: Gott hat mir meinen höchsten Wunsch gewährt, er ist mir nichts mehr schuldig.« Zum ersten und einzigen Mal versprach er damals: »Entweder komme ich nach Hamburg oder Du kommst nach Paris. Hier in Paris können wir uns augenblicklich vor der Mairie verheiraten, nur Deinen Geburtsschein hast Du mitzubringen und auch den meinigen.«

Er hatte dann aber, als Elise sich allmählich erholte, von Brief zu Brief sehr schonend, wie er wähnte, doch immer deutlich ihr klarzumachen versucht, daß er, um sich frei zu entwickeln, an der Gewissensehe festhalten müsse. Und sie in ihrer auch jetzt ungeminderten Hingabe hatte erneut versichert, daß sie über ihre eigenen Wünsche sein Wohlbefinden, sein Glück, seine dichterische Entfaltung stelle. So schien das alte gute Freundschaftsverhältnis wiederhergestellt zu sein.

Jetzt aber wollte sie ihn auf das Versprechen festnageln, das er seinerzeit im Zustand innerer Not gegeben hatte? War es nicht Erpressung, wenn sie aus seinen längst widerrufenen Briefen zitierte?

Er brauchte eine Nacht, um seinen Zorn niederzukämpfen. Dann schrieb er: »Danke Gott, liebe Elise, daß ich Deinen Brief nicht gleich am Tage des Empfanges beantwortete, er würde Dir keine Freude gemacht haben.« Er legte die Feder fort. Es fiel ihm ein, daß er besser mit dem Verleger Campe begänne, der gerade seine Novellen abgelehnt hatte; so kam er auf einem Umweg auch zum Ziel. »Also Campe erachtet meine Arbeiten lediglich als Handelsartikel. Wie Du glauben konntest, daß ich unter solchen Umständen nach Hamburg gehen, ja fliegen solle, geht über meine Fassungskraft.« War das deutlich? Aber es mußte noch einmal formuliert werden. »Nach meiner Ansicht habe ich nichts Angelegentlicheres zu tun, als mir eine Existenz zu gründen. In Hamburg ist das unmöglich, wie das geringste Nachdenken Dir zeigen sollte.« Noch etwas anderes mußte er unmißverständlich sagen: daß Liebe, die besitzen will, also *ihre* Liebe, Schönheit und Würde verloren habe. Und er fügte hinzu: »Liebe ist die höchste Spitze des Egoismus. Ihre Opfer sind die des Gärtners, der einen Baum düngt, weil er die Früchte herauslocken will.« Er hielt inne. Die Herzenskälte, mit der dieser Brief anfing, erschreckte ihn. Was für ein Ungeheuer war er, daß er Menschen suchte, verbrauchte und am Ende von sich stieß wie eben jetzt Elise, die einzige verläßliche Gefährtin. Ist so der Mensch, sind so wir alle, eingeschlossen in einem Ring, den wir nicht sprengen können?

Er verließ das Haus und ging zur Post, um die Reisegelegenheiten nach Prag zu erkunden. Auf den Treppen des Gebäudes trat ihm ein Herr entgegen, dem er schon irgendwo, im Café oder auf der Bibliothek, begegnet war. Der Mann zog den Hut und fragte, ob der Herr Dr. Hebbel geneigt sei ... Zwei galizische Barone wünschten dringend seine Bekanntschaft zu machen. Hebbel hatte sogleich das Gefühl, daß mit diesem Anruf etwas Bedeutsames auf ihn zukomme. Also sagte er zu.

Die Einladung lautete auf das eleganteste Wiener Hotel, den ›Erzherzog Karl‹. Hebbel wurde in ein Séparée gebeten, und hier erwarteten ihn zwei Polen, die Brüder Wilhelm und Julius Zerboni di Sporetti; sie gaben sich als Freunde der drei Polen zu erkennen, die Hebbel auf dem Dampfer An-

cona–Triest kennengelernt hatte. Wie diese zeigten die Herren von Zerboni ein enthusiastisches Interesse an Männern der Literatur, auch hatten sie sich, wie sie durch Zitate aus der ›Judith‹ und der ›Genoveva‹ belegten, mit dem Werk Hebbels vertraut gemacht.
Eine Garde von Kellnern marschierte auf, und ein Bacchanal hob an, unterbrochen nur durch Reden, die an Hebbel gerichtet wurden. Vergeblich versuchte Hebbel durch scherzhafte und ernstgemeinte Einwände das wilde Treiben zu steuern. Schließlich hielt er sich an die erlesenen Gerichte und die nicht weniger erlesenen Weine und saß stumm am Tisch. Dennoch genoß er die Szene: um ihn sammelte sich ein erlauchter Kreis, der sich durch hinzukommende Freunde der Gastgeber erweiterte. Hatte er nicht sein Leben lang nach den Kreisen geschielt, die Vermögen, gesellschaftlichen Rang und Macht besaßen: in der Jugend als Sohn eines oft arbeitslosen Maurergehilfen im Bauernland Dithmarschen, als Laufjunge und später als Schreiber im Kirchspielamt Wesselburen, als zaghaft beginnender Dichter in Hamburg, der sich durch Freitische und von Gönnern gesammelte Almosen über Wasser hielt? Jetzt bewegte er sich unter Aristokraten – nicht als Ebenbürtiger: sie blickten zu ihm auf, sie feierten ihn als aufsteigendes Gestirn am literarischen Himmel, sie versprachen, ihm die ersten Häuser in Wien zu öffnen, mit denen sie verschwägert seien. Diese Nacht erschien ihm wie ein Märchen, ungereimt und zugleich bedeutungsvoll tiefsinnig, als schicksalhaftes Zeichen. Am Morgen erlahmte der Eifer der Polen keineswegs. Er durfte das Hotel nicht verlassen, sondern wurde auf einem Diwan unter Damastdecken gebettet, denn unmöglich durften Leben und Gesundheit des großen Dichters der feuchten Dezemberluft ausgesetzt werden. Man fuhr ihn schließlich in seine Wohnung, bedrängte ihn, mit seinen Bewunderern

täglich im ›Erzherzog Karl‹ zu speisen, man schickte ihm Aufmerksamkeiten, stellte ihm, wann immer er es wünschte, eine Equipage zur Verfügung. Der arme, im abgewetzten Rock steckende Dichter, zweispännig durch die eleganten Straßen Wiens fahrend – Hebbel ließ sich einmal diesen Scherz gefallen.

Im übrigen aber schien sich sein Vorgefühl zu bestätigen. Als hätte ein heimlicher Regisseur sein Schicksal in die Hand genommen, eröffneten sich ihm ganz neue Aussichten. Durch Deinhardt bekam er Aufträge für die Wiener Jahrbücher. Große und kleine Blätter erwiesen ihm ihre Referenz. Ein Festabend, den der Schriftstellerverein für den heute vergessenen Poeten Karl Egon Ebert veranstaltete, wurde schon in der ersten Stunde eine Ovation für Hebbel, den als Gast geladenen Dichter aus dem Norden Deutschlands.

Von diesem Fest kam er in einem Zustand des Rausches in seine Wohnung zurück, fand den angefangenen Brief an Elise vor und setzte ihn sogleich fort, ohne zu bemerken, daß er jetzt in einem andern Stil und einem erheblich höheren Wärmegrad schrieb. Er begann mit dem Ereignis, das er als Schicksalswende empfand. »Ich war schon im Begriff abzureisen, als mir ein Herr, der mich ein wenig kannte, begegnete und sagte ...« Es wurde ein langer und inhaltsreicher Brief, und er schloß wie in früheren Tagen: »Ewig Dein Fr. Hebbel«. Allerdings wiederholte er die im ersten Teil des Briefes ausgedrückten Vorbehalte. »Ich hoffe, diese Mitteilungen werden Dir willkommener sein, als wenn ich selbst, an Leib und Seele zerschlagen, bei Dir angelangt wäre; das mußt Du doch fühlen, daß die Verhältnisse von einst unmöglich sind und daß mein Leben entweder einen höheren Aufschwung oder – ein Ende nehmen muß.« Und damit Elise keinen Zweifel über die Härte seines Entschlusses nähre, fügte er hinzu: »Von allen Arten der Sehnsucht kenne ich nur noch die eine nach Taten, und nichts kann Pflicht für mich sein, was diese verhindert, weil es mich und alle meine Kräfte vernichtet.«

Weihnachten rückte näher. Also setzte er sich am 18. Dezember hin zu einem Brief, der herzlich begann: »Meine teuerste Elise! Vielleicht hast Du wie ich den Gedanken, mir zu Weihnacht zu schreiben, und wenn auch nicht: ich habe jetzt der frohen Stunden so viele, daß es unrecht wäre, Dich nicht daran teilnehmen zu lassen.« Er schilderte die Veränderung seiner Umstände und sein von Tag zu Tag sich steigerndes Lebensgefühl. »Noch nie habe ich mich von dem Element der Welt so getragen und gehoben gefühlt wie hier, und wie das endliche Resultat auch ausfallen möge, die moralische Kräftigung, die ich in dieser Atmosphäre der Liebe und des Wohlwollens in mich ziehe, wird mich stärken für das Schlimmste.« Aber er konnte sich nicht versagen, auch diesem überschwenglichen Brief ein wenig Wermut beizumischen. »Auf Deinem Sofa ruhte es sich ganz bequem, ich war gegen jeden Luftzug geschützt, aber ich hatte auch dafür gleich den Schnupfen, sowie ich ins Freie trat.«

Ihn selbst erreichte in der Woche vor dem Fest kein Brief Elises, was seit dem Beginn seiner Reise nicht vorgekommen war. Er schob es auf die Nachlässigkeit der österreichischen Post, hatte aber kaum Zeit, Gedanken an Elise zu richten, denn eben jetzt häuften sich die Einladungen, und für den Heiligen Abend hatten die polnischen Barone ihn ins Hotel gebeten.

Das Fest war womöglich noch luxuriöser als das erste. Brennende Kerzen, Blumenarrangements, Tannengrün, ein stundenlang sich hinziehendes Menü, wieder Reden, Deklamationen – Hebbel hatte Mühe, seine Fassung zu bewahren.

Die eigentliche Überraschung jedoch brachte der erste Weihnachtstag. Hebbel hatte darin einwilligen müssen, in einem Prunkzimmer des Hotels zu übernachten. Am Morgen, eben hatte er die Augen geöffnet, klopfte es an die Tür, ein Diener trat ein und bat um Erlaubnis, die Kleider des Herrn Doktors reinigen zu dürfen. Hebbel, was konnte er anderes tun, blieb im Bett liegen. Nach einer Stunde klopfte es abermals, Wilhelm von Zerboni kam, ließ sich vor dem Bett auf den Knien nieder und bat um Verzeihung, falls das dem Dichter zugedachte Weihnachtsgeschenk keinen Beifall finden sollte. Von neuem öffnete sich die Tür, und der Diener brachte die vollständige Ausrüstung eines eleganten Herrn, Stiefel, Anzug, Mantel, Halsbinde, Hut, einen Handstock mit silbernem Knauf. Außerdem wurde ihm das Zimmer, in dem er geschlafen hatte, zur dauernden Verfügung gestellt: mit den rotsamtenen Stühlen, silbernen Leuchtern und goldgerahmten Spiegeln.

Hebbel fühlte sich anfänglich bedrückt. Aber als er sich angezogen hatte, als aus dem Spiegel ihm nicht mehr der hungerleidende Poet, als ihm ein Mann von Welt entgegentrat, glaubte er, seine ganze niederziehende Vergangenheit falle von ihm ab. »Mit den neuen Kleidern wurde ich ein anderer Mensch«, schrieb er, als er in seine Mietwohnung zurückgekehrt war.

Zu seiner Überraschung lag auf dem Tisch ein Brief Elises. Er brach ihn auf und legte ihn, nachdem er gelesen hatte, wieder fort. Elise antwortete jetzt erst auf seinen Brief, der von seiner »Freundin Julie Rettich« berichtete. Sie meinte, ihn warnen zu müssen: »Schauspielerinnen wechseln ihre Ansichten häufiger als ihr Hemd.«

Über diesen Satz konnte er nur lächeln. Was bedeutete ihm Frau Rettich, nachdem er auf der Bühne und in ihrem Heim Christine Enghaus erlebt hatte?

Er ärgerte sich höchstens über die österreichische Post, deren Schlamperei eine Aussprache mit Elise verhinderte. Diesmal jedoch war die kaiserliche und königliche Post unschuldig. In Wirklichkeit hatte sich eine unheimliche Macht eingeschaltet, die Wiener Fremdenpolizei. Das aber kam erst später ans Licht.

Der erste Polizeibericht, in dem von Hebbel die Rede ist, lautete: »Die Korrespondenz eines gewissen Doktor Ludwig Eckhardt (Wien Josephstadt, Königsstr. 180 wohnhaft), welche an die Buchhandlung Hoffmann und Campe gerichtet ist, erlaube ich mir, E.W. im engsten Dienstvertrauen mit dem Ersuchen mitzuteilen, bei dem genannten Correspondenten ... unverzüglich eine genaue und eindringliche Hausdurchsuchung mit sorgfältiger Geheimhaltung des Anlasses vorzunehmen ... Sollte sich bei dieser Amtshandlung irgendeine bedenkliche Beziehung auf den im vorliegenden Briefe genannten Dichter Fr. Hebbel ergeben, so dürfte sich die vorzunehmende Revision auch auf die Effekten des letzteren erstrecken. Das Resultat dieser polizeilichen Maßregel bitte ich ... baldigst zu meiner Kenntnis zu bringen und mir gleichzeitig über die Persönlichkeit des befragten Dr. Eckhardt ... aber auch nähere charakteristische Notizen über den Dichter Hebbel zu gewähren.

Wien, am 6. April 1846

gez. Sedlmitzy«

Am zweiten Feiertag klingelte er an der Wohnungstür der Mademoiselle Enghaus. Er mußte seinen Namen zweimal nennen, denn das Mädchen hatte ihn nicht wiedererkannt. »Jesses, der Herr Doktor Hebbel, der berühmte Dichter. Bitt schön!«

In gewissem Sinne war er nicht mehr der gleiche Mensch, der vor wenigen Tagen mit »Armesündergefühlen« die Klingelschnur gezogen hatte. Als er heute in der Verkleidung eines Dandy oder, wie er selbst gesagt hätte, in einer ihm angemessenen Kleidung kam, schienen die Jahre des Elends, des Hungers, des Ringens um seine geistige und wirtschaftlicheExistenz weit entrückt zu sein, entrückt ebenso die Zeugen so vieler erlittener Erbärmlichkeiten und selbst Elise.

Mit einem so kaum erlebten Selbstgefühl war er durch Straßen und Gassen geschlendert bis hin zum Oberen Belvedere, und hier genoß er die Aussicht: im durchsonnten Licht des Dezembertages gewinkelte Dächer, darüber die Türme von St. Stephan, Maria am Gestade und der Augustinerkirche, in der Ferne die zarte Kulisse des Wienerwaldes.

Zum erstenmal fühlte sich Hebbel vom Charme der Stadt überwältigt. Wie heiter war alles, was ihm begegnete, die Spaziergänger, die in Pelzmänteln oder glitzernden Uniformen flanierten, selbst die Eichhörnchen im schwarzen Geäst, die Meisen und Amseln, die von Kindern und Ammen gefüttert wurden, die Enten und Taucher auf dem See.

Vor sich hin summend, wie er es an glücklichen Tagen in Heidelberg und München getan hatte, ging er seinen Weg.

Worauf gründete sich diese Hochstimmung? Ich weiß, sagte er sich, daß etwas Entscheidendes geschehen wird, wenn ich nicht zugrunde gehen soll.

Die Uhr ging auf zwölf, als er die Alservorstadt erreichte. Sein erster Besuch nach dem märchenhaften Weihnachtsabend galt Christine Enghaus.

Eine kleine Plauderstunde mit dieser Frau zur üblichen Besuchszeit, war das ein unziemliches Verlangen? Wenn es ihm schmeichelte, daß eine so bedeutende Künstlerin zu ihm, dem Dichter, bewundernd aufblickte, wer wollte ihm das verargen?

Das Mädchen hatte ihn in den Salon geführt. Die Standuhr meldete eben die volle Stunde. Er stand und wartete. Was würde Frau Enghaus sagen, daß er einer Laune gefolgt und, ohne geladen zu sein, gekommen war?

Er trat ans Fenster und klopfte mit nervösen Fingern an die Scheibe.

Was trieb ihn eigentlich? Doch nicht Verliebtheit oder gar Liebe? Er erinnerte sich an Sätze, die er vor Jahren seinem Tagebuch anvertraut hatte. »Der Mensch steht so einsam im Weltall da, daß wir einer vom anderen nicht das Geringste wissen. Liebe gleicht dem Aufeinanderfliegen von Sandkörnern, die der Wind zerstreut.«

Freundschaft, die gab es. Aus Überzeugung hatte er wie oft an Elise geschrieben: »Zwischen uns beiden besteht ein Verhältnis hoher, heiliger Freundschaft, und sie ist das einzige, was in die Ewigkeit hineinreicht.«

Liebe, Leidenschaft waren Flammen, die rasch versanken, Freundschaft dagegen ein beständiges Licht.

Wenn ich in der Tragödie, unmißverständlich in der ›Judith‹, die uranfängliche Feindschaft zwischen Mann und Weib gestaltet habe, war das nicht poetische Erfindung, sondern Einsicht in ein Weltgesetz.

Oder gibt es eine Liebe, die die natürliche Feindschaft zwischen den Geschlechtern aufhebt?
Warum kam Frau Enghaus nicht? War sie schockiert? Ließ sie ihn eine Ewigkeit zappeln? Er wandte sich zur Uhr. Die Ewigkeit hatte bislang drei Minuten gedauert.
Gott weiß, wie sehr es mich verlangt nach einer Liebe, die den Menschen aus seiner tödlichen Einsamkeit erlöst.
Man spricht großen Menschen die Fähigkeit zu lieben ab, und der große Mensch zweifelt vielleicht selber an seiner Liebesfähigkeit. Aber erliegt er nicht möglicherweise einem Irrtum? Der große Mensch kann nichts anderes als das Große lieben.
Christine Enghaus! Wenn es Liebe ist, was mich zu dir treibt – ich muß vor dir meine Gefühle verbergen; eine Niederlage kann ich nicht ertragen. Aber muß der Mensch, der wahrhaft liebt, nicht wiedergeliebt werden? Die Natur berechnet immer eine Kraft auf die andere.
Plötzlich hörte er Schritte. Er drehte sich um. Christine Enghaus stand vor ihm. Sie gestand, überrascht zu sein, denn den Dichter der ›Judith‹ vermutete sie längst hinter allen Bergen, auf der Reise nach Berlin. Er antwortete, daß er lediglich gekommen sei, um noch einmal vor dem endgültigen Aufbruch Abschied zu nehmen.
Sie setzten sich. Er versuchte anfangs, Konversation zu machen, verlor aber bald die Kontrolle über sich. Worte und Sätze sprudelten aus ihm heraus: über Dichtung, österreichische Politik, die Schönheit Wiens, die er heute erst entdeckt habe. Ich rede wie ein Irrer, dachte er, aber weiter, weiter.
Christine gab sich keine Mühe, ihm zu helfen. Sie blickte ihn mit großen Augen an und schwieg.
Weiter! Sophokles, Shakespeare, Schiller ... Der Weg über die abendländische Tragödie hinaus, das Drama der Zu-

kunft ... Es war, als benutzte ein Fremder seine Stimme. Er selber dachte: Ich liebe sie ja, aber niemals wird es mir gelingen, das zu bekennen.
Dabei behielt er die Uhr im Auge. Dreiviertel eins – es wurde Zeit. Er stand auf, beugte sich zum Kuß über ihre Hand, wandte sich und blickte noch einmal zurück. Auch Christine hatte sich erhoben. Einer schaute dem anderen ins Auge. Da glaubte er als Gewißheit zu erkennen, was er sich gewünscht, bezweifelt, ersehnt, als unmöglich verworfen und als Erfüllung seines Daseins, als Rettung erhofft hatte.
Noch einmal eine Verbeugung, eine rasche Kehrtwendung, schon schlug die Tür hinter ihm zu.
Vierundzwanzig Stunden verbrachte er hinter geschlossener Tür im Hotel ›Erzherzog Karl‹. Am folgenden Morgen, zu gänzlich unpassender Zeit, so früh, daß Christine noch mit der Toilette beschäftigt war, meldete er sich wieder, wartete, im Salon auf und ab gehend, bis Christine, strahlend vor Überraschung, sich im Türrahmen zeigte. Mit ausgebreiteten Armen ging er ihr entgegen.
Viele Jahre später, nach Hebbels Tod, hat Christine über dieses Ereignis Hebbels Biographen Emil Kuh den folgenden Bericht gegeben. »Längst glaubte ich Hebbel abgereist, da tritt er eines Tages wieder in die Tür, aber wie veredelt dem Äußeren nach – ein feiner, eleganter Oberrock, ein gleicher Hut und Handschuhe – ich traute meinen Augen kaum. ›Sie staunen gewiß, mich hier noch zu sehen‹, sagte er, ›ja so spielt das Glück zuweilen mit einem Fangball und vereitelt unsere Pläne. Mir warf es einen Freund und Verehrer meiner Werke in den Weg, der mich zurückhielt, mich einlud, bei ihm zu wohnen und noch einige Zeit in Wien zu bleiben. Ich nahm die Einladung mit Vergnügen an, da sie mir Gelegenheit bot, Ihnen noch einmal Lebewohl zu wünschen, weil Sie doppelt wohl zu leben verdienen.‹

Ich verlebte wieder eine glückliche Stunde, in der ich ihn sprechen hörte; etwas zu erwidern wagte ich kaum in meiner Schüchternheit, denn mir erschien alles, was ich hätte sagen können, zu unbedeutend, zu kindisch. Nur aus meinen Augen (auf deren Ausdruck er später alles gab) konnte er sehen, welchen Eindruck er auf mich machte. Diesmal glaubte ich wirklich an seine Abreise, die er in den nächsten Tagen antreten wollte – mit tiefer Trauer darüber sagte ich ihm ein herzliches Lebewohl. Acht Tage waren vergangen, da stürzt eines Morgens mein Mädchen in die Tür und meldet erschrocken, da es noch so früh war, Herrn Dr. Hebbel. Ich traute meinen Sinnen nicht, doch ein freudiges Ach entrang sich meiner Brust. ›Diesmal komme ich nicht, um Lebewohl zu sagen, wohl aber um zu fragen, ob ich öfter kommen darf. Sie halten mich hier fest.‹ Was ich darauf erwiderte, weiß ich nicht mehr – ich glaube, es war ein stummes und doch beredtes Zeichen, das einem Kuß nicht unähnlich sah.«

Diesem Bericht ist ein Fehler unterlaufen. Hebbel brauchte nicht eine Woche, sondern nur einen einzigen Tag, um dem Ruf des Schicksals, wie er ihn verstand, zu folgen. In den acht Tagen zwischen Weihnachten und Silvester überstürzten sich die Ereignisse. Hebbel und Christine betrachteten sich als endgültig aneinander gebunden.

Hebbel zeigte mit der Schnellpost Elise seine Verlobung an. In euphorischem Zustand schilderte er ihr seinen Entschluß, erinnerte an ihr Versprechen, ihn jederzeit freizugeben, wenn es um sein Glück gehe, beteuerte seine Dankbarkeit, beschwor ihr seine Freundschaft, die über den Tod hinaus dauern werde. Bald nach der Jahreswende, als hielte die Zensurbehörde während der Festwoche ihr Amtszimmer geschlossen, gelangte Elises Antwort in seine Hände. Ihr Brief war der Aufschrei einer gequälten, um alle Hoffnungen, alle berechtigten Ansprüche betrogenen, nun nicht mehr lebensfähigen Frau.

Hebbel hatte sich zur Regel gemacht, am Ende eines Jahres die Bilanz der vergangenen zwölf Monate zu ziehen. Für dieses Jahr 1845 fehlt ein solcher Rückblick – ein Zeichen, wie schwer es ihm fiel, mit seiner Situation ins reine zu kommen. Aber als ein Mann, der an Ordnung gewöhnt war, holte er das Versäumte nach, als er im folgenden Jahr sein Tagebuch aufschlug. Nach der lapidaren Bemerkung »Ich bin verheiratet, aber nicht mit Elise Lensing in Hamburg« berichtet er, was sich seit seiner Abreise von Ancona und in den ersten Winterwochen in Wien ereignet hat. Dann heißt es: »Ich verlobte mich mit Fräulein Enghaus; ich tat es aus Liebe, aber ich hätte dieser Liebe sicherlich Herr zu werden gesucht und meine Reise fortgesetzt, wenn nicht der Druck des Lebens so schwer über mir geworden wäre, daß ich in der Neigung, die dieses edle Mädchen mir zuwendete, meine einzige Rettung sehen mußte. Ich zögere nicht, dieses Bekenntnis unumwunden abzulegen, soviel ich auch dabei verlieren würde, wenn ich einen deutschen Jüngling zum Richter hätte. Auf eine unbesiegbare Leidenschaft darf man sich nach dem dreißigsten Jahre, nach meinem Gefühl, nicht mehr berufen, wenn man nicht ein völlig inhaltsloses Leben führt, wohl aber auf eine Situation, die, ein Resultat aller vorhergegangenen, das Dasein selbst mit seinem ganzen Gehalt ins Gedränge bringt, wie es in jedem Sinn mein Fall war. Es ist meine Überzeugung und wird es in alle Ewigkeit bleiben, daß der ganze Mensch derjenigen Kraft in ihm angehört, die die bedeutendste ist; diese ist in mir die poetische: wie hätte ich sie in dem miserablen Kampf um die Existenz lebendig erhalten und wie hätte ich diesen Kampf ohne sie auch nur notdürftig in die Länge ziehen sollen, da bei meiner unablenkbaren Richtung auf das Wahre und Echte, bei meiner völligen Unfähigkeit zu handwerkern, an einen Sieg gar nicht zu denken war. Wenn die Ruhe des Gewissens die Probe des Handelns ist, so habe ich nie besser gehandelt, als indem ich den Schritt tat, aus dem Elise mir eine Todsünde macht ...«

Friedrich Hebbel war zwei Jahre älter als Christine Enghaus. Er hatte sich als Dichter durch Tragödien und lyrische Gedichte ausgewiesen. Christine war an einer der ersten Bühnen auf Lebenszeit verpflichtet worden. Beide waren sich als reife und einigermaßen geschlossene Persönlichkeiten begegnet, deren Zukunft durch Beruf und Berufung vorgezeichnet war. Dagegen lag für jeden von ihnen das bisherige Lebensschicksal des anderen im Dunkel. Woher kommst du? Unter welchen Bedingungen hast du gelebt? Welche Widerstände haben dich gehemmt, welche glücklichen Ereignisse dich begünstigt? Auf diese Fragen bezogen sich lange Gespräche während ihrer Verlobungszeit.

Christine Engehausen (Enghaus lautete der später angenommene Künstlername) stammte aus Braunschweig. Die Mutter, Witwe eines früh verstorbenen Schneiders, mußte jede, auch die geringste Arbeit, die sich ihr bot, annehmen, und die Kinder wurden früh angehalten, mitzuverdienen. Nie reichte das Geld, und oft schlichen sie hungrig ins Bett.

Hebbel erschrak. Er hatte Christine in ihrem kultivierten Heim kennengelernt und nicht daran gezweifelt, daß sie aus einem ähnlichen Milieu stammte.

Mit siebeneinhalb Jahren wurde Christine im Kinderballett des herzoglichen Hoftheaters aufgenommen.

Sie sprach das aus, als wäre es das Natürlichste auf der Welt. Hebbel jedoch hatte erfahren, wie mühsam ein Kind aus proletarischen Verhältnissen aufstieg. Also wollte er hören, wie sie es geschafft hatte.

Christine wußte keine präzise Erklärung. Ihre Mutter hatte wohl irgendwo gehört, daß für das Ballett ein Kind gesucht werde. War ihre Christine nicht schön, daß die Leute auf der Straße den Kopf nach ihr drehten? War sie nicht gelenkig, daß sie auf Händen so gut spazierte wie auf Füßen? So nahm die Mutter das Kind an die Hand und drang bis zum Ballettmeister vor. Der betrachtete die Kleine mit Wohlwollen, erklärte sich bereit, sie an den Proben teilnehmen zu lassen, und ohne daß viel Worte gemacht wurden, ergab sich die feste Anstellung.

Was hatte sie denn verdient?

Einundeinhalb Taler im Monat, die wurden der Mutter ausgezahlt.

Für ein solches Taschengeld hatte sie ihre Kinderzeit opfern müssen, das freie Herumtollen, die Spiele mit anderen Kindern?

Was anderen Kindern Spiele bedeuteten, ersetzten nicht nur, übertrafen die Proben, die Ballettaufführungen am herzoglichen Hof, die Pantomimen im Theater, die Tanzeinlagen in Opern. Dazu die Begegnung mit großer Musik, mit Monteverdi, Rameau, mit Gluck! Sie war sicher, es gab keine bessere Art, Musik zu verstehen, als sie mit Körper und Seele darzustellen.

Ob sie denn niemals unter ihrer geringen Herkunft gelitten habe, wollte Hebbel wissen.

Aber wieso? Sie war gesund, hübsch, hatte eine biegsame Gestalt, die sich sogar im Spitzentanz auf natürliche Art bewegte. Ihr Können wurde bestaunt, bejubelt – das gab ihr Sicherheit im Auftreten.

Hebbel erschien es als ein Wunder, daß ein Kind, in Armut aufgewachsen, so leicht, so selbstverständlich mit den Vorurteilen der Gesellschaft, noch dazu in einer Residenz, fertig geworden war. Seine Kindheit ...

Der Vater war Maurer gewesen, noch weniger, Bauhilfsarbeiter, Tagelöhner, der meist nur zum Ausflicken von Mauern und Schornsteinen gebraucht und schlecht bezahlt wurde. Im Winter gab es kaum etwas zu verdienen. Die Armut hatte die Stelle seiner Seele eingenommen. Er haßte seine Familie, vermutlich weil er als stillen Vorwurf empfand, daß er sie nicht ernähren konnte. Die beiden Söhne, Christian Friedrich und Johann, nannte er seine Wölfe wegen ihres unstillbaren Hungers. Die Mutter, gleichfalls auf geringer Geistes- und Erfahrungsstufe stehend, schützte die Kinder, so gut sie es vermochte, vor der Grausamkeit des Vaters. Was für Kräfte in ihrem Ältesten schlummerten, ahnte auch sie nicht.

Am tiefsten drückte den Knaben, daß er zur ärmsten und verachteten Schicht gehörte, woran er täglich, stündlich erinnert wurde. Wegen seiner zusammengeflickten Kleidung verhöhnten ihn die Kinder besitzender Familien. In der Klippschule wurden, als gehörte es zur Einrichtung der Welt, die Kinder der Honoratioren bevorzugt. Einmal hatte er sich harmlos am Garten eines vornehmen Hauses aufgehalten. Da schrie die Besitzerin über den Zaun, ob sie ihn mit der Hundepeitsche davonjagen solle.

Christine wunderte sich, daß es so etwas gab, in Dithmarschen, das als freie Bauernrepublik gerühmt wurde.

Frei fühlten sich die Bauern, die wohlhabenden Rentner, Pastor, Arzt, Apotheker, die wenigen Beamten. Sie beachteten untereinander zwar auch steifleinene Rangunterschiede, aber alle zusammen bildeten sie die Gesellschaft, die Dithmarschen repräsentierte. Die Armen schlichen sozusagen mit gekrümmtem Rücken, den Hut in der Hand, an den Großmächtigen vorbei. Daher Hebbels Verlegenheit, seine gesellschaftliche Ungewandtheit, gegen die er fast bis zum heutigen Tag hatte kämpfen müssen.

Verlegenheit? Von dergleichen wußte Christine nichts. Lampenfieber kannte sie, aber das war eine Berufskrankheit; ohne sie gab es anscheinend keine künstlerische Hingabe und keine Triumphe.
Obwohl Hebbel als Kind schwächlich war, bestand der Vater darauf, daß er beim Bauern aushelfen solle, die Mutter jedoch wußte das zu verhindern und besorgte ihm da und dort eine Botenstelle, die dann vielleicht einen Schilling und auch wohl ein Butterbrot einbrachte.
Ob er denn keine Freunde gehabt habe, wollte Christine wissen.
Hebbel mußte nachdenken. Während der Kindheit waren seine Freunde Kaninchen gewesen. Er erinnert sich: war eins gestorben, hatte er es feierlich begraben und einen Grabspruch gedichtet. Dann die Katze – aber sie hatte einmal irgend etwas gestohlen, vielleicht am Milchtopf geschlappert, und der Vater ertränkte sie. Am nächsten hatte ihm der Hund Pinscher gestanden. Der ließ das Kind nicht aus den Augen, bellte, wenn es dem Brunnen zu nahe kam, sprang fremde Kinder wütend an, wenn sie seinen Schützling hänseln wollten. Pinscher, ja, war sein bester Freund gewesen. Der Vater aber haßte das Tier, weil es wuchs, weil seine Freßlust nicht mehr gestillt werden konnte. Eines Tages war der Hund fort. Die Eltern sagten, er sei davongelaufen, am folgenden Tag jedoch stellte er sich mit zerbissenem Halsband wieder ein. Diesmal nahm der Knabe ihn vorsorglich mit in sein Bett. Trotzdem verschwand das Tier auf geheimnisvolle Weise und kam nie wieder.
Später wurden Hunde aus der Nachbarschaft seine Freunde, und als Student – Hebbel merkte nicht, daß Christine mit erschreckten Augen seiner Erzählung folgte –, als Student in München hatte er in einem Hund, Hänschen, einen ständigen Begleiter. Er wurde sogar ins Kolleg mitgenommen,

saß seinem Herrn auf dem Schoß und wußte genau, daß er hier nicht bellen durfte, obwohl der Professor seine Einführung in die Jurisprudenz auf elende Weise vom Blatt las. Hänschen – Hebbel blickte eine Weile verträumt vor sich hin, bevor er zu erzählen begann, wie er mit Hänschen von München nach Hamburg gewandert war. Geld für die Post hatte er nicht, nur ein paar Zehrgroschen für Brot, für eine warme Suppe, die er Hänschen jeden Abend geben ließ, für ein Bett in einem ärmlichen Gasthof oder eine Strohschütte beim Bauern. Hänschen lief anfänglich vergnügt seinem Herrn voraus, blickte sich um, ob dieser auch folgte, und trabte weiter den langen Weg über Nürnberg, Bamberg, Gotha in den schneebedeckten Thüringer Wald hinein. Nachdem sie die Berge erreicht hatten, mußte Hebbel das Tier tragen, seine Pfoten waren durchgelaufen, und die Läufer versagten. In Göttingen erinnerte Hebbel sich, daß hier ein Student wohnte, mit dem er in München zusammen Kolleg gehört und mit dem er sich gelegentlich unterhalten hatte: er hieß Rudolf Ihering und war inzwischen ein angesehener Rechtsgelehrter geworden. Nach der Art, wie Wandersmann und Hund von ihm empfangen wurden, mußten sie einen furchterregenden Eindruck gemacht haben. Ihering gewährte ihnen in seinem Quartier Unterkunft, sorgte für Essen und Trinken, ließ Hebbels Schuhe besohlen und steckte ihm etwas Geld zu, im übrigen vermied er ängstlich, mit seinem Studienfreund auf der Straße gesehen zu werden, und war sichtlich erleichtert, als er nach zwei Tagen seine Gäste wieder loswurde. Von Göttingen ging es weiter über Hannover und Celle. Obwohl Hänschen täglich sein Futter bekam und nachts im Bett zu Füßen seines Herrn schlief, hatte er längst seine Lustigkeit und auch, wie es schien, seine letzte Kraft verloren. Ein Bauer, von Hebbel befragt, meinte, er solle das Tier zurücklassen; wenn es sich nicht bald

erhole, wolle er es totschlagen. Hebbel nahm sein Hänschen wieder in den Arm, und endlich, nachdem sie am 11. März von München aufgebrochen waren, erreichten sie am 31. März Hamburg, beide zu Tode erschöpft.
Hebbel entdeckte jetzt, daß Christine mit Tränen kämpfte, und fragte nach dem Grund.
»Daß du unter Tieren deine Freunde suchen mußtest! Wie entsetzlich!«
»Ich habe, Gott weiß es, als Kind mich nach Liebe und Zärtlichkeit gesehnt. Da ich überall auf Haß stieß, hat mein Herz sich erkältet. So lebe ich heute noch, mit einem glühenden Herzen, das mit einem Eisring gepanzert ist. Das mußt du wissen: wer seine Biographie erzählt, legt eine Beichte ab.«
Sie wollte nicht hinnehmen, daß er nie unter Menschen einen Freund gewonnen habe, und er wich aus: davon werde er später erzählen, jetzt sei sie an der Reihe zu erzählen. Die kleine Balletteuse im weißen Röckchen, wie war ihr Weg weitergegangen?
Die kleine Balletteuse, ein Kind unter gleichaltrigen Kindern, die ihren Beruf als Spiel auffaßten – es war eigentlich eine selige Zeit gewesen. Niemand hatte den Ehrgeiz, andere zu überflügeln oder auszustechen, den Beifall des Publikums auf sich zu beziehen, Triumphe auf der Bühne galten allen gemeinsam. Was die Arbeit am Theater so schwierig und oft scheußlich macht, Intrigen, Buhlen um die Gunst des Theaterdirektors, das Andiewandspielen des Partners auf offener Bühne – all das gab es nicht im Ballett der Kinder. Jedes teilte mit den anderen den Erfolg so gut wie Bonbons, Butterbrote, sogar Geld. Und zu Hause? Da ging es zwar dürftig zu, der Tisch war nicht immer gedeckt, aber die Familie ertrug es, ohne groß darunter zu leiden. Christine wurde schon als Kind bevorzugt, ja verwöhnt, soweit es die bescheidenen Einkünfte erlaubten. Vielleicht sah die Mutter

die glänzende Laufbahn dieses Kindes voraus, an der sie alle zusammen einmal profitieren sollten, wozu es dann nach gar nicht so langer Zeit auch kam.

Hebbel horchte auf und wollte wissen, was für Ansprüche die Familie denn heute an sie stelle. Aber da wich Christine aus; alles sollte der Reihe nach gehen. Das erste große, bis heute nachwirkende Ereignis war die Konfirmation.

Ein guter Pastor hatte ihren Kinderglauben befestigt. Er hatte erklärt, daß der Mensch nicht allein sei, daß er, sofern er nicht Augen und Ohren verschließe, der Gegenwart Gottes, seiner Fürsorge, seines Trostes immer gewiß bleibe. In jenen Wochen fühlte sie sich über den Erdboden erhoben, in die Sphäre des Religiösen entrückt und unangreifbar. Wenn sie es recht bedachte, lebte sie auch heute noch in der Zuversicht, durch den Glauben von einem Panzer umgeben zu sein, aber ihr Panzer bestand nicht aus Eis.

Auch in Hebbels Jugend hatten Glaube und Kirche Bedeutung gehabt. Früh schon hatte er unter Tränen die Passion Christi gelesen. Die Erschütterung war so stark gewesen, daß er die Bibel längere Zeit nicht mehr in die Hand nahm. Als Schulkind gehörte er, obwohl er krächzte wie ein Rabe, zum Kirchenchor, der bei Beerdigungen und anderen kirchlichen Handlungen Choräle sang. Er verrichtete noch andere Dienste, zog die Kirchenglocken, trug die Becken mit dem gesammelten Geld ins Pfarrhaus, zählte das Kirchengeld, von dem dann drei Sechser sein eigen waren. Diese Tätigkeiten gaben ihm das Bewußtsein, in einem geheimnisvollen Zusammenhang eine Rolle zu spielen. Geheiligt – vielleicht war der Ausdruck nicht zu hoch gegriffen – fühlte auch er sich im Gotteshaus, besonders bei den Kirchenkonzerten, wenn Orgel, Streicher, Posaunen und Singstimmen beteiligt waren. Freilich war es für den Jungen mit der gehobenen Stimmung vorbei, sobald der pausbäckige Pastor die Kanzel bestieg und von der gottgewollten Einrichtung der Welt predigte, in die der Mensch sich zu schicken habe. Hatte er, das herumgestoßene Häuslerkind, jemals die Hand Gottes erfahren, die ihn vor der Grausamkeit und dem Unverständnis der Menschen schützte?

Dennoch, von einem mystischen Erlebnis mußte er auch berichten. Als er vierzehn Jahre alt war, lag der Vater krank, und der Arzt hatte die Mutter vorbereitet, daß der Tod jede Stunde eintreten könne. Da betete der Knabe, dem Vater noch acht Tage zu schenken, und wirklich, erst nach dieser Frist trat der Tod ein.

Christine erinnerte sich, daß der Vater seine Kinder gehaßt habe; jedenfalls habe er das erzählt. Warum dieses Gebet für den Vater?

War nicht alles Leben dem Widerspruch unterworfen? Wenn sein Vater ihn verdrosch, pflegte er zu sprechen: Im Namen des Vaters, des Sohnes und des Heiligen Geistes. Was für Rätsel gab ein solcher Vater dem Knaben auf! Trotzdem habe er seinen Vater nicht gehaßt – er war doch sein Vater. Mystische Erfahrungen waren ihm später nie wieder geschenkt worden. Gott entzog sich den Rufen gequälter Menschen, wie er sich jeder durch Menschen versuchten Definition entzog: er blieb fremd, unerreichbar – dieses war Hebbels frühe und immer wieder bestätigte Erfahrung.

Um des Himmels willen, glaube er denn überhaupt noch an Gott, fragte Christine.

»Die Natur strebt nach einem Gipfel, und da der Mensch fühlt, daß er dieser Gipfel nicht ist, so muß es ein ihm korrespondierendes Wesen geben, in dem das Weltall zusammenläuft und von dem es ausgeht. Dieses Wesen ist Gott.«

Christine antwortete auf so lapidare Sätze mit einem differenzierten »Ja, ja«, das uneingeschränkte Bewunderung oder auch ein sanftes Gewährenlassen ausdrückte, also etwa: »So spricht nur das Genie« – oder: »Red nur, verstehen tu ich's nicht.«

In Glaubensfragen dagegen bekannte sie präzise ihre Haltung. »Dein Gott ist mir zu abstrakt. Er ist durch Denken gewonnen. Hast du ihn nie erfahren, ihn nie angerufen, wie die Bibel es lehrt, als unseren Vater?«

»Ich beuge mich allem Höheren und also gewiß dem Höchsten. Aber nur dadurch, daß ich ihn möglichst zu entbehren suche, kann ich mich in ein würdiges Verhältnis zu ihm setzen. Er will nicht die Krücke des Menschen sein, darum hat er ihm Beine gegeben.«

»Du meinst, wir schaffen es aus eigener Kraft? Der Mensch aber in seiner Sündhaftigkeit ist auf die Gnade angewiesen, für die soll er sich in Demut offenhalten.«

»Christliche Sünde ist ein Unding, christliche Demut die einzig mögliche menschliche Sünde, und christliche Gnade wäre eine Sünde Gottes.«

»Ja, ja«, antwortete sie, was soviel heißen konnte: Du wirst es später einmal widerrufen. Aber sie fügte hinzu: Sie halte sich an die christliche Glaubenslehre; ohne diese könne sie nicht leben.

»Das Mysterium der Welt war bisher durch die Glaubenslehre hinter Schlössern und Riegeln versteckt. Diese Schlösser und Riegel aber sind schadhaft geworden. Der Knabe kann sie aufreißen, der Jüngling reißt sie auf. Die Weltgeschichte steht jetzt vor einer neuen Situation. Die Hölle ist ausgeblasen, ihre letzten Flammen haben den Himmel ergriffen und verzehrt, die überlieferte Gottheit reicht nicht mehr aus, denn der Mensch hat erkannt, daß Gott, ohne sich um die Menschheit zu kümmern, Gott und selig in sich selbst sein kann. Woher soll die Menschheit eine Idee nehmen, die unsere bisherige Vorstellung von Gott aufwiegt oder überragt? Ich fürchte, zum erstenmal ist sie ihrer Aufgabe nicht gewachsen ... Sie sammelt Strahlen für eine neue Sonne – ach, eine Sonne wird nicht zusammengebettelt.«

»Aber Jesus?« Christine warf ihre Trumpfkarte auf den Tisch. Nach ihrer Erfahrung kam niemand von Jesus los, der einmal von ihm ergriffen wurde.

Christus, gab Hebbel zu, war auch für ihn die höchste Erscheinung in der Geschichte. Der Plan, einmal ein Christusdrama zu schreiben, verfolgte ihn hartnäckig bis heute, und in seinen Papieren befand sich eine Skizze oder befanden sich doch Notizen über ein solches Drama. Dabei wußte er bis heute nicht, ob Christus, dessen Wesen sich nur umschreiben, aber nicht definieren ließ, überhaupt auf der Bühne dargestellt werden könne. Vielleicht sollte man nur zeigen, wie sein Bild sich in den Jüngern und in den Frauen des Neuen Testamentes spiegelte. Auch daran hatte er gedacht, Judas in die Mitte der Handlung zu setzen, denn der Verräter war nach Hebbels Auffassung der Gläubigste unter den Jüngern. Als die Häscher kamen, zog Petrus das Schwert, um seinen Herrn zu verteidigen, die anderen Jünger hätten ihn am liebsten auf der Flucht mitgenommen. Judas wußte, daß das Drama auf Golgatha sich vollziehen sollte. Er gab den Weg frei, indem er den Soldaten sagte: dieser da ist es.

Immer wieder vergaß Hebbel den Vorsatz, den Ablauf seines Lebens zu erzählen, und er glaubte, sich entschuldigen zu müssen; sein Gehirn befinde sich meist – wenn es nicht in Dumpfheit versinke – in einem fiebrigen Zustand, die Gedanken flackerten und seien nur schwer durch den Willen zu lenken.

Christine, fasziniert durch die Fülle seiner Einfälle und ihre Formulierung, antwortete: sie werde nicht ermüden, und sollte sie bis ans Ende ihres Lebens zuhören.

Er gab ihr ein Kompliment zurück: er brauche gerade eine so aufmerksame Zuhörerin, denn sie locke die Gedanken aus ihm heraus.

Nun aber sollte der Faden der Erzählung wiederaufgenommen werden. Bis zu ihrer Konfirmation waren sie beide gekommen. »Erzähl du weiter!« – »Nein, fang du an!« Christine meinte, seine Biographie sei jedenfalls die bedeutendere, und Hebbel quittierte dieses Argument mit einer Verbeugung.

Ein einziges Mal hatte er sich gegen seinen Vater aufgelehnt, als dieser ihn zwang, Zuträgerdienste bei Maurerarbeiten zu leisten. Dazu taugte der Junge wirklich nicht, aber der Vater hatte nicht recht, wenn er schalt: »Krischan (sein Rufname war eigentlich Christian) taugt doch zu gar nichts!« So blieb es denn bei gelegentlichen Botendiensten, doch seit der Vater tot war – der Sarg war mit dem Wintervorrat an Kartoffeln bezahlt worden –, herrschte bittere Not im Haus, und die Mutter schaffte es nicht mehr mit dem geringen Verdienst einer Waschfrau und einer Bedienerin. Der älteste Sohn mußte aus dem Haus, aber wohin? Da nahm sich der Lehrer Dethlefsen seiner an.

Hebbel lächelte vor sich hin. Der gute Lehrer, der auf alle Fragen die richtige Antwort wußte! Einmal hatte Christian Friedrich in einem Buch das Wort Mandarin gefunden. Was bedeutet es? Der Lehrer antwortete: »Mandarin – das ist der Mann darin.« Herr Dethlefsen wußte wirklich alles.

Dieser Mann also ging zum Herrn Kirchspielvogt und fragte, ob er nicht seinen besten Schüler gebrauchen könne, einen Jungen, der eine wunderschöne Handschrift schreibe, der jede Rechenaufgabe spielend löse, der alles lese, was ihm in die Finger komme, und einen unstillbaren Wissensdurst zeige.

Der Herr Kirchspielvogt war nicht abgeneigt.

Das Amt der Kirchspielvogtei, zuständig für Wesselburen und einige benachbarte Dörfer, vereinigte die Aufgaben eines Bürgermeisters, eines Polizeigewaltigen und eines Friedensrichters. Es war hoch angesehen, entsprechend besoldet und in einem stattlichen Dienst- und Wohngebäude untergebracht. Von den Inhabern wurden juristische Kenntnisse und die Zugehörigkeit zu den ersten Familien verlangt.
Der Kirchspielvogt Mohr also stellte den Knaben als Boten ein und schloß mit der Mutter folgenden Vertrag: Er, der Kirchspielvogt, gewährte Kost, Unterkunft und Kleidung. Dagegen sollte der Knabe untergeordnete Arbeiten im Amtszimmer, Kopieren von Briefen und dergleichen übernehmen, dazu Botendienste für das Amt und für den Haushalt. Worin bestand die Kost? Aus Milch und Brot, Suppen, extra für das Gesinde gekocht und am Küchentisch eingenommen. Worin die Unterkunft? Aus einem Bett, das unter der Treppe am rückwärtigen Eingang des Hauses eingebaut war; der Knabe mußte es mit dem Kutscher teilen. Worin die Kleidung? Der Dienstherr überließ großzügig seine abgelegten Anzüge der Mutter, die sie umarbeiten mußte.
Als Christine die harten Bedingungen beklagte, schüttelte Hebbel den Kopf. Für den Knaben bedeutete die Übersiedlung ins Kirchspielamt der erste wichtige Schritt ins Leben. Er wurde befreit aus der Enge der elterlichen Wohnung. Endlich bekam er ausreichende und mehr als ausreichende Kost. Das wichtigste aber war: er gewöhnte sich an gute Manieren, die er im Elternhaus nicht hatte erlernen können. Außerdem durfte er die Bibliothek seines Dienstherrn benutzen, wovon er rege Gebrauch machte; das heißt, er las alles, was er vorfand, Schillers und Körners Werke (Goethe fehlte), den ›Wandsbeker Boten‹, ›Yoricks empfindsame Reise‹ von Sterne, Wieglebs ›Natürliche Magie‹, eine Ge-

schichte des Siebenjährigen Krieges, dazu allerlei juridische Literatur.
Mithin sei der kleine Krischan wohl ganz zufrieden gewesen, meinte Christine.
Er fühlte sich als eine wichtige Person in den Amtsräumen und in der Nähe des Herrn Kirchspielvogts Mohr, zu dem er aufblickte wie zum lieben Gott. Daß er dessen Kleider auftragen durfte, machte ihn stolz. Am liebsten wäre er in dessen Haut gekrochen, und in gewissem Sinne tat er es auch. Er ahmte ihn nach, seine vornübergebeugte Haltung, die rudernden Armbewegungen beim Gehen, das Schaukeln mit dem Oberkörper während des Sprechens. »Man hat mir gesagt, ich sei diese äffischen Angewohnheiten bis heute nicht losgeworden.«
Christine wollte sich ausschütten vor Lachen. »Deine Bewegungen, dazu die hochgezogenen Schultern, natürlich sind sie mir aufgefallen, sie stammen also vom Herrn Kirchspielvogt. Auf wie verschiedene Weise doch ein Mensch unsterblich werden kann!«
Mit der Zeit eignete sich Hebbel die Kenntnisse eines Amtsschreibers an. Seine Allgemeinbildung, obwohl ohne jede Anleitung erworben, übertraf bald die seiner Umgebung. Aber wer von den Honoratioren kümmerte sich um den jungen Menschen! Ein Pastor sollte einmal gesagt haben: »Wenn der Hebbel all die Bücher, die er von mir ausleiht, versteht, dann muß etwas Besonderes aus ihm werden.« Doch auch dieser Mann tat nichts für ihn. Der Herr Kirchspielvogt bemerkte sehr wohl, wie sich der von ihm eingestellte Laufbursche entwickelte. Er sah ein, daß er von ihm größeren Nutzen ziehen konnte, er überließ ihm schon einfache Amtshandlungen, so die Kontrolle durchziehender Handwerksburschen, auch amtliche Versteigerungen, sogar die Schlichtung geringfügiger Streitigkeiten unter den Bür-

gern, er setzte ihn als Amtsschreiber ein, aber gegen geringes Entgelt und ohne die sonstigen Bedingungen zu verbessern. Nach wie vor mußte Hebbel das Bett mit dem Knecht teilen, sogar als dieser das Fleckfieber hatte; weiterhin mußte er mit Köchin, Hausmädchen, Kutscher und Tagelöhnern am Küchentisch essen.

»Da entwickelte sich in mir eine Hölle von Reizbarkeit und Empfindsamkeit und schließlich von Haß. Noch Jahre später trat mir das Blut in die Wangen, wenn ich an all die Erniedrigungen dachte, und wie oft habe ich bei Gott im Himmel geschworen: der Mann wird einmal den armen hilflosen, mißhandelten Jüngling rächen. Nun, der Herr Mohr ist mir nun lange entrückt, diese Einsicht aber ist mir geblieben: die Menschenpflanze bedarf der günstigen Witterung zur rechten Zeit wie jede andere Pflanze.«

»Gab es denn niemanden, der dir gut war und dir ein bißchen Freundlichkeit schenkte?«

»Ja! Zur Kirchspielvogtei gehörte ein riesiger Neufundländer.«

»Immer die Hunde in deinem Leben«, seufzte Christine.

Er hieß Monarch. Hebbel aber nannte ihn Yorick Sterne Monarch. Das gute Tier lag zu seinen Füßen während der Bürostunden, es begleitete ihn auf seinen Wegen und willigte mit sichtlichem Vergnügen in jeden Scherz ein. Zum Beispiel: auf ein bestimmtes Zeichen sprang der Hund auf den Stuhl vor den Schreibtisch, er ließ sich eine Schreibfeder hinters Ohr stecken, eine Brille auf die Nase setzen und regte sich nicht, wenn Hebbel vor ihm das Corpus juris aufschlug. Als einmal das Tier solcher Art postiert war, betrat ein Bekannter das Amtszimmer. Der lachte laut: »Krischan, was hast du mit dem Hund vor?« Darauf Hebbels Antwort: »Mein ehrwürdiger Yorick Sterne Monarch repetiert das Corpus juris und gedenkt, demnächst zu promo-

vieren, und ist wahrscheinlich dem Ziel näher als ich dem meinigen.«
»Was war denn dein Ziel in jener Zeit?« fragte Christine.
Hebbel dachte nach. Anfänglich wohl nur der blinde Trieb, aus dem Bodensatz der Gesellschaft aufzusteigen. Dann: Bildung zu erwerben, weil sie die Voraussetzung des Aufstiegs zu sein schien. Daher sein Lesehunger, auch die Versuche, mit Hilfe eines Apothekers Latein zu erlernen. Endlich die Erkenntnis, daß Bildung um ihrer selbst willen zu erstreben sei.
»Und der Dichter in dir? Warst du dir damals schon bewußt, daß künstlerische Kräfte sich in dir regten?«
»Seit meinem sechsten Lebensjahre habe ich allerlei Zeugs gereimt, aber das hatte natürlich nichts mit Kunst zu tun.«
»Kannst du dich an erste Reimereien erinnern?«
Das konnte er, und er zitierte sein frühestes Gedicht: »Der Teetopf, erfunden zum Tagesgebrauch, in mannigen Stunden dampft daraus ein Rauch.«
Ein sechsjähriges Kind! Christine fand das Gedicht erstaunlich, weil es in der Beobachtung und im Ausdruck so ganz kindhaft gehalten war.
Hebbel meinte, man werde es gewiß billigen, daß er solche Reimereien nicht als Zeugnisse einer künstlerischen Begabung aufgehoben hatte. »Ich selber hatte vor Dichtung und vor Dichtern eine Ehrfurcht wie vor etwas Unerreichbarem – auch dann noch, als ich, ohne es zu wissen, selber ein Dichter geworden war.«
Was ihn denn getrieben habe, Verse zu machen, wollte Christine wissen.
Vielleicht war es das Erstaunen, daß man Wörter zusammenfügen konnte wie Bausteine. Oder – noch unbewußt – die Verwunderung, daß die bloße Wahrnehmung etwas Unvollkommenes ist und erst, in Sprache verwandelt, eigent-

lich Wirklichkeit wurde. Jedenfalls schrieb der Junge drauflos, Gedichte, Erzählungen, Dramen. Die Titel? ›An Laura‹ – ›Kains Klage‹ – ›An die Tugend‹ – ›Reiterlied‹ – meist war es Schiller aus zweiter Hand. »Wer nicht freudig opfert den höchsten Glanz, nie schmückt den würdig des Glückes Glanz.« In diesen Versen hörte man das Pathos von Schillers ›Reiterlied‹ heraus. Alles in allem waren es Treibhauspflanzen, die es nicht zu Geruch und Geschmack brachten. ›Mirandola‹ hieß der erste dramatische Versuch, in dem ein Räuber, ein richtiger Milchbruder von Karl Moor, auftrat. ›Der Vatermord‹ war eine blutige Tragödie, ebenso ›Der Brudermord‹; ohne drei Tote auf offener Bühne tat er es nicht. Das Gedicht ›Die Kindsmörderin‹, die Ballade ›Rosa‹, die ebenfalls von Kindesmord handelte – das Schaurige überwog.

»Aber es war nicht von außen an mich herangetragen worden, wie man vermuten könnte, denn der Kindesmord war seit der Klassik immer noch ein beliebtes Motiv.«

Armes Kind! seufzte Christine, das von solch gräßlichen Stoffen angezogen worden sei.

»Sie entsprachen der Wirrnis meiner Seele. Schon als Kind steckte ich voller Ängste. Wenn ich des Abends zu Bett gebracht wurde, fingen die Balken über mir zu kriechen an, aus allen Ecken und Winkeln des Zimmers glotzten Fratzengesichter hervor, und das Vertrauteste, ein Stock, auf dem ich selber zu reiten pflegte, der Tischfuß, ja die eigene Bettdecke mit ihren Blumen und Figuren wurden mir fremd und jagten mir Schrecken ein. Wie oft habe ich des Nachts um Hilfe geschrien! Wie tief sich die Ausgeburten meiner Phantasie mir eingeprägt haben, geht daraus hervor, daß sie bis heute mit voller Gewalt bei jeder ernsten Erkrankung wiederkehren; die ältesten Teufel vertreiben alle später geborenen. Aber auch am Tage war meine Phantasie unge-

wöhnlich rege und vielleicht krankhaft. Häßliche Menschen zum Beispiel, über die mein Bruder lachte, erfüllten mich mit Grauen. Ein kleiner buckliger Schneider, an dessen dreieckigem leichenblassem Gesicht unmäßig lange Ohren saßen, die noch obendrein hochrot und durchsichtig waren, ging nicht vorbei, ohne daß ich schreiend ins Haus lief. Ich konnte keinen Knochen sehen und begrub auch den kleinsten, der sich in unserem Gärtchen entdecken ließ, ja, ich merzte später in meinem Katechismus das Wort Rippe mit den Nägeln aus, weil ich mir den Gegenstand, den es bezeichnete, immer in Modergestalt vergegenwärtigte. Dagegen war mir ein Rosenblatt, das der Wind über den Zaun wehte, so viel und mehr als anderen die Rose selbst, und Wörter wie Tulpe und Lilie, Kirsche und Aprikose, wie Apfel und Birne versetzten mich unmittelbar in Frühling, Sommer und Herbst hinein. Damals schon muß ich die Magie der Sprache erfahren haben. Das Wort besaß die Fähigkeit, das Grauenvolle zu bannen und der Seele fernzurücken, und umgekehrt vermochte es den schönen Dingen Dauer zu geben. So betrachtet war ich als kleines Kind schon, was ich heute bin. Meine Ballade ›Der Heideknabe‹, 1840 in Paris geschrieben, schilderte die Ängste des Knaben: Er hat geträumt, auf dem Weg durch die Heide erstochen zu werden; seinem Bitten und Flehen zum Trotz schickt der Meister ihn auf eben diesen Weg, er wird unterwegs vom Knecht überholt, erzählt diesem seinen Traum und: ›Er zog sein Messer!‹ – War das wie dies? – ›Ach ja, ach ja!‹ – Er zog's? – ›Und stieß ...‹ Er stieß dir's wohl so durch die Kehle? Was hilft es auch, daß ich dich quäle!«
Wie gerät der Dichter an seinen Stoff? Sucht er unbewußt Befreiung von Ängsten, von grauenvollen Lüsten und Trieben, indem er sie bannt durch das Gedicht?
»Schrecklich die ersten Träume, an die ich mich erinnere.

Der entsetzlichste wiederholte sich siebenmal. Mir war, als hätte der liebe Gott, von dem ich manches gehört hatte, zwischen Himmel und Erde ein Seil ausgespannt, mich hineingesetzt und sich danebengestellt, um mich zu schaukeln. Nun flog ich ohne Rast und Aufenthalt in schwindelerregender Eile hinauf und herunter; jetzt war ich hoch in den Wolken, die Haare flatterten mir im Winde, ich hielt mich krampfhaft fest und schloß die Augen; jetzt war ich dem Boden wieder so nahe, daß ich den gelben Sand sowie die roten und weißen Steinchen deutlich erblicken, ja mit den Fußspitzen erreichen konnte. Dann wollte ich mich hinauswerfen, aber das kostete doch einen Entschluß, und bevor er mir gelang, ging's wieder in die Höhe, und mir blieb nichts übrig, als abermals ins Seil zu greifen, um nur nicht zu stürzen und zerschmettert zu werden.

Dieses Traumbild entspricht auf das genaueste meiner später erworbenen Welterfahrung. Ich weiß mich von Gott auf ein Seil gesetzt, das zwischen Himmel und Erde schwingt, aber keine Hand streckt sich mir entgegen, um mich zu halten, auch diejenige nicht, die mich aufs Seil gesetzt hat.

Zum Dichter berufen, der zu höchsten Zielen greift, habe ich mich immer gefragt: Reicht die Begabung? Wie oft habe ich mich aufgelehnt: Warum erschafft der Allmächtige nicht ausschließlich Genies wie Goethe und Beethoven, die mit der Sicherheit von Planeten ihre Bahn laufen? Warum mußte ich von armen Eltern geboren werden? Warum bin ich nicht mit der geringsten Fähigkeit begabt, mir durch Handwerkerei mit der Feder oder einem Werkzeug den Lebensunterhalt zu erwerben, der ja Voraussetzung ist, daß sich die Begabung entfaltet? Warum bis heute der unaufhörliche Kampf gegen den Hunger, warum immer wieder die Verlegenheit, für ein kleines Zimmer die Miete schuldig bleiben zu müssen? So war es in Hamburg, wo ich versuchte, die höhere Schulbildung nachzuholen, so in Heidelberg und München, wo ich Vorlesungen hörte, in Kopenhagen, als ich vom dänischen König ein Stipendium erbettelte, so war es in Paris und Rom.«

Seltsame Gespräche zwischen Verlobten – sie zogen sich über Tage und Wochen hin. Oft hatte Christine das Gefühl, selber auf einem Seil zu sitzen, das sie zwischen Himmel und Erde hinauf und hinab schleuderte. Wie einfach und gradlinig, ohne Sensationen hatte dagegen sie ihren Weg als Künstlerin gemacht. Während sie noch dem Kinderballett angehörte, mußte sie gelegentlich eine Kinderrolle in einem Schauspiel oder einer Oper übernehmen. Eines Tages – sie zählte vierzehn Jahre und war gerade konfirmiert worden – wurde ihr eine Knabenrolle angetragen. Sie sollte ihr Geschlecht wechseln? Eben hatte sie mit frommem Gemüt aufgenommen, wie Gott die Welt erschaffen hatte: danach schuf er den Menschen, als Mann und Weib erschuf er ihn. Sie weigerte sich, in Hosenrollen aufzutreten, sie stampfte mit den Füßen, und auch als der Ballettmeister drohte, sie zu entlassen, blieb sie hartnäckig. Weinend lehnte sie am Treppengeländer des Opernhauses. Sollte alles vorbei sein, der Tanz, die schöne Kinderkameradschaft, die Taler, die sie der Mutter einbrachte? Da legte sich eine Hand auf ihre Schulter. Dr. Köchy, Bühnendichter und Sekretär am Hoftheater, fragte nach ihrem Kummer. Er sorgte dafür, daß sie im Kinderballett verblieb, er tat mehr: er studierte mit ihr einige kleine Rollen, dann die großen, Schillers Johanna und Schillers Luise Miller. Er ging mit ihr nicht den verzweifelten Umweg, den Hebbel gewählt hatte, den Umweg über eine umfassende Allgemeinbildung, was Jahre erfordert hätte. Er unterwies sie, das, was sie wissen müsse von der Umwelt, den historischen Verhältnissen, dem Charakter einer bestimmten Rolle in der Dichtung und ausschließlich in ihr zu suchen. Und es zeigte sich, daß sie aus ihrem Instinkt die Rolle erfaßte und durch Sprache, Haltung und Mimik glaubhaft darstellte. In zwei Jahren erwarb sie eine ausreichende Sprechtechnik, und Köchy konnte ihr ein Gastspiel in Bremen vermitteln. Ein Jahr später, mit siebzehn Jahren, stand sie als Johanna auf der Bühne des Hamburger Schauspielhauses. Nach sechs Jahren kam dann der Pensionsvertrag mit der Wiener Burg.

War das alles, was sie von ihrem künstlerischen Werdegang zu erzählen wußte? Ach, in Hamburg war sie als elementare Darstellerin tragischer Frauengestalten gefeiert worden. In Wien dagegen stand sie in harter und oft demütigender Konkurrenz zu geschmeidigen, gesellschaftlich gewandteren, auf der Bühne brillierenden Kolleginnen; aber das würde Hebbel eines Tages selber erfahren.

Tag um Tag ging dahin, und immer noch hatten beide von ihrem privaten Schicksal das Wichtigste nicht gesagt.

Hebbel war aus der Sicht der Hotelangestellten ein seltsamer Herr: Mit fliegenden Rockschößen und rudernden Armen eilte er zwischen dem ›Erzherzog Karl‹ und der Alser Quergasse hin und her, oder er kam, mit Büchern beladen, aus dem Leseverein und dem Literaten-Café am Josephstädter Glacis. Seine Kleidung trug er so salopp, daß man ihre Herkunft aus dem ersten Schneideratelier nicht wahrnahm.

Der Portier, der ihn mit tiefer Verbeugung als »Herr Baron« oder als »Herr Doktor« titulierte, die Pagen, die vor ihm die Türen aufrissen, nahmen ihn als komische Figur, die von Gnaden der höchst splendablen Barone lebte; er selber war gemessen an den Trinkgeldern entweder sehr arm oder sehr geizig.

Hebbel selbst empfand seine äußeren Umstände als durchaus unangemessen. Der Anzug, der im ersten Augenblick sein Selbstgefühl gesteigert hatte, war ihm gleichgültig geworden; so erging es ihm immer: sobald ein begehrter Gegenstand Besitz geworden war, verlor er den Zauber des Unerreichbaren.

Die eleganten Hotelzimmer, ebenso die ständig sich wiederholenden Ovationen der Brüder Zerboni wurden ihm lästig, und er sah sich bereits nach einem bescheidenen Zimmer in der Nähe Christines um. Seine Post erreichte ihn unter der Adresse der »kaiserlich-königlichen Hofschauspielerin Christine Enghaus«, ausgenommen die Briefe, die von Elise kamen.

Eigentlich hätte er glücklich sein müssen. Zum erstenmal

war er einer ihm ebenbürtigen Frau begegnet, und er hatte in der Liebe, wie er sich ausdrückte, »den vollen Inhalt des Lebens« gefunden. In Wirklichkeit steckte er in einer tiefen Krise. Hatte er gewähnt, die Vergangenheit hinter sich lassen zu können, jetzt merkte er, daß kein Mensch aus seiner Biographie herausschlüpfen kann.

Es war doch nicht zu leugnen: Elise hatte ihn mehr als einmal davor bewahrt, dem zermürbenden Lebenskampf auszuweichen. Das letzte war durchaus wörtlich zu verstehen. In seinem Gepäck befand sich seit Jahren und bis heute ein verschnürtes versiegeltes Päckchen, das ein weißes Pulver enthielt; es reichte aus, um ein Pferd vom Leben zum Tode zu befördern.

Ich habe überlebt durch deine immer gleiche Güte und Geduld. Und mehr: meinen Egoismus, den ich durch meinen Beruf rechtfertigte, hast du auf das rechte Maß zurückgeführt. Ich verschlinge alle Individuen, die mir nahekommen, das ergibt sich einfach aus dem Kräfteverhältnis. Um so mehr mußte ich mich in Zartheit und Takt üben. Das hast du mich gelehrt.

Wieviel kleinliche Rechthaberei, wieviel Heftigkeit, Zorn, Haß steckten in mir, als ich dir begegnete. Viele Leute denken ja, bedeutende Eigenschaften müßten das Kleinliche und Niedrige verzehren oder von diesen verzehrt werden – ein schöner Irrtum! Das Kleine kann neben dem Großen sehr wohl bestehen. Die Schwächen, unter denen ich leide, bin ich nicht losgeworden, aber ich habe sie erkannt und bekämpfe sie – das hast du einfach durch dein Dasein bewirkt.

In der ersten Hamburger Zeit schrieb ich einmal: »Das Weib gebiert den Menschen nicht einmal, sondern zweimal; auch die geistige Wiedergeburt durch die Humanität ist ihr Werk.« Diesen Satz kann ich heute noch unterschreiben.

Deine Hingabe war grenzenlos, indem du mein Glück über

das deine stelltest. »Ruhig und freudig werde ich vor einem geliebteren Menschen zurücktreten«, so schriebst du noch vor wenigen Wochen, und gerade darum fühlte ich mich gebunden.
Wenn du trotzdem immer wieder auf Heirat drängtest – jeder Mensch strebt nach den Bedingungen, die seine Existenz ermöglichen, und diese Bedingung ist bei dir der Besitz des Mannes. Dessen braucht sich kein Weib zu schämen, es ist dieser Notwendigkeit unterworfen wie den Gesetzen des Atemholens und des Blutumlaufes. Nur muß das Weib wissen, daß der Mann, den es besitzen will, sich ihr ganz und freiwillig hingibt, und das heißt, daß er sie liebt. Ich habe zehn Jahre lang versucht, mir diese Liebe einimpfen zu lassen, du weißt es. Es ist mir nicht gelungen, auch das weißt du. Ein Weib, das einen Mann in seinen Armen verwesen sehen könnte und in dem Bewußtsein, ihn wie eine Sache zu besitzen, Ersatz fände, würde das Opfer des Mannes nicht verdienen, und ein anderes Weib würde ein solches Opfer nicht verlangen.
In diesen Wochen seelischen Ringens notierte Hebbel in seinem Tagebuch das Thema einer Novelle, in der sich die Situation Elises spiegelt, so wie er die Situation sah oder zu sehen wünschte. »Ein edles Mädchen, sowie sie erkennt, daß ihr Geliebter sich von ihr entfernt, entfernt sich von ihm in demselben Grade, um ihm Schmerz und Vorwürfe zu ersparen, und als ihr das Herz bricht, sagt sie, ohne daß er ihr Opfer ahnt: Wir taugen nicht füreinander, widersteht seinen Bitten, scheint alle Schuld zu tragen und macht ihn frei.«
Ob er wirklich glaubte, der Konflikt, in den sie beide verstrickt waren, werde sich so leicht lösen? Er sei in einem höheren Sinn verpflichtet, sich als frei zu betrachten, und sie, Elise, sei aus eben diesem Grunde gehalten, ihn freizugeben?

Dabei hatte Elise ihm doch sehr bald und sehr deutlich gesagt, daß sie nicht verzichten werde. Schon als er nach dem Theaterabend ›Der Nibelungen Hort‹ beiläufig den Namen Enghaus erwähnte, schöpfte sie mit hellsichtigem Instinkt Verdacht und tat etwas, was gar nicht ihrem Wesen entsprach. Sie wärmte Klatschgeschichten auf, die damals beim Hamburger Publikum über Christine kursierten.

Er hatte ihr seine Verlobung mitgeteilt. »Wenn ich eine Tugend habe, so ist es die der Wahrhaftigkeit.« Er war, wie er meinte, höchst behutsam vorgegangen. Die Freundschaft zu ihr, diese »reine Flamme«, werde in seinem Leben nie erlöschen. Er hatte den Brief begonnen mit »Meine teuerste Elise« und geschlossen: »Ewig Dein Friedrich Hebbel.«

Ihre Antwort: »Du entwürdigst das tiefste, heiligste Gefühl in mir und wirfst mein Herz mit Hohn und Spott zu Füßen einer Schauspielerin.«

Nun begann ein quälender, zermürbender, beide Partner demütigender Briefwechsel.

Hebbel rechtfertigte sich. Sie habe ihn doch freigegeben, wenn es um sein Glück und seine Zukunft gehe. Sie antwortete: wohl habe sie ihn freigegeben, aber nur für den Fall, daß er ganz glücklich werde, das aber sei nun und nimmer möglich durch die Ehe mit dieser Enghaus ... Wieder folgten böse Verdächtigungen.

Hebbel, obwohl immer noch bemüht, sich nicht vom Zorn hinreißen zu lassen, nannte solche Argumente »jämmerliche Sophismen«.

Sie hielt ihm vor, daß sie sich ihm gänzlich geopfert habe und daß sie jetzt, um ihren Lebensinhalt beraubt, zum Sterben verurteilt sei.

Er rief ihr in Erinnerung, wie ihr Leben durch ihn an Gehalt gewonnen habe und, wenn sie nur wolle, auch in Zukunft gewinnen werde. »Habe ich nicht jeden Gedanken mit Dir geteilt? Habe ich Ruhe gefunden, ehe ich ein eben vollendetes Gedicht in Deinen Händen wußte?«

Sie begann aufzuzählen, was sie ihm an Geld gegeben, wieviel sie für seine Kleidung bezahlt habe.

Er setzte seine Rechnung dagegen: Das Reisestipendium habe er mit ihr geteilt, weswegen er in Paris und Rom bis zur Gefährdung seiner Gesundheit gedarbt habe.

Sie pochte darauf, daß ihr und sein Kind, das im Mai vorigen Jahres geboren und auf den Namen Friedrich Ernst getauft sei, doch wohl Anspruch habe, in einer legitimen Ehe aufzuwachsen – von ihrem Anspruch ganz zu schweigen.

Hebbel erwiderte, das Kind trage seinen Namen. Warum solle es nicht in einer Gewissensehe aufwachsen? Er erinnerte sie an Goethe, der ja unter den Augen der Weimarer Residenz mit Christiane Vulpius zusammengelebt habe. Er fragte, ob sie von dem Philosophen Johann Georg Hamann wisse, der, in einer Gewissensehe lebend, fünf Kinder auf seinen Namen taufen ließ; niemand habe den Kindern den Namen streitig gemacht.

Sie rechnete ihm vor, was der Unterhalt des Kindes sie bisher gekostet hatte, und drohte, daß sie seine Unterhaltsverpflichtung gerichtlich einklagen werde.

Er antwortete, nun sehr kurz, daß er selbstverständlich für ihren Unterhalt und den des Kindes aufkommen werde.

Ermüdet, aufs tiefste verletzt, daß die Jahre der Freundschaft in ein »Leichenfeld von Fehltritten, Bosheiten und Enttäuschungen« verkehrt wurden, zog er sich in die »Würde des Schweigens« zurück.

Er war ein nervöser, unglücklicher Mann, der täglich zwischen dem ›Erzherzog Karl‹ und der Alservorstadt hin und her eilte und die meist kurzen Stunden wahrnahm, in denen Christine nicht mit einem Rollenstudium, mit Proben oder einer Aufführung beschäftigt war.

Er mußte endlich das Schwerste, sein Verhältnis zu Elise, beichten, und er war entschlossen, es heute, an eben diesem Abend, zu tun.
Aber Christine kam ihm zuvor.

Christines Salon – brennende Kerzen, Glanz der Mahagonimöbel, weiche Teppiche – da saß er nun, der Mann, der sich all die Jahre gegen Hunger und Elend gewehrt, der nach seinen eigenen Worten die Hunde beneidet hatte, weil sie mit ihrer Garderobe zur Welt kamen. Er saß da und hätte glücklich sein müssen, denn diese so komfortabel eingerichtete Wohnung würde ja in Bälde auch ihm gehören, aber er war außerstande, sich zu freuen.

Die Teekanne summte über der Spiritusflamme. Daneben stand die Flasche mit dem Spiritus. Christine hatte versäumt, sie wegzustellen, denn in der Küche sollten die Apfelstrudel bereitet werden, und an deren Gelingen setzte sie wie eine echte Wiener Hausfrau den höchsten Ehrgeiz. Hebbel saß vor der vergessenen Flasche, nahm sie in grimmigem Humor und stellte sie unter den Tisch. Als Christine mit dem dampfenden Gebäck zurückkam und sich an die Flasche erinnerte und nach ihr fragte, da antwortete er seelenruhig, die habe er ausgetrunken. Als sie, zu Tode erschrocken, zurückfragte: »Den Spiritus – hast du ...«, da schrie er zurück: »Ja, ich bin ein Ungeheuer, und diese Ausgeburt bist du entschlossen zu heiraten.«

Als er endlich die Flasche wieder hervorholte, löste sich der Schreck in Gelächter auf, aber Christine fand den Scherz durchaus nicht charmant. Dennoch nahm sie das Stichwort Ungeheuer auf. »Weißt du auch, daß ich mich vor dir gefürchtet habe, als wärest du ein Ungeheuer?«

»Sah ich denn zum Fürchten aus?«

»Im Gegenteil. Als du mir begegnet bist, verhärmt, zergrübelt, tatest du mir leid. Furcht empfand ich nur vor dem Dichter der ›Maria Magdalena‹. Als Prechtler mich fragte, ob er dich bei mir einführen dürfe, hab ich es ihm nur zögernd erlaubt und bereute meine Zusage schnell. Die Nacht vorher träumte ich von dem gnadenlosen Geschehen deines Dramas.«

»Haben wir uns nicht dahin verständigt, daß die Tragödie ohne Versöhnung zu Ende geführt werden muß?«

»Ich bezog die Handlung auf mich. Im Traum war ich Klara, die aus dem Leben gestoßene, ich stand vor der Kirche, als ein Ziegel vom Dach fiel, und ich wartete, daß ein zweiter Ziegel herabfallen und mich erschlagen solle. Mir erschien der Meister Anton, er drohte, er werde sich die Kehle durchschneiden, falls ich ...«

Hebbel schüttelte den Kopf, verwundert darüber, daß eine Schauspielerin sich so mit einer Gestalt seiner Tragödie identifizieren könne.

»Der Sekretär sagte mir ins Gesicht: Darüber kommt kein Mann hinweg.«

Merkte Hebbel noch immer nicht, worauf sie hinauswollte?

»Ich erlebte in dem Stück mein eigenes Schicksal und mein eigenes Gericht.«

Hebbel schien sich für ihre Träume kaum mehr zu interessieren als für die mit Apfelscheiben, Mandeln und Rosinen gefüllten Strudel.

»Hör mich jetzt an! Ich habe ein Kind, einen Knaben, er ist unehelich geboren. Sagst du jetzt auch: Darüber kommt kein Mann hinweg?«

Einen Augenblick hatte Hebbel das Gefühl, daß ihm das Blut gefriere. Christine wiederholte ihre Frage. Er kämpfte mit sich, ob er aufspringen und davonlaufen solle. Wie er später in einem Brief bekannte, fühlte er sich der neuen Situation so wenig gewachsen wie der Sekretär in seinem

Stück. »Darüber kommt kein Mann hinweg.« Aber jetzt besann er sich: die Tragödie ›Maria Magdalena‹ erhob eine moralische Forderung, diejenige, daß der Mensch seinem Herzen zu gehorchen habe und nicht dem Diktat einer überlebten, versteinerten Konvention. War er, Friedrich Hebbel, der Mann, der seine eigene Dichtung widerlegte, indem er, im Leben vor das gleiche Problem gestellt, so schmählich versagte wie der Sekretär in seinem Stück?

»Tini!« Zum erstenmal nannte er sie bei diesem Kosenamen. »Du und ich, wir sind doch Kinder einer neuen Zeit, die uns eine immer freier sich entfaltende Humanität schenkt. Wie kannst du die tödliche Moral der Kleinstadt und der Kleinbürger auf dich beziehen?«

»Kleinstadt gibt es überall, auch in den Weltstädten, auch unter Menschen, die sich Gott weiß wie aufgeklärt dünken. Ich kam mit dreiundzwanzig Jahren nach Wien ans Hofburgtheater. Wie ich mich hier behauptete? Durch Arbeit, unablässige Arbeit. Für ein freizügiges Leben, das man uns Schauspielerinnen so gern nachsagt, blieb wahrhaftig keine Zeit. Aber als ich nicht nur ein- oder zweimal, als ich immer wieder mit großem Erfolg auftrat – wie, meinst du, reagierten meine Kolleginnen? Mich zu übertreffen war nicht leicht, aber jetzt, als die Zeichen der Schwangerschaft nicht zu übersehen waren, da begannen sie zu tuscheln und zu tratschen, da intervenierten sie bei der Hofkammer, ob sich die öffentlich gewordene Schande mit dem Titel einer kaiserlich-königlichen Hofschauspielerin vertrage. Zu meinem Glück bestanden die Herren von der Kammer auf dem lebenslänglichen Vertrag, den sie mit mir abgeschlossen hatten.«

Hebbel reichte beide Hände, zu einer Schale zusammengelegt, über den Tisch; Christine legte ihre Hände hinein.

Nun begann sie ihre Geschichte zu erzählen. Ein führendes

Haus der österreichischen Aristokratie hatte zu einem Musikabend eingeladen. Die Gastgeber und die Gäste waren aufs äußerste gespannt. Ein noch unbekannter, aber, wie es hieß, ungewöhnlich begabter ungarischer Pianist sollte sein Debut in der Hauptstadt geben. Er übertraf alle Erwartungen: er war jung, schön und bewegte sich mit natürlicher Anmut in der erlesenen Gesellschaft. Und er spielte – die Anwesenden glaubten, kaum jemals einer so starken Einfühlungskraft und einer so virtuosen Technik begegnet zu sein. Die Finger bewegten sich selbständig, ohne Kontrolle an den Noten, denn der Künstler schloß während des Spiels lange Zeit die Augen, oder sein Blick wanderte umher, über die schimmernden Schultern der Damen, die Goldreifen oder Kronen in den Frisuren, den von Orden blitzenden Monturen der Generale. Jetzt erreichte der Blick das Gesicht einer Frau und blieb haften. Es war das Gesicht Christines.

»Ich war nicht verliebt, ich war hingerissen, ich fühlte mich ausgeliefert.«

Beim Abschied flüsterte der Pianist ihr ins Ohr, ob er sie besuchen dürfe; sie antwortete mit einem Nicken des Kopfes. Er kam, wiederholte seine Besuche, und dann war es geschehen. Als sie ihm eines Tages sagen mußte, daß sie sich schwanger fühle, tat er tausend Schwüre, kniete vor ihr nieder, versprach Heirat, ein Leben in Reichtum. Aber von heute auf morgen war er verschwunden; niemand in Wien hatte je wieder von ihm gehört.

»Das ist meine Lebensgeschichte. Der Stoff reicht weder für eine Novelle noch für ein Trauerspiel. Es gab keine Toten auf offener Bühne. Am Ende blieb eine verführte und darauf verlassene Frau zurück, die dem Gerede der Leute ausgesetzt war, die es lernte, trotzdem den Kopf hochzutragen, die endlich die ganze Seligkeit der Mutterschaft erfuhr wie nur irgendein Weib.«

Sie sah Hebbel an, gelassen, in der ruhigen Erwartung, daß er sie hinnehmen werde, wie sie war.
Er sagte, indem er beide Arme ausstreckte: »Du bist durch ein Feuer hindurchgegangen, in dem sich zuweilen selbst das Gold verflüchtigt; du bist in reines Gold verwandelt worden.«
Sie wußte keine andere Entgegnung, als ihn bei seinem Vornamen zu nennen: »Friedrich!«
Er brauste auf – oh, wie er selber seine Heftigkeit haßte! Aber er haßte diesen Namen, denn er war alles andere als friedereich. Nie und nimmer solle sie ihn so nennen.
Sie fragte, was ihm denn lieber sei, vielleicht Nuxel?
Alles, was sie wolle, nur nicht diesen Namen, den er zu seinem eigenen Hohn trage. So blieb es bei Nuxel.
Fast zwei Jahre später nach diesem Abend notierte er in seinem Tagebuch: »Warum haben die Menschen gegen die Verbindung mit einem Mädchen, das ein anderer schon bis in die tiefste Seele besaß, so wenig Abneigung, und warum wird diese Abneigung gleich so groß, wenn der Körper mit ins Spiel gekommen ist?«
Anscheinend hatte er noch lange Zeit mit diesem Problem kämpfen müssen.

Ein schwerer lastendes Problem stellte sich ihm jetzt. Christine hatte ihm eröffnet, wie die Wiener Gesellschaft, wie die Kollegen am Burgtheater auf die uneheliche Schwangerschaft reagiert hatten. Nun fragte sich Hebbel: Was würde die Kleinstadt, die es offenbar auch in Wien gab, sagen, wenn dieselbe Schauspielerin einem Manne die Hand reichte, der nach zehnjähriger Gewissensehe in Hamburg Weib und Kind zurückließ?

Man hat ein Mittel, mich zu töten. Man richte einen Pfeil auf sie, und ich werde fallen, mit mir auch sie.

Er mußte Christine in aller Offenheit sein Verhältnis zu Elise darlegen, aber das Bewußtsein, daß er damit alles, seine wie Christines Zukunft, in Frage stellte, machte es ihm schwer, den Anfang zu finden. So saß er am Tisch, den Christine auch heute mit aller Sorgfalt gedeckt hatte, als ein schweigsamer Gast. Weder Kerzen noch Blumen konnten sein Gesicht erhellen, auch nicht das Essen, das Christine aus dem Reichtum der österreichischen Küche gewählt hatte, mit Paprika angerichtetes Gulasch. Auf ihre Frage erwiderte er, ein so opulenter Tisch erinnerte ihn an die Jahre, da er sich heimlich, damit die Wirtin nichts merkte, von Kaffee und Weißbrot ernährt habe.

Christine dagegen strahlte von Heiterkeit und Zuversicht, denn nach ihrer Beichte glaubte sie, die einzig denkbare Hürde aus der Welt geschafft zu haben, und so ließ sie nicht nach, ihn zum Sprechen zu ermuntern. Hatte er erst einmal angefangen – soweit kannte sie ihn bereits –, würde sich ein Einfall am anderen entzünden.

Wieviel Mädchenherzen er denn gebrochen habe, wollte sie wissen und tat, als wäre für den Mann ein Abenteuer, was für die Frau ein Schicksal bedeutete.
Er sah sie verständnislos an.
Wann er denn begonnen habe, dem schönen Geschlecht nachzuschauen.
Mit vier Jahren, war die Antwort.
Sie lachte aus Herzensgrund. Das übertreffe allerdings ihre Erwartungen.
Nun begann er, von ihrer Heiterkeit durchaus nicht angesteckt, zu erzählen.
»Jawohl, in der Klippschule. Damals machte man auch in den entlegenen Landstädten Anstrengungen, das Volk von der Wiege an zu erziehen mit dem Ziel, den Aberglauben auszurotten.«
»Die Frucht der Aufklärung!« warf Christine ein.
»So war es. Man gründete Seminarschulen, und der Aufguß, der hier gekocht und als Rationalismus in die leeren Schulmeisterköpfe hineingetrichtert wurde, ergoß sich in die Elementarschulen und von dort über das ganze Land. So entstand Halbbildung und in ihrem Gefolge jener widerwärtige Hochmut, der sich keiner Autorität mehr beugt und nie zu der Tiefe vordringt, in der sich die dialektischen Widersprüche von selbst auflösen.«
»Was war das Resultat?«
»Auf eine etwas abergläubische Generation folgte eine überaus kluge. Erstaunlich, wie der Enkel sich fühlt, wenn er weiß, daß ein nächtlich erscheinender Meteor aus feurigen Gasen besteht, während der Großvater den Teufel zu erblicken wähnte, der mit seinen leuchtenden Geldsäcken in irgendeinen Schornstein hineinwill. Für mich bedeutete diese Wandlung, daß meine Mutter mich in die neugegründete Klippschule brachte, zur Tante Susanna!«

Hebbel lächelte vor sich hin, und Christine wußte, jetzt hatte sie es geschafft: ihr Friedrich, nein, ihr Nuxel, überließ sich dem Strom der Erinnerungen.

»Wie Wesselburen zur Klippschule kam? An einem stürmischen Herbstabend war ein hageres, männlich gewachsenes, keineswegs mehr junges Weibsbild durch Wesselburen gekommen, auf Holzschuhen, ohne Mittel, mit keiner ansässigen Familie bekannt, und hatte bei einer Pastorenwitwe Unterkunft gefunden. Als sich herausstellte, daß sie lesen und schreiben konnte, daß sie in der Heiligen Schrift Bescheid wußte, wurde ihr der Vorschlag gemacht, im Hause dieser Witwe zu bleiben und Unterricht für die kleinen, noch nicht schulpflichtigen Kinder zu geben.«

Es war doch wohl nicht die Tante Susanna, in die sich der vierjährige junge Mann verliebt habe, warf Christine ein.

»Sie residierte auf einem altväterlichen Stuhl, rauchte ihre Tonpfeife und hatte vor sich einen Tisch, auf dem standen Teekanne und Tasse und lagen Lineal und eine Tüte mit Rosinen; das Lineal diente zum Strafen, die Rosinen zur Belohnung. Vor Susannas Majestät wagte ich anfangs nicht, die Augen aufzuschlagen. Als ich es schließlich tat, fiel mein Blick auf ein schlankes, blasses Mädchen; sie hieß Emilie und war die Tochter des Kirchspielschreibers, gehörte also der gehobenen, mir verschlossenen Schicht an. Ein leidenschaftliches Zittern überflog mich, das Blut drang mir zum Herzen, aber auch eine Regung von Scham mischte sich bereits in mein erstes Empfinden; ich schlug die Augen so rasch zu Boden, als ob ich einen Frevel begangen hätte. Seit dieser Stunde kam mir Emilie nicht mehr aus dem Sinn, sie schwebte mir vor, wo ich ging und stand, und ich wurde nicht müde, vor mich hin ihren Namen auszusprechen. Besonders waren mir ihre schwarzen Augenbrauen und ihre sehr roten Lippen gegenwärtig. Niemand durfte ahnen, was in mir vorging, und Emilie am wenigsten. Ich floh sie aufs ängstlichste, um mich nicht zu verraten, ich erwies ihr, wenn gemeinschaftliche Spiele uns dennoch zusammenführten, eher Feindlichkeiten. Ich zupfte sie von hinten an den Haaren und tat ihr weh dabei, um nur keinen Verdacht zu erregen. Ein einziges Mal jedoch brach sich meine Natur gewaltsam Bahn. Eines Nachmittags – als Tante Susanna noch ihr Mittagschläfchen hielt – bot sich mir ein schrecklicher Anblick. Emilie wurde von einem Knaben mißhandelt, und dieser war einer meiner besten Kameraden. Er trieb sie in einen Winkel, und als er sie wieder herausstieß, blutete ihr der Mund. Da konnte ich mich nicht länger halten, ich fiel über ihn her, warf ihn zu Boden und gab ihm seine Püffe und Schläge doppelt zurück. Aber Emilie, weit davon entfernt, mir dankbar zu sein, rief nun für ihren Feind Hilfe herbei und verriet so unwillkürlich, daß sie ihn lieber hatte als ihren Rächer. Diese Neigung dauerte bis in mein achtzehntes Lebensjahr.«

»Und verwandelte sich natürlich mit den Jahren, möchte ich meinen?«

»Wesentlich nicht. Es blieb bei scheuer Verehrung, die sich nicht anders als in Gedichten Ausdruck suchte. Schiller mit seiner gefühlsarmen Poesie stand Pate. Eins meiner damals entstandenen, gräßlich sentimentalen Gedichte könnte ich zitieren: ›O süßes, süßes Jungfraunbild! In Engelsfrieden hingegossen!‹ Hätte ich doch Goethes Lyrik schon gekannt! Aber dessen Gedichte waren in Wesselburen nicht aufzutreiben.

Es dauerte lange und es geschah in einer Verzweiflung, die dem Wahnsinn nahekam, bis ich erkannte, daß der Dichter nicht in die Natur hinein, sondern aus ihr heraus dichten sollte. Auf die Liebesbegegnung angewandt: der Dichter soll nicht schönklingende Wörter und feierliche Sprachbilder an sie herantragen, sondern umgekehrt: aus dem Liebeserlebnis das Elementare herausholen und das singuläre Ereignis zum Spiegel des Unendlichen machen.«

»Bist du sicher, daß jene frühere Begegnung mit Emilie etwas Ähnliches wie Erotik war?«

»Nicht etwas Ähnliches. Es entsprach in der Heftigkeit der Empfindung und in der Unfähigkeit zur Hingabe völlig meinen späteren Erlebnissen. Als ich von meiner mißglückten, nämlich für meine humane Bildung so gut wie ergebnislosen Studienzeit nach Hamburg zurückkehrte, nach jener Fußreise, die ich mit dem treuen Hund von München her unternommen hatte – ich habe dir davon erzählt –, in den darauffolgenden Wochen und Monaten litt ich unter seelischer Dürre, unter Krankheiten, Anfällen von Lebensmüdigkeit, bis ich, ein Mann, der sich vorwiegend zum Lyriker und Erzähler berufen glaubte, zu meiner eigenen Überraschung vom Stoff der ›Judith‹ gepackt wurde. Die ersten beiden Akte entstanden rasch, sie versetzten mich in einen Zustand rauschhaften Glücks, dann entstand eine längere Stockung, aber schließlich gelang es mir, in wenigen Wochen das Werk zu vollenden. Ich schwor mir, nie wieder undankbar gegen den Ewigen zu sein. Das Höchste, was zuweilen jahrhundertelang den Poeten versagt blieb, hatte er mir verliehen: ich durfte ein durchaus selbständiges, in sich abgeschlossenes Werk hervorbringen, das für die Welt Bedeutung hatte. Noch hatte es die Feuerprobe nicht bestanden. Endlich, nach Wochen des Hangens und Bangens, am 6. Juli, wurde die ›Judith‹ in Berlin uraufgeführt. Aber nun war mir, als hätten die von mir erschaffenen Gestalten meine Kräfte aufgezehrt; ich war zu keiner einzigen vernünftigen Zeile mehr fähig. Zur gleichen Zeit machte ich eine Entdeckung, die meinen Geist vollends zu lähmen drohte. Der überlieferte, von Jahrhundert zu Jahrhundert sich mehrende

Kulturbesitz drohte allmählich den lebendigen Sprudel der Schöpfung zu ersticken – wenn nicht ein ungeheurer Sturm über kurz oder lang die einbalsamierte Vergangenheit mit Sand überschüttete. Es kann und darf von Sterblichen nichts Unsterbliches ausgehen. Auf Jahrtausende mögen sich die Wirkungen großer Dichter und gewaltiger Helden erstrekken, aber einmal müssen sie ihr zeitliches Ziel finden.
Shakespeare, Goethe, alles weg – ein vernichtender Gedanke!
So sah es in mir aus, als ich am 18. Juli, das Datum hat sich mir eingeprägt, in ein Hamburger Patrizierhaus geladen wurde, um aus der ›Judith‹ zu lesen. Obwohl ich glaubte, meine Verlegenheit überwunden zu haben, setzte ich mich in elender Verfassung ans Pult, um das sich ein Kreis erwartungsvoller Zuhörer gruppierte. Die Dame des Hauses hielt eine Ansprache, eine nicht mehr junge Pianistin trug irgend etwas auf dem Klavier vor – beides nahm ich kaum wahr. Erst das Lesen befreite mich von der Vorstellung: was soll's, wem dient es, war das Werk wirklich jahrelanger unerhörter Opfer wert, wog es Hunger, Einsamkeit, Verzweiflung auf? Dann, beim Souper, geschah es, und es traf mich so jäh wie damals in der frühen Kindheit, als zum erstenmal mein Blick auf die kleine Emilie fiel. Zu meiner Rechten hatte man ein junges Mädchen plaziert, Tochter eines hansischen Senators. Ihre Schönheit, die Anmut ihrer Gestalt in der unscheinbarsten Bewegung, dazu der Zauber, den für mich, den Ausgestoßenen, die Mitglieder der gesellschaftlichen Oberschicht ausstrahlten – all das wirkte zusammen, um mich mit einem Schlage vom Zustand des Erstickens zu befreien. Hatte mich bis zur Stunde die Welt wie ein zusammenfallendes Gewölbe bedrängt, daß ich mich in den verborgensten Winkel meiner Seele versteckte, nun drängte sich mir das Universum in diesem einen Mädchen zusam-

men, ihre glühenden Lippen wurden der Zentralpunkt aller denkbaren Wonnen, und ich war nur noch Durst. Beim Aufbruch gab sie mir die Erlaubnis, sie nach Hause zu begleiten. Wir gingen durch mondbeglänzte Villenstraßen. Vor der Gartenpforte hätte ich sie küssen können. Ich tat es nicht. Aus Furcht? Aus Verlegenheit? Zum Abschied beugte ich mich über ihre Hand. Sie schenkte mir die Rosenknospe, die sie am Busenausschnitt getragen hatte. Ich legte sie in meinen Schreibtisch, und sie duftete mir auch im Welken süßer als ein ganzes Beet. Tage und Wochen schwebte mir das Bild dieses Mädchens nun vor Augen. Ich glaubte, meine Phantasie, alle meine künstlerischen Kräfte würden nur so sprudeln, könnte ich das Mädchen an mich binden. Eine Heirat mit der Tochter eines reichen Hauses würde mich von Not und Sorge befreien, und ich könnte endlich, endlich unbelastet schaffen – so sagte ich mir. Aber schon meldete sich die Gegenstimme: Das Ewige, Tiefste, Innerlichste knüpft sich an das Vergänglichste, an Jugend und Schönheit, und die lügen oft. Eine nüchterne Bemerkung in meinem Tagebuch zog den Schlußstrich: ›Aus aller Befriedigung entsteht Ekel, weil eben in der Spannung der Kräfte allein die Wollust liegt.‹ Später fand ich dann für diese zarte Begegnung ein dichterisches Symbol. Zwei Schwäne treiben auf dunklem Wasser. Sie meiden einander und leiden, sie glühen und träumen, dann trennt sie die Woge. ›Laßt ruhen das Gefieder, ihr seht euch nicht wieder, der Tag ist vorüber, es dämmert die Nacht.‹«

Christine konnte ein Lächeln nicht unterdrücken. »Die Kindergeschichte mit Emilie hat mir eingeleuchtet. Aber wenn ein erwachsener Mann eine Liebesaffäre hat, da muß doch irgend was passieren.«

»Über jedem Schicksal waltet ein eigenes Gesetz. Ich lebte immer in der Spannung zwischen leidenschaftlichem Ver-

langen und der Unfähigkeit, aus meiner Einsamkeit auszubrechen.«
»Jetzt in Wien, als wir uns von Angesicht zu Angesicht begegneten, hast du sehr schnell und herzhaft zugegriffen.«
Er antwortete düster: »Der Prozeß, in dem wir uns befinden, ist noch keineswegs entschieden.«
Sie versuchte, ihr Erschrecken zu verbergen. »Wie erging es dir in Paris? Diese Stadt, so sagt man, stellt auch spröden Männern Fallen.«
»In Paris lebte ich einsamer als in Hamburg. Heine besuchte ich ein paarmal, mit Felix Bamberg, der Musikschriftsteller war und später Diplomat wurde, kam ich öfter zusammen; mit ihm ergab sich eine nüchtern-männliche Freundschaft, die auf gemeinsamen Interessen beruhte. Aber sonst? Da ich die Sprache nicht beherrschte, blieben mir die Salons verschlossen, in denen Literaten und Staatsmänner verkehrten, gleichfalls die Wohnungen der kleinen Leute, die ich für nicht weniger interessant halte. Theater besuchte ich aus Geldmangel nur selten, doch eine Gestalt steht mir unauslöschlich in Erinnerung, die Rachel in Corneilles ›Cinna‹. Ich erlebte eine Frau, in der sich die Menschheit zu einer äußersten geistigen Möglichkeit gesteigert hatte. Ihr Bild trage ich bis heute in meinem Herzen. Nur einmal erlebte ich eine Künstlerin, die das Tragische noch abgründiger zum Ausdruck brachte, das warst du.«
Christine neigte errötend den Kopf.
»Was mich an Paris anzog, waren die historischen Monumente, im Pantheon die Gräber von Rousseau und Voltaire, im Dom des Invalides der Sarg Napoleons, die Bastille mit den Erinnerungen an die Revolution. Den Louvre besuchte ich häufig, in der kalten Jahreszeit schon darum, weil er geheizt war. Hier zog mich die Landschaftskunst an, für die mir seit meiner Heidelberger Zeit die Augen aufgegangen

waren, dann natürlich Historienbilder, so Lethières ›Brutus‹ und Horaces Vernets ›Judith‹. Vor diesem Bilde bedauerte ich, daß ich nicht französisch und der Künstler nicht deutsch sprach; wir hätten uns über die Gestalt der Judith großartig verständigt. Was ich sonst trieb? Ich vollendete die ›Maria Magdalena‹, einige Gedichte, zum Beispiel den ›Heideknaben‹ und ›Alle Wunden hören auf zu bluten‹.«

»Um das zu schaffen, brauchtest du kaum nach Paris zu reisen.«

»So lange ich dieser spezielle Mensch bin und in dieser speziellen Haut stecke, lebe ich nur, wenn ich mich folgerichtig, von meinen Anfängen her, auf mein Ziel hin entwickle. So kaufte ich mir an einem Bücherkarren eine Goetheausgabe, ich las in meinem Stammcafé an der Passage du Panorama die Ilias und skizzierte ein Drama ›Achill‹.«

»Aber Paris, was sagte dir Paris?«

»Ich genoß die Tuilerien, die gedeckten Gänge des Palais Royal, das Gedränge auf den Boulevards, die Eleganz der Equipagen, die kleinbürgerlichen Idyllen am Montmartre, die Stadt als Ganzes, als Kunstwerk. Denke ich an den Pariser Frühling – die Fische hoben ihre Köpfe aus der Seine, die Mädchen zeigten sich am offenen Fenster, die Glücklichen waren nie so glücklich wie eben jetzt, die Unglücklichen nur halb so unglücklich. Die sonnendurchglühte Luft, die tausend Veilchensträuße, von anmutigen Händen dargeboten, die blühenden Bäume in den Elysäischen Feldern, Tauben und Schwalben, die über den Kirchen und Schlössern kreuzten – ich genoß im Grunde mich selbst, als ein Mann, der die Grenzen seiner Individualität erweiterte, indem er sich einer Welt öffnete. ›Götter, ich fordere nicht viel!‹ schrieb ich damals. ›Ich will die Muschel bewohnen, aber ich kann es nur dann, wenn sie der Ozean anrollt.‹ Ich blieb immer ich selbst, aber ungeheure Pläne blitzten in meinem

Kopf auf. Mein Gesamtwerk sollte die Geschichte der Menschheit spiegeln. ›Moloch‹ das Werden einer Religion, ›Judith‹ das Wesen des Judentums, ›Christus‹ und ›Genoveva‹ die Essenz des Christentums, ›Maria Magdalena‹ und ›Diamant‹ die Geburtswehen der Gegenwart, in der sich ein neuer Weltzustand ankündigt. Das Resultat der ganzen Entwicklung sollte die Tragödie der Zukunft ziehen mit dem Titel ›Zu irgend einer Zeit‹. Als ich Abschied nahm, geschah es von keinem Menschen. Heine war mir fremd geblieben, Felix Bamberg blieb mir erhalten, mit ihm korrespondiere ich noch heute, Abschied nahm ich von der Metropole – nicht Frankreichs, sondern des Kontinents – mit dem Wunsch: Blühe länger als alle Städte der Welt zusammen!«

»Aber die Frauen! Ich bin sicher, daß tausend Versuchungen an dich herangetreten sind. Nahmst du sie gar nicht wahr?«

»Mir fällt der Titel eines Gedichtes ein: ›Auf ein errötendes Mädchen, das ich im Louvre sah.‹ Die erste Strophe schildert ein ganz zartes, ganz leises Erlebnis, wie es in Wirklichkeit geschah. ›Ich ließ mein Auge auf dem deinen ruhn, da ward zur Purpurflamme dein Gesicht; du warst ein Kind, ein Mädchen bist du nun, so weigre auch die Mädchenfrucht mir nicht!‹ Mehr ereignete sich nicht als diese Verse, die ich auf dem Nachhauseweg entwarf. Mit ihnen wurde meine Leidenschaft gestillt.«

»Das Gedicht finde ich charmant. Aber ein Mann mit deiner sinnlichen Kraft in Paris – er muß doch auch die dunkle Seite des Eros erlebt haben.«

»Von einem Abenteuer, ja, kann ich dir erzählen, aber es ging aus wie meist in meinem Leben. Ich kam an einem Januarabend, als die Laternen brannten, aus der Rue St. Honoré und war bis an das Denkmal Molières gekommen, als mich eine alte Dame ansprach. Sie redete in einem fort, ohne daß ich verstand, was sie eigentlich wollte, und nahm die erste Pause wahr, um ihr zu sagen, daß ich nicht französisch spräche. Sie jedoch hörte gar nicht hin, sondern zog mich über die Straße bis zur anderen Seite, wo es weniger hell war. Wieder redete sie, und ich verstand so viel, ob ich die Bekanntschaft einer schönen, jungen und reichen Dame machen wolle. Ich sagte: ja, das wäre mir unter allen Umständen angenehm. Darauf sie: ich könne bei dieser Dame alles haben, Diner, Déjeuner, Geld, was ich nur wünsche. Das sei ja eine ganz vortreffliche Dame, erwiderte ich. »Ja, mein Herr, so ist es, und nun geben Sie mir eine kleine Münze.« Ich gab ihr eine Kleinigkeit, sie wollte mehr, aber ich sagte, ich habe nicht gewechselt und müsse nun erst die Dame sehen. Sie zog mich wieder fort, sie von der Tugend, Schönheit und dem Reichtum der Dame, ich von meinem Nichtfranzösisch-Können redend, und endlich hielten wir vor einem Hause, das ein nicht elegantes, doch solides Aussehen hatte. Sie fing wieder von der kleinen Münze an und forderte mir mein Ehrenwort ab, daß ich ihr nachher etwas zahlen wolle. Ich gab mein Wort. Die Haustür stand offen, was zu so später Stunde in Paris selten der Fall ist, die Treppe war hell erleuchtet, der Concierge hockte im Entresol. Die Frau forderte mich auf, leise zu gehen; es schien ihr daran gelegen, daß ich vom Concierge, der mit einem mürrischen, unangenehmen Gesicht dasaß, nicht bemerkt werde. Ich befolgte ihre Vorschrift. In der zweiten Etage blieb sie stehen und zog die Klingel. Es wurde nicht gleich geöffnet. Während wir so dastanden, sie die Klingelschnur in der Hand, ich mit dem Rücken gegen das Treppengeländer lehnend, kam eine Frauensperson, einen Korb über dem Arm, die Treppe herauf. Die Alte sprach mit ihr, dann sagte sie zu mir, es sei die femme de la maison, worauf ich sie mit einer kurzen Verbeugung begrüßte und von ihr gemustert wurde. Die Alte gab ihr einen Wink, sie ging die Treppe wieder hinunter; es kam mir vor, als sollte sie mit dem Concierge sprechen oder ihn beobachten, etwa ihn ausforschen, ob er mich gesehen habe, und ich war nun fest entschlossen, nicht einzutreten. Die Alte zog heftig und zum zweiten Male die Klingel. Alsbald hörte man eine fragende Stimme von innen, und die Tür wurde aufgemacht. Ich erblickte ein prächtiges Appartement, vier bis fünf Zimmer gingen ineinander über, die Türen standen sämtlich offen, die ersten waren finster, aber das letzte, das Boudoire, war hell erleuchtet. Ich sah rote Fauteuils, mit Samt überzogen, und allen Komfort, den eine reiche, nicht zur Befriedigung gelangende Dame oder eine Courtisane um sich verbreitet. Plötzlich stand vor mir eine weißgekleidete Gestalt von mittlerer Größe, deren Gesicht ich wegen der Dunkelheit nicht erkennen konnte. Die Alte nötigte mich einzutreten und faßte mich, als ich zögerte, heftig am Arm. Ich aber sagte: Pardon, verbeugte mich und ging die Treppe wieder hinunter. Warum machte ich mich davon? In der Einförmigkeit meines Lebens war ein pikantes Abenteuer nicht zu verachten. Und für einen Poeten, der so viel Romanhaftes zusammensinnt, ist es ein höchst angenehmes Gefühl, wenn das Romanhafte ihn auch einmal in seinem eigenen Leben erreicht. Kein Gedanke hielt mich zurück, keine Empfindung, nicht einmal Furcht oder Unruhe, obgleich man in einer Stadt wie Paris vierzehn Tage als Leiche in der Morgue zur Schau gestellt werden konnte, ohne daß man identifiziert wurde; in dieser Riesenstadt vermißte einen niemand. Was hätte mich erwartet? Ein vor Lebenslust verschmachtendes und vielleicht zu den gewöhnlichsten Mitteln greifendes Weib? Oder eine kalte Räuberin? Das Bett der Wollust oder der Dolch, darauf der Sack, die Seine und die Morgue?«

Christine lächelte. »Daß du einem solchen Abenteuer ausgewichen bist, kann ich verstehen. Aber – verzeih, wenn ich so auf dich eindringe – hast du nie in den Armen einer Frau Erfüllung gefunden?«

»Wenn du meinst, ich hätte die physische Liebe nie erfahren – 1836, also sieben Jahre vor Paris, kam ich nach München. Dort wurde mir klar, wie häßlich, wie lebensfeindlich die tagesscheue norddeutsch-protestantische Sinnlichkeit ist, die nichts mehr verabscheut als sich selbst. In München begegnete mir eine Sinnlichkeit höherer Art; sie wurzelt im Mysterium der Liebe, sie weiß, daß sie dasein darf, und wagt, dazusein. Dazu kommt der dunkle mit Sternen geschmückte Hintergrund des Katholizismus. Ringelhauben, silbern oder golden, zierten die anmutigen Köpfchen, die sich beim Eintritt in die Theatinerkirche fromm neigten; in den Straßen aber drehten sie sich mit kecker Lebensfreude, und die Augen leuchteten in unschuldiger Sinnenfreude. Beppi! Sie war ein solches Ringelhäubchen, ohne den Ballast, den wir Bildung nennen, reine Natur, die sich eingebettet weiß in die Übernatur. Sie wohnte mir gegenüber, wir konnten uns von Fenster zu Fenster verständigen. Morgens brachte sie mir die ›Bayrische Landbotin‹ und einmal in der Woche meine Wäsche, die sie gewaschen und gestopft hatte. Es ergab sich rasch ein herzliches Gespräch und kaum weniger rasch Kuß und Umarmung. In der Frühe begleitete ich sie wohl in die Michaeliskirche zum Beichten, was sie sehr ernst nahm. Ich muß gestehen, für mich, den Erzketzer, war es ein besonderer Reiz, an den Lippen einer frommen Katholikin zu hängen. Aber lustig ging es keineswegs immer zwischen uns zu. Zwischen überflutender Fülle und gräßlicher Leere schwankte ich damals wie ein Trunkenbold hin und her.«

»Aber jetzt stehst du doch fest auf den Beinen, will ich meinen.«

»Es sieht so aus. Damals trieb mich der Ehrgeiz, das Höchste in der Kunst zu erreichen, und zugleich verzehrten mich Zweifel an meiner Begabung. Oft hielt ich mich für einen Mann, der mit seinem ganzen Sein dem Tode verfallen war. Grausig, daß ein Gespenst, denn dafür hielt ich mich, mit verpesteten Armen ein junges, blühendes Mädchen umschlang; daß dieses Gespenst auf all die süßen Kleinigkeiten und Tändeleien einer Mädchenseele einging und sie in der Erwiderung noch überbot! Aber schließlich besiegte die kleine Beppi meinen Ekel an der Welt und an der Existenz. Ich höre sie noch bitten: Alles darfst du mit mir tun, nur nicht die Zähne so zusammenbeißen.

Zu Beginn des Jahres 1837 war ich so gefestigt, daß ich in mein Tagebuch schrieb: ›Die erste Bitte, mit der ich in diesem angefangenen Jahr vor den Thron der ewigen Macht zu treten wage, ist die Bitte um einen Stoff zu einer größeren Darstellung. Für so mancherlei, das sich in mir regt, bedarf ich eines Gefäßes, wenn nicht alles, was sich mir aus meinem Innersten losgerissen hat, mich zerstören soll.‹ Ein ungeheurer Stoff trat denn auch in eben diesem Jahr an mich heran, freilich ohne daß es mir sogleich bewußt wurde. Ich war zu Beppis Familie übergesiedelt. Der Vater, ein Tischlermeister, mit dem Vornamen Anton, tyrannisierte den häuslichen Kreis mit versteinerten moralischen Grundsätzen. Die Wolke, die über dem Leben von Vater, Sohn und Tochter lastete, verfinsterte sich noch, als eines Tages Gendarmen ins Haus drangen und den Sohn abführten, weil er gestohlen hatte oder in dringendem Verdacht des Diebstahls stand. Rührend, wie Beppi erstaunt aufatmete, als ich nicht sogleich mein Zimmer aufkündigte, sondern mich womöglich noch herzlicher gab. Der Vater drängte nun, um einer möglichen neuen Schande vorzubeugen, ich solle mich Beppi gegenüber erklären. Ich dagegen konnte mich nicht binden. Beppi und ich waren uns begegnet wie zwei Planeten, deren Bahnen eine Zeitlang nebeneinander herlaufen und sich dann, jede ihrem Gesetz folgend, wieder voneinander entfernen. Das wußten wir beide. Als ich München verließ, du weißt von der Fußwanderung im März 1839, begleitete mich Beppi zwei Stunden weit, bis wir, mitten im Wald, in einem Gasthof unter Tränen Abschied nahmen. Vier Jahre später entdeckte ich, daß mir Beppi und ihre Familie den Kern zu einer Tragödie geschenkt hatten. Ich entwarf die ›Maria Magdalena‹. Der Meister Anton ist einigermaßen porträtähnlich geraten. In der Klara sind viele Züge von Beppi zu erkennen; sogar die Aura des Katholizismus habe ich ihr gegeben, obwohl sie zum protestantischen Klima des Stücks im Widerspruch steht.«

»Du Armer, hast du denn nie eine Gefährtin gehabt, die dich gestützt, wenn du schwanktest, die deine Triumphe mit dir geteilt hat, die dir Freundin und Geliebte und Mutter in einem gewesen ist?«

Jetzt war der Augenblick gekommen. Es gab kein Entweichen! »Ich will es kurz machen«, sagte er. »Im Stil des Cäsar: ich habe zehn Jahre lang in einer Gewissensehe gelebt. Die Frau hat mir zwei Kinder geboren, das ältere ist mit drei Jahren gestorben. Ich habe das Verhältnis gelöst, nachdem wir uns verlobten.«

Christine saß starr. Keine Bewegung des Körpers, keine Veränderung ihres Gesichts zeigte an, was in ihr vorging.

»Jetzt weißt du es. Ich hätte es dir sagen müssen, bevor wir uns das Versprechen gaben. Ich bitte dich um Verzeihung.«

Christines Blick sagte ihm, daß sie nichts begriffen hatte. So fuhr er fort: »Ein Mann, der eine Frau verläßt, die ihm Kinder geboren hat – nicht wahr, du kannst es nicht wagen, ihm deine Hand zu geben? Es gefährdet deine Stellung am Theater und in der Wiener Gesellschaft.«

Sie begann sich zu fassen. Sie antwortete so kurz und so kühl, wie er gesprochen hatte.
»Meine Stellung sei gefährdet? Ich hätte deinetwegen alles geopfert, meinen Vertrag mit der Burg, meine Wohnung in Wien, ich wäre dir gefolgt, wenn du gewollt hättest, bis ans Ende der Welt. Aber hast du geglaubt, ich ließe mir mein Glück bezahlen mit der Vernichtung einer anderen Frau?«
»Diese Frau ist deine Rücksicht nicht wert. Kaum hatte ich nur deinen Namen in einem Brief erwähnt, was glaubst du, mit welchen Ausdrücken sie dich verleumdete? Kein Straßenmädchen dürfte man so schmähen.«
»Das ist völlig gleichgültig. Eine Frau in solcher Lage wehrt sich. Du verstehst es nicht. Du hast keine Kinder geboren. Laß mich allein jetzt.«
»Du weißt noch nicht alles. Sie hat mich ausgehalten, jahrelang, bis ihr Vermögen aufgebraucht war. Und jetzt will ich dich, aus demselben Grunde, damit du mich ernährst.«
Christine erhob sich, schwankte, umklammerte ihre Stuhllehne. »Geh, bitte!«
»Hast du mich erkannt? Ich bin ein Menschenfresser, ein Ungeheuer!«
»Geh! Ich kann nicht mehr.«
Er stand auf, verbeugte sich und verließ mit steifen Schritten die Wohnung.

Was ist geschehen? Habe ich geträumt?
Christine Enghaus: dir war der erste und einzige Mann, wie es in der ›Judith‹ heißt, begegnet, du glaubtest, dich ihm auf Zeit und Ewigkeit zu verbinden. Das wäre etwas: die Hofschauspielerin, oft bewundert, noch häufiger mit scheelen Blicken verfolgt, nun mit einem Dichter, dem bedeutendsten unter den Lebenden, verlobt, konnte das mehr sein als ein ausschweifender Traum?
Aber der Tisch, die Karaffen, die noch halb gefüllten Gläser, handfeste Dinge alles, sind doch wohl glaubwürdige Zeugen. Bis zu dieser Stunde saßen wir uns gegenüber, zwei Menschen, die sich anstrengen mußten, ein solches Maß von Glück zu ertragen.
Noch höre ich den Widerhall der Tür, die er heftig ins Schloß warf, seine Tritte auf dem Flur, das Klicken der Etagentür.
Wie brannten mir die Augen, wenn ich vor schweigendem Hause die Worte Johannas sprach: »Du siehst, mir folgt der Fluch, und alles flieht mich.« Mir schwammen die Buchstaben, wenn ich in der ›Judith‹ las: »Ich fühl mich wie ein Auge, das nach innen gerichtet ist. Und wie ich mich so scharf betrachte, werd ich kleiner, immer kleiner, noch kleiner, ich muß aufhören, sonst verschwind ich ganz im Nichts ...«
Warum versagen die Tränen sich mir jetzt, wo ein zermalmendes Geschick mich selber trifft?
Eine Frau in Hamburg. Eine Gewissensehe. Kein flüchtiges Abenteuer, das Männern so gern nachgesehen wird. Viele

lange Jahre hindurch eine Bindung auf Treu und Glauben. Geburt und drei Jahre später Tod eines Kindes, ein zweites Kind, das eben jetzt an der Hand der Mutter die ersten Schritte probt, und nun geht der Mann auf und davon – welches Martyrium muß diese Frau erdulden!

Ich bin ein Ungeheuer, ein Menschenfresser ...

Ein Ungeheuer bist du nicht, ein ungeheurer Mensch bist du, der wie dein Golo, dein Holofernes menschliches Maß überschreitet. Wenn du gerechtfertigt wärest – ich weiß es nicht –, folgen kann ich dir nicht auf deinem Wege. Das Schicksal dieser Frau würde mich über den Tod hinaus verfolgen.

Ich kann nicht.

Christine Enghaus: was ist geschehen? Du hast ihm die Tür gewiesen. Tat ich das? Ich schellte nach dem Mädchen, sie solle dem Herrn Dr. Hebbel nachlaufen, und widerrief und schickte das Mädchen ins Bett.

Die mir unbekannte Frau, um alle Hoffnungen betrogen, eine mit ihrem Kinde zum Sterben verurteilte Mutter: wer erträgt gänzliche Hoffnungslosigkeit?

Friedrich Hebbel, wenn du mich fragtest, ob ich dich liebe, ich könnte nur antworten, ja, heute und immer, und ich wäre bereit, zum Beweis nach Hamburg zu reisen und deine Frau zu stützen und für sie zu sorgen und das Kind zu pflegen. Aber soll unser Glück bezahlt werden mit den Schmerzen dieser Frau?

Friedrich Hebbel, alle Tragik führt zur Vernichtung und macht nichts anschaulich als die Leere des Daseins – so sagtest du, als wir zum erstenmal in diesem Zimmer uns gegenübersaßen. Ich glaubte, das sei das Gesetz deines Schaffens und vielleicht der Tragödie überhaupt. Jetzt begreife ich: dein Leben steht unter dem dunklen Gestirn der tragischen Notwendigkeit. Du wähnst, daß du der Vernichtung entgegengehst, daher macht es dir nichts aus, so scheint es, andere Menschen mitzureißen, denn du vollziehst, wie du sagst, ein Weltgesetz. Armes Nuxel!

Als ich einmal zu dir sagte, ich weiß nicht mehr aus welchem Anlaß, wir seien allesamt Sünder, da antwortetest du: Ich bin kein Sünder, ich bin eine Sünde Gottes.

Wie du das meintest, fragte ich, dann wäre ja der Mensch frei von Verantwortung.

Darauf du: Ich bin ein Geschöpf, mit guten und schlimmen Anlagen ausgestattet, die ich nicht erwählt habe. Trotzdem fühle ich Verantwortung. Ich weiß um Schuld. Ich leide unter dem Fluch unseres Geschlechts, dem Egoismus. So steht es um den Menschen; er wird gemartert vom Widerspruch, der die Welt zur Hölle macht. Freilich nicht jedermann, nur der Adel der Menschheit lebt in der Hölle, die anderen stehen vor den Flammen und wärmen sich die Hände.

Friedrich Hebbel, wenn du um Verantwortung weißt, wie brachtest du es über dich, Frau und Kind zu verlassen? Dachtest du, die Liebe zu mir rechtfertigte deinen Entschluß?

Ich hätte diese Frage an dich richten sollen. Ich durfte dich nicht gehen lassen. Ein Mann in der Leere der Welt – er braucht, will er sich nicht selbst vernichten, die Gefährtin. Waren wir uns nicht einig, daß wir, Kraft gegen Kraft gemessen, zu Gefährten bestimmt seien? Es war ein Traum, ein schöner Traum. Meine Kraft reicht nicht aus.

Die Kerzen auf dem Tisch flackern und wollen erlöschen. Mich friert. Aber ich kann nicht zu Bett gehen. Und die lange Nacht im Zimmer auf und ab hetzen, dazu bin ich zu matt. Ich lege mich aufs Sofa. Die Seidendecke mag genügen. Ich weiß nicht: ist es Fieber oder Entsetzen, das mir Schauer über die Haut jagt?

Habe ich geschlafen? Durch die Gardinen sickert das Mor-

gengrauen. Das Mädchen klappert mit dem Kohlenkasten. Sie geht in den Salon, den Ofen zu heizen. Toni!
Was ist? Meine Stimme versagt ja. Heute abend soll ich als Minna von Barnhelm auf der Bühne stehen. Ich muß es versuchen. »Geschwind, umarmen Sie mich, Tellheim, und vergessen Sie alles.«
Ist irgend etwas zu hören? Das Piepsen einer Maus dröhnt gegen dieses Nichts von Stimme.
Noch einmal: »Ah, was sind Sie für ein Mann! Umarmen Sie Ihre Minna, Ihre glückliche Minna! Aber durch nichts glücklicher als durch Sie!«
Es ist aus. Christine Enghaus kann nicht sprechen. Gleich wird Toni mit Holz und Kohlen hereinkommen. Sie wird sich wundern, daß ihre Demoiselle die Nacht auf dem Sofa verbracht hat. Toni soll zur Intendanz laufen. Ich schreibe ein Billett.
Eigentlich muß ich für den Katarrh dankbar sein. Diese Rolle zu sprechen, mit dieser Last auf dem Herzen – es hätte mich umgebracht.
Was soll ich schreiben? Wegen Krankheit? Wegen Unpäßlichkeit? Es ist das erstemal in meiner Wiener Zeit, daß ein Stück meinetwegen abgesetzt werden muß.

Als Hebbel erwachte, konnte er sich an keinen Traum mehr erinnern. Leider, denn er liebte es, Träume zu analysieren; er sah in ihnen eine Analogie zum künstlerischen Schaffen. »In den Dichtern träumt die Menschheit.«

Eine Weile wußte er nicht, wo er sich befand. Ein heller Lichtstreifen lief über den Teppich und schnitt seltsame Ornamente aus der Dunkelheit heraus, die sich vor seinen Augen verwandelten in aufgerissene Rachen, rollende Augen, gefährlich zupackende Krallen. Wo hatte er dergleichen Monstren schon einmal erlebt? In Paris, in seinem Zimmer der Rue de Mulhouse Nr. 13, wenn nachts durch die schlecht schließenden Gardinen das Licht der Straßenlaterne quoll. Aber das Zimmer in Paris war eng und schmal gewesen, dagegen dieses hier hoch, breit, unendlich weit. Jetzt fiel ihm ein: ich bin in Wien, im elegantesten und scheußlichsten Hotel. Auch hier hatte die Stadtverwaltung ausgerechnet vor sein Zimmer eine Laterne gesetzt, und ihr Licht fiel durch den Spalt der hölzernen Läden.

Noch einmal schloß er die Augen, und nun besann er sich auf den gestrigen Abend. Hatte er sich schlecht benommen? Wahrscheinlich war ihm sein Temperament wieder einmal durchgegangen. Aber wie groß und edel war Christine ihm entgegengetreten. Durfte er mit seinem Schicksal hadern, das ihm diese herrliche, diese einzig ihm ebenbürtige Frau geschenkt hatte?

Als er die Bettdecke zurückschob, brannten draußen immer noch die Laternen. Auf den Fluren des Hotels schlich fast lautlos der Hausdiener und sammelte die Stiefel der Herr-

schaften ein. Von den Gästen selbst rührte sich noch niemand.
So konnte er, der Frühaufsteher, die Zeit nutzen, um dringende Briefe zu schreiben. Der erste, wichtigste richtete sich an den Kirchspielschreiber Voß in Wesselburen, mit dem ihn freundliche Erinnerungen verknüpften – im Gegensatz zum Kirchspielvogt Mohr, seinem früheren Dienstherrn. Es war ein seltsames Gefühl für den Kätnersohn und einstmaligen Schreiberling, nun um die Papiere zu bitten, die er für seine höchst beachtliche Heirat benötigte. Genußvoll schrieb er Titel und Stellung seiner Braut nieder, und damit die Bürger Wesselburens das Staunen recht lernten, schilderte er seine literarischen Erfolge und seine Aufnahme in der Wiener Gesellschaft. Daß Fürst Friedrich von Schwarzenberg, der Sohn des Feldmarschalls, zu seinen Freunden zählte, wurde nebenher, wie etwas Selbstverständliches, erwähnt. Den Brief unterzeichnete er mit seinem Taufnamen Christian Friedrich Hebbel, dem er selbstgefällig den Doktor der Philosophie anhängte.
Auf die Antwort und auf seine Papiere würde er warten müssen, denn Holstein gehörte zu Dänemark und war somit Ausland; aber auf eine Woche oder mehr sollte es ihm nicht ankommen. Eine bisher nicht gekannte Gelassenheit erfüllte ihn. Zum erstenmal hatte eine Frau ihm Widerstand entgegengesetzt, und dieser Widerstand verhieß nach dem Gesetz der Dialektik zukünftige Harmonie und gänzliches Einssein. Der Ring, der die Individualität umschloß, lockerte sich, er würde zwei Menschen umschließen, die nun gemeinsam trugen, was dem Einzelnen so schwer wurde: sich im Widerspruch der Welt zu behaupten. Daß er mit Christine das Fundament einer lebenslänglich gesicherten Position teilen sollte, diese Aussicht trug zu seinem Glück bei; er leugnete es nicht vor sich selbst und wäre bereit, es auch

anderen gegenüber einzugestehen. Hunger, Verzweiflung, Versuchung, zur Pistole zu greifen, all das lag hinter ihm. Mochte das Zeitalter die kleinen Talente des Jungen Deutschland bevorzugen, die Gutzkow, Laube und wie sie hießen, mochte es den Dichter übersehen, der sich um äußere Wirkung so wenig kümmerte wie die Natur, wenn sie einen Löwen hervorbrachte: er wollte es standhaft und sogar lächelnd ertragen.

Christine! Schwarze Augen schauen in blaue hinein wie blitzende Sterne in einen blauen See ... Dieses eben gefundene Sprachbild erschien ihm wichtig genug, daß er es in seinem Tagebuch notierte.

Es pochte an die Tür. Ein Page trat ein und überreichte dem Herrn Doktor die eingegangene Post sowie die Morgenzeitungen. Ein zweiter balancierte ein silbernes Tablett und richtete den Frühstückstisch. Hebbel entließ die Pagen mit einem hochmütigen Nicken. Diese sich allmorgendlich wiederholende Zeremonie, die ihn anfangs entzückt hatte, wurde ihm lästig, und er entschloß sich, nun energischer nach einer weniger aufwendigen Wohnung irgendwo in der Vorstadt zu suchen.

Was hatte die Post gebracht? Einen, nein, gleich zwei Briefe von Elise, und beide Male zeigte die Adresse nicht die vertraute ruhige, sogar ein wenig anmutige, sondern eine zerfahrene Handschrift, die einen sich zerstörenden Charakter verriet. War ihm, Hebbel, beim Erwachen sein Leben wie ein Goldgewebe erschienen – nun wurde er von neuem daran erinnert, daß auch dunkle, sehr dunkle Fäden hineingewirkt waren. Er fürchtete, daß er wieder Schmähungen erwarten müsse, und so legte er die beiden Briefe ins Schubfach seines Schreibtisches. Der dritte Brief stammte von Felix Bamberg. Diesen, beschloß er, sogleich nach dem Frühstück zu lesen.

Felix Bamberg, österreichischer Konsul, hatte ihm in seiner Pariser Zeit während der schweren Krisis beigestanden, als Elise ihm den Tod seines Sohnes Max mitgeteilt und zur gleichen Zeit bekannt hatte, von neuem schwanger zu sein. Bamberg war es gewesen, der ihn in seinem Entschluß bestärkte, Elise die Heirat zu versprechen und seine Briefe fortan mit Frau Dr. Hebbel zu adressieren. Was wußte Freund Bamberg heute zu sagen? Hebbel las, und schon bei den ersten Sätzen krauste sich seine Stirn zu Furchen. Bamberg hatte Elise um Hebbels Adresse gebeten und sie bekommen. Zweifellos hatte Elise ihn bei dieser Gelegenheit Bamberg gegenüber verleumdet, wie sie es auch bei Campe getan hatte. Der Zorn wollte ihn von neuem überwältigen und zugleich die Trauer darüber, daß Elise in ihrer Verzweiflung sich selbst und das Bild, das er von ihr bewahrt hatte, vernichtete. Schuld? Sie drückte auch ihn, aber sie war tragische Schuld, ein unausweichliches Verhängnis. In einem solchen Konflikt hatte jeder recht: Elise durfte sich auf die Gewissensverpflichtung des Mannes berufen, und er nahm zu Recht die Pflicht wahr, sein Talent zu entwickeln, wenn er ein drückendes, ihn lähmendes Verhältnis brach.
»Wirf weg, damit du nicht verlierst!«
Was wußte Bamberg weiter zu berichten? Er riet, Besonnenheit zu bewahren, vorläufig keinen Schritt zu unternehmen, den Hebbel später vielleicht bereuen müsse. Nun, lieber Bamberg, die Entscheidung ist bereits gefallen. Ich habe das Notwendige auf notwendige Weise getan, und ich beuge mich dabei der höchsten Instanz, meinem Gewissen.
Hebbel griff sogleich zur Feder. Er beschrieb, wie sehr er sich selber und wie sehr seine Lebensumstände sich inzwischen verändert hatten. »Als Sie meine Bekanntschaft machten, lebte ich in lauter Mißstimmungen. Ich war zum Stam-

meln verdammt, da man nun einmal im dreißigsten Jahr keine neuen Sprachen mehr lernt, und eben darum zu einer Einsamkeit verurteilt, die mir in einer Stadt wie Paris doppelt unerträglich sein mußte. Hier in Wien sollten Sie mich sehen, wo ich für Literatur und Gesellschaft eine Art von Zentrum geworden bin!« Er schilderte, wie er von einem Salon in den anderen geschleppt wurde, und vergaß nicht, erlauchte Namen aus seiner Bekanntschaft zu erwähnen. Dann spielte er den Trumpf aus. »Höher als alles freilich halte ich das herrliche Weib, das ich hier gefunden habe.« Jetzt mußte er auf Elise kommen, und er fand eine Formel, die sein Verhältnis zu den beiden Frauen deutlich machte. »Sie kennen mein Verhältnis in Hamburg. Sie kennen es ganz und wissen, daß ich dort verehrt, ja angebetet habe, ohne zu lieben. Hier verehre ich, wie ich dort verehre, und liebe, wie ich noch niemals geliebt habe.« Damit meinte er auch für sich selbst und vor seinem Gewissen seine Haltung definiert zu haben. So fügte er denn nur noch hinzu: »Rechnen Sie die glühendste Gegenliebe, eine brillante Lebenssituation und die unbedingte Ergebenheit in meine Wünsche, die entschiedenste Bereitwilligkeit, mir alle Verhältnisse zu opfern, hinzu, und fragen Sie, ob ich glücklich bin!«

Er eilte, um den Brief schnell zu befördern, zur Post, schlenderte dann durch die grauen Gassen der Altstadt, vorbei an Bürgerhäusern mit ihren Läden und Schenkstuben, betrachtete flüchtig die eingeschachtelten Adelshäuser und Kirchen, überquerte den Ring und sah hinüber zum Park und zum Palais der Familie Fürstenberg, deren Gast er gewesen war, und dachte an Christine. Über Tag würde er sie nicht sehen, weil sie am Abend in ›Minna von Barnhelm‹ auftreten sollte, aber um wenigstens ihren Namen auf dem Theaterzettel zu lesen, machte er den Umweg über das Burgtheater. Als er die Treppen hinaufstieg, sah er, daß ein roter Streifen quer über das Plakat geklebt war, und jetzt, im Näherkommen, mußte er lesen: »Abgesetzt wegen Erkrankung der Demoiselle Enghaus, statt dessen ›Graf Waltron‹ in der Bearbeitung von ...«

Er eilte die Treppe hinunter, winkte einem Fiaker, sprang hinein, rief, während die Pferde bereits anzogen, die Adresse »Alservorstadt, Quergasse 227«, zog die Schelle von Christines Wohnung, schob das Mädchen beiseite, das mit weinenden Augen im Türrahmen erschien und stammelte, sie dürfe niemanden vorlassen. Er klopfte und betrat mit leisen Sohlen Christines Schlafzimmer.

Was er zuerst wahrnahm, waren Kissengebirge, aus denen dunkle Locken hervorlugten, dann zeigten sich die weißen Bögen der Schultern, nun beunruhigend glänzende Wangen, endlich die Augen, die sich fragend auf ihn richteten.

Er setzte sich auf den Bettrand, führte ihre Hand an seine Lippen und fragte: was es denn sei; ob sie den Arzt habe rufen lassen; ob es ein Nerven- oder ein katarrhalisches Fieber sei und wann es angefangen habe. Da sie nur mit leiser Bewegung des Kopfes antwortete, bat er: »Sag doch etwas, ein einziges Wort!« Sie lächelte: »Nuxel!«, aber er mußte ihr das Wort vom Mund ablesen. Christine Enghaus ohne Stimme? Er ging hinaus, erbat sich vom Mädchen einen Leinenstreifen und ein Wolltuch, außerdem Honig, heiße Milch, Rum und, da es von Rum nie gehört hatte, Aquavit; dann schickte er das Mädchen zum Doktor. Er kam zurück und legte Christine den feuchten Leinenlappen auf die Stirn, wickelte das Wolltuch um ihren Hals, schob seine Hand unter ihren Kopf; so hatte zu Hause die Mutter getan, wenn die Kinder an Halsschmerzen litten. Er setzte das Glas mit heißer, süß duftender Milch an ihre Lippen und erinnerte sich: mit diesem Trank hatte Elise ihn wochenlang erquickt, damals, als er von München zu Fuß nach Hamburg zurückgekehrt und bald darauf schwer erkrankt war.

»So kenne ich dich gar nicht«, flüsterte Christine. »Wie ein Samariter.« Nach einer Weile begann sie von neuem: »Was soll nun werden?«

Er strich ihr sanft über das Haar. »Gesund sollst du werden, hörst du? Vergiß nicht: Wenn ein geliebter Mensch leidet, trifft es zwei.«

Alsdann solle sie ihre Papiere bestellen. Aus dem Herzogtum Braunschweig sei es ein langer Weg bis nach Wien. Er selber habe heute morgen nach Wesselburen geschrieben, berichtete er, von dort war der Weg noch länger, denn er führte über Landes- und Staatsgrenzen hinweg.

Sie starrte zur Decke. Ihre Augen füllten sich mit Tränen. Sie sah so leidend aus, daß ihn Angst packte. Sollte ihn das Glück wiederum genarrt haben? Hetzten ihn Furien, daß er nie Ruhe fand? Wenn doch der Arzt käme! Er rief sie an: »Tine!« Da bekannte sie, und ihre Stimme schien ein wenig Farbe zu gewinnen, daß es Elise sei, um die sie sich gräme. Wer denn sei diese Frau? Es könne doch kein wertloser Mensch sein, der so lange mit Friedrich Hebbel gelebt habe.

Es gelang ihm, ruhig zu antworten. Er wünsche nur, Elise auch weiterhin verehren zu können. Aber so, wie sie sich verhalte ...

Darauf sie: mit dialektischen Spitzfindigkeiten könne vielleicht ein Mann sich beruhigen, sie aber sei Frau, sie wisse, was es heiße, Kinder zu gebären, sie könne nicht anders, als schwesterlich Elises Unglück mitzutragen.

Er wurde heftiger. »Ich frage dich jetzt: kannst du leben ohne mich? Sag ja, und ich bin morgen nicht mehr in Wien.«

Sie antwortete: »Nuxel!« und tat es zu beider Verwunderung mit einer wiederhergestellten, mit ihrer unverwechselbaren sonoren Stimme: »Nuxel, bester Freund!«
In diesem Augenblick klopfte es. Hebbel rief »Herein!« Das Mädchen steckte seine Nase in den Türspalt und meldete, der Herr Doktor, bitte schön, sei auf Besuchsfahrt und werde wohl erst gegen Abend kommen können.
Hebbel dankte, die Tür schloß sich wieder.
Christine versuchte zu lächeln. »Wozu brauchen wir noch den Doktor? Fahr du nach Hamburg und sprich mit Elise.«
Er wehrte unwillig ab. »Die Briefe, die ich bekommen habe ...«
»Laß sie mich lesen! Vielleicht kann ich dir und ihr helfen.«
Er wich aus. »Du kannst nicht ohne mich leben, und umgekehrt geht es mir: ich bin zum Untergang verurteilt ohne dich. Sollen zwei Menschen wie wir die Zukunft verspielen um eines dritten willen, der vielleicht, ich will es nicht hoffen, darüber zugrunde geht? Alles Leben ist Raub – in der organischen Natur wie in der Menschenwelt.«
»In der organischen Natur gibt es keine Menschenliebe«, lautete ihre Antwort. »Die Verantwortung für den Nächsten kann uns niemand nehmen.«
Sie kamen nicht weiter. Das Herz des Weibes und der kühl wägende Verstand des Mannes standen einander gegenüber; so sah er es.
Plötzlich befiel ihn ein Verdacht.
»Versteckst du dich hinter Elise? Ist dein Mitgefühl nur Vorwand? Hast du in Wirklichkeit Angst, dich mir auszuliefern, dem Menschenfresser, dem Unbeherrschten, dem von seiner Aufgabe Besessenen?«
»Nuxel, ich fürchte, wir fordern das Schicksal heraus. Aber

wenn es so wäre – ich will alles, ich würde auch den Untergang mit dir teilen.«
»Weißt du, was du dir mit einem Manne, wie ich einer bin, aufllädst?«
»Ich habe Briefe gelesen, die Maria Theresia an ihre Tochter Marie Antoinette geschrieben hat. Sie haben mir tiefen Eindruck gemacht. Das einzige Glück auf dieser Welt, so sagte die Kaiserin, ist eine glückliche Ehe, ich, deine Mutter, kann es bezeugen. Alles hängt von der Frau ab, wenn sie nachgiebig, gut und amüsant ist. Bin ich das, Nuxel? Du nickst. Nachgiebig? Du darfst ruhig den Kopf senken. Bin ich gut?«
»Du bist ein Engel.«
Christine legte sich zurück und schloß die Augen. Er blieb auf dem Bettrand sitzen, und sie schwiegen zusammen. Die Stunden rannen, die Dämmerung hatte begonnen, da klopfte es an die Tür.
Der Doktor kam, sah verwundert einen Mann aus dem dunklen Zimmer schlüpfen und fand, nachdem das Mädchen die Lampe entzündet hatte, eine Patientin vor, die dem Augenschein nach sich bester Gesundheit erfreute. Von Heiserkeit war keine Spur zu merken, und ihren Gschpusi hatte die verehrte Künstlerin ja auch empfangen können. Trotzdem verschrieb er einige Pulver und Tinkturen und empfahl, alles nach Vorschrift zu nehmen sowie tunlichst die Außenluft zu vermeiden, des herrschenden Nebels wegen.

Ob ich Angst habe vor dem Menschenfresser, hat er gefragt! Daß du es weißt: Christine Enghaus läßt sich nicht fressen. Und du, fürchte ich, würdest dir an mir den Appetit verderben.

Nuxel! Die Ehe zwischen Christine Enghaus und Friedrich Hebbel wird kein heiterer Spaziergang sein. Kampf, ja, Wille gegen Wille, so sagtest du, aber mit der Aussicht, daß sich am Ende ein unerhörtes Glück öffnet.

Ein Riegel versperrt unsere Zukunft, wir müssen versuchen, daß wir Elise uns versöhnen.

Christine ist nicht der Mensch, der wie ein schlechtes Pferd eine Hürde umginge. Ich werde um Elises Freundschaft kämpfen. Aber wie? Ich kenne sie nicht. Ich weiß nicht, ob sie Gram, Enttäuschung, Zorn und vielleicht Rachsucht überwinden kann. Ein großes Herz muß sie haben, denn wie hätte sie sonst so lange ausgehalten bei einem Manne, der einem Vulkan gleicht. Ich kann ihr den Gatten nicht zurückgeben, aber ich kann sie bitten, daß sie mit uns Frieden schließt.

Glaubst du, Nuxel, Christine hätte nicht gelernt, Geduld zu üben und zu kämpfen? Denke nicht, dir allein wurden Steine auf den Weg gewälzt. Mir ging es kaum besser, nur zeige ich meine Schrinnen und Narben nicht. Ich fühle sie nicht einmal mehr. Christine, die in sich ruhende, die vom Glück begünstigte Frau, die eine fabelhafte Karriere gemacht hat, das ist die Rolle, die ich vor den Leuten spiele.

Das bißchen, was ich dir von mir erzählte, war ja nur die helle Ansicht meines Lebens. Mein Vater starb wenige Jahre nach meiner Geburt. Meine Mutter mußte durch Waschen und Plätten einen Knaben und zwei Mädchen ernähren, von denen eins halb erblindet war; es konnte nur in einem verdunkelten Zimmer ohne Schmerzen leben. Mein Bruder wurde früh einem Bäcker in die Lehre gegeben, und ich mußte, das weißt du, mit sieben Jahren in einem Ballett arbeiten. Wie oft habe ich mit hungrigem Magen auf der Bühne gestanden und dazu ein fröhliches Gesicht gemacht. Ohne daß ich mich wehleidig schelten müßte, empfand ich mich als Aschenbrödel, dessen Bild sich mir durch eine Kinderoper eingeprägt hatte. Ein durch nichts begründetes Vertrauen trug mich trotzdem, und es wurde gestärkt durch große und kleine Ereignisse, einmal durch die Oper ›Aschenbrödel‹. Hier trat mit weißem Bart ein Zauberer auf. Er erschien mir als der liebe Gott, wenn er sang: ›Mein gutes Kind, sei nur zufrieden, dir ist ein bess'res Los beschieden. Du bist gut, du bist fromm, dir wird es einst noch wohl ergehen.‹ – Ein bißchen albern, wirst du sagen, aber aus so kindlichem Glauben ziehe ich noch heute meine Kraft. Dann kam der märchenhafte Aufstieg, und wer von ihm weiß, sagt: Die Enghaus, die hat es leicht gehabt. Der gute Köchy, ich erzählte es dir, gab mir Unterricht, er verschaffte mir das Gastspiel in Bremen, bezahlte sogar die Reisekosten, die ich ihm nach einem Jahr dankbar zurückzahlen konnte. Einige Zeit lief alles glatt. Aus Wien gastierte damals in Bremen Amalie Haizinger. Sie sah mich auf der Bühne, und ihr gefiel mein Spiel. Aber Christine Enghaus in der Rolle reifer und alter Frauen, während eine ältliche Schauspielerin junge Liebhaberrollen bekam? Das fand sie ungereimt. Als die Haizinger bald darauf nach Hamburg kam, versprach sie, mich dem dortigen Schauspieldirektor zu empfehlen, was dann auch geschah. Ich mußte dem alten Schmidt den ersten Monolog aus Schillers ›Johanna‹ vor-

sprechen. Darauf er: »Wenn man solche Posaune in der Kehle hat, kann's nicht fehlen.« Drei Jahre Hamburg, darauf das Gastspiel in Berlin und endlich der Vertrag mit der Wiener Burg, es war ein glanzvoller Aufstieg in den Augen der Leute. Wie aber sah die Wirklichkeit aus?
Man hatte mir die schönsten Aussichten gemacht, was ja auch in meinem Vertrag zum Ausdruck kam. Aber in Wien herrscht das Rollenmonopol, das jeder eifersüchtig hütet. Die Tragödin am Burgtheater heißt Julie Rettich, sie hat die großen Rollen gepachtet und nimmt ihr Vorrecht rücksichtslos wahr, es sei denn, daß sie einmal krank ist. In der ›Emilia Galotti‹ beispielsweise bekam ich meist nicht die Emilia, sondern die Claudia, mir bleibt keine Wahl. So ergeht es mir bis zum heutigen Tage: Christine Enghaus, nach deinem Urteil eine der großen Schauspielerinnen, steht im Schatten. Du siehst, es gibt merkwürdige Parallelen in deinem und meinem Leben.
Ich will nichts gegen das hiesige Ensemble sagen. An keiner deutschen Bühne, meine ich, gibt es so viele ausgeprägte Künstler, an keiner ist den Mitgliedern Einordnung und Unterordnung so zur Natur geworden. Anschütz: die stärkste gestaltende Kraft, erschüttert, erwärmt, zieht empor in eine freiere Welt. Löwe, bezaubernd in der Bewegung wie in der Stimme, setzt als Liebhaber den roten Hahn aufs Dach, wenn er die Bühne betritt, gleich, ob der Dichter das Feuer angelegt oder ob er selber den Zündstoff hat mitbringen müssen. Fichner ist großartig im Sitten- und Konversationslustspiel. Seinen leichtfertigen Courmachern und liederlichen Vätern glaubt man, daß ihnen die moralischen Grundsätze abhanden gekommen sind wie goldene Hemdknöpfe. Der alte Korn, Liebling der Damen! Korn, du bist ein Gott, hat einmal eine schiefgewachsene Enthusiastin von der vierten Galerie herab ins Haus gerufen. Seine Minister

und Fürsten sind Schulbeispiele für die wirklichen Kronen- und Würdenträger. Der Kreis der weiblichen Mitglieder ist nicht so abgestuft. Luise Neumann, munter, empfindsam, im Lustspiel drollig, ohne eigentliche Kraft; besser, nämlich derber, sinnlicher ihre Mutter, meine Freundin Amalie Haizinger. Mephisto wird auf dem deutschen Theater nicht so bald einer zweiten Frau Marthe begegnen, die ihn derartig in die Enge treibt. Endlich Julie Rettich, die erste Tragödin, gegen die ich als zweite, nämlich später engagierte, aufkommen muß. Sie hätte längst die jugendlichen Rollen abgeben und zum Fach der Heroinen wechseln sollen, aber sie tut es nicht. Ich will nicht ungerecht sein. Als Isabella in der ›Braut von Messina‹, als Marfa im ›Demetrius‹, als Elisabeth in ›Maria Stuart‹ folgt sie dem Genius, der das Gemeine, das uns alle bindet, hinter sich gelassen hat. Aber sie hat auch die Natur hinter sich gelassen. Ihren strengen Gesichtszügen gelingt der Ausdruck des Erhabenen, aber nicht des Furchtbaren, ihre ein wenig schneidende Stimme fügt sich der kunstvoll gegliederten Rede, aber nicht der natürlichen Sprache schlichter Menschen; ihre Elisabeth im ›Götz‹ ist völlig farblos.

Lange Zeit glaubte ich, der Schatten Julie Rettichs stehe mir im Wege. Seit den letzten Wochen, seit ich die ›Judith‹ und die ›Maria Magdalena‹ las, sehe ich deutlich: In der Burg wird der Geist Schillers konserviert. »Das Theater soll der Kanzel gleichen, soll die Menschen geistiger, stärker, liebereicher machen, das Gemüt stärken und das ganze Dasein in eine höhere, geistigere Sphäre erheben, wo die Tugend als Ziel in höherer Glorie steht.« Ich weiß es auswendig, vom letzten Schillerfest her. In dieses Konzept passe ich nicht ganz hinein. »Ah, was sind Sie für ein Mann! Umarmen Sie Ihre Minna, Ihre glückliche Minna! Aber durch nichts glücklicher als durch Sie!« Eine Dame der

Gesellschaft mag so sprechen, gut und schön, aber in diesem Augenblick, als sie ihre Liebe erklärt, muß die Darstellerin zeigen, daß die Dame auch Weib ist, dann muß durch Stimme, Mimik, Gebärde die Weibsnatur hervorbrechen. So habe ich die Minna gespielt, aber auch tragische Rollen, die Johanna, die Maria Stuart, doch damit verstieß ich, wie es scheint, gegen das Stilgesetz des klassischen Schauspiels. In einer Kritik mußte ich lesen: »Die Heftigkeit ihrer leidenschaftlichen Ausbrüche hat nicht selten etwas Unartikuliertes, die Künstlerin Christine Enghaus modelliert zu wenig das Charakteristische und wird zuweilen die Verkünderin einer starren Notwendigkeit.« Was für ein Schafskopf, habe ich gesagt, nachdem ich die Kritik gelesen hatte. Heute meine ich: der Bursche hat recht, er ist geradezu ein Hellseher. Verkünderin einer starren Notwendigkeit? Dann hätte ich ja getroffen, was Friedrich Hebbel als seine Auffassung des Tragischen formuliert, und meine leidenschaftlichen Ausbrüche, die der Herr Kritikus moniert, sie wären das, was die Tragödien Hebbels erfordern. Das Neue, Große an seiner Kunst ist, daß sie den ganzen Menschen zeigt und nicht stilisierte Gestalten, die »das Land der Griechen mit der Seele suchen«, oder die im Sterben sprechen können: »Wie wird mir? Leichte Wolken heben mich, der schwarze Panzer wird zum Flügelkleide. Hinauf, hinauf! Die Erde flieht zurück – kurz ist der Schmerz und ewig ist die Freude.«

Schön sind diese Verse. Wie an jenem Tage, als ich sie zum erstenmal sprach, kommen mir Tränen. Aber im Reich der Kunst gibt es viele Provinzen. Die Klassik ist nur eine.

Inzwischen haben wir Revolutionen erlebt, und zukünftige künden sich an. Wir spüren, wie der Boden bebt, auf dem die Gesellschaft errichtet ist – ich spreche schon fast wie Hebbel.

Heute wünschen wir auf der Bühne zu sehen, was die Klassik ausspart, die Natur, die tiefer reicht als Wille, Verstand und Vernunft, das Vulkanische im Menschen. So denken auch Anschütz und Löwe. Wie ich die Judith, möchten sie den Holofernes und den Meister Anton spielen – wenn die Zensur Hebbels Stücke freigäbe. Sie weigert sich. Das Theater soll nach dem Willen der Regierenden immer noch das verehrliche Publikum in jene höheren Sphären heben, wo die Tugend in Glorie steht, obwohl sie über die Tugend lachen, die Damen und Herren der großen Gesellschaft.
Warum habe ich mit Schrecken und Grauen die ›Judith‹ gelesen? Warum habe ich mich gefürchtet, dem Dichter zu begegnen? Weil ich erkannte: hier meldet sich unsere Sprache, hier sind die dichterischen Gestalten, die darzustellen wir, die Schauspieler unserer Zeit, uns sehnen.
Furcht erweckt immer das Neue, das unsere Kräfte herausfordert, das uns zwingt, ganz neu zu beginnen. Heute bin ich sicher: ich stehe durch Hebbel erst am Anfang, so wie Hebbels Tragödien für die Bühnen einen Anfang bedeuten. So innig verschränkt ist unser beider Schicksal.
Als wir uns begegneten, der Mann und die Frau, ereignete sich für uns noch etwas anderes. Es kam unerwartet und traf uns wie ein Blitz. Ein Wunder, daß es uns nicht vernichtete. Hebbel lieben zu dürfen, von ihm geliebt zu werden, das ist mehr, als ich jemals habe erhoffen können. Aber dieses Glück müssen wir teuer erkaufen.
Du fragtest mich: Vermagst du zu leben ohne mich? Und ich kann immer nur antworten: Nein, tausendmal nein. Aber wir werden nicht zusammen leben können, wenn ein anderer Mensch darüber zugrunde geht.
Wer ist Elise? Ich muß von ihr wissen, was du weißt. Dann, gebe es Gott, gelingt es uns, sie zu stützen und – vielleicht – in unseren Kreis einzuschließen.

Hebbel legte seine Brieftasche auf den Tisch und öffnete sie. Christine beugte sich vor und erblickte auf jeder Innenseite ein mit farbiger Seide gesticktes Bild. Die rechte Seite zeigte ein mit Rosen und Lorbeer geschmücktes Schiff, die linke einen Schreibtisch und auf ihm, zwischen Lampe und Tintenfaß, drei Bücherrücken; sie trugen die Aufschrift Kleist, Goethe, Hebbel.

»Ich dachte nicht«, sagte Christine, »daß man mit Nadel und Seidenfäden malen kann wie mit feinem Pinsel auf Emaille. Und diese Bilder hat ...«

»... hat Elise für mich gestickt. Ich erhielt die Tasche zu Weihnacht 1840, nachdem am 1.Dezember die ›Judith‹ ihre Erstaufführung in Hamburg erlebt hatte.«

»Der Wimpel auf dem Mast trägt den Buchstaben F, das ist der Anfangsbuchstabe deines Vornamens. Sie hat also dein Lebensschiff gemeint. Es schleppt ein Netz hinter sich her, das deutet auf guten Fang, und die gefüllten Segel verheißen glückhafte Fahrt.«

»Und was liest du aus dem linken Bild heraus?«

»Auf den Lederrücken drei Namen nebeneinander: Kleist, Goethe und Hebbel – Elise hat gewußt, daß du einen Platz neben den Großen der deutschen Literatur einnimmst. *Ein* Mensch wenigstens hat früh an dich geglaubt. Elise wird auch dein Selbstgefühl gestärkt haben.«

»Sie war nicht die einzige. Eine andere Frau hat mich aus dem Gefängnis Wesselburen herausgeholt, Amalie Schoppe. Du kennst sie?«

»Ihre Pariser Modeblätter liest jede Frau, die auf ihre Garde-

robe achtet. Bücher soll sie auch geschrieben haben, dutzendweise sogar, aber die habe ich mir erspart.«
»Die Schoppe hatte von mir Gedichte und Erzählungen in ihrem Blatt gebracht und honoriert; was das für den kleinen Schreiber bedeutete, der als Ausgestoßener am Rande der Welt lebte, kannst du dir denken. Sie schrieb mir Briefe, die mit ›Teurer Hebbel‹ begannen, und einer schloß: ›Nennen Sie mich fortan Ihre Freundin Amalie.‹
Ich hatte ja vorher schon an den Dichter Adam Oehlenschläger geschrieben, den man den nordischen Goethe nennt, zu Unrecht, eher hält er den Vergleich mit Tieck aus, aber in Dänemark ist er Literaturpapst, auf den selbst das Königshaus hört. Der dänische König hat viel für deutsche Literaten getan, warum sollte er nicht mich vor dem Untergang retten, der ich sein Untertan bin? Oehlenschläger aber hat mich nicht einmal einer Antwort gewürdigt. Ich schickte auch an Ludwig Uhland ein paar Gedichte und bat in einem bescheidenen, geradezu demütigen Brief, ob er mir nicht in Stuttgart eine Schreiberstelle vermitteln könne. Er antwortete. Von Ludwig Uhland, der eine meiner wichtigen poetischen Stationen war, einen eigenhändig geschriebenen Brief zu empfangen – ich weinte wie ein Kind, und ich werde seinen Namen bis zum Ende meines Lebens dankbar nennen. Zwar bedauerte er, mir nicht helfen zu können, er riet mir, vorerst in Wesselburen auszuharren, aber er hielt meine poetischen Bemühungen nicht für bedeutungslos. ›Zugleich zeigen die poetischen Proben, welche Sie mir mitgeteilt, daß es Ihnen auch in diesem engeren Kreis nicht unmöglich gewesen ist, Geist und Gemüt auszubilden.‹ So Uhland.
Der Mensch, der mir beim Absprung aus Wesselburen die Hand reichte, der wirklich etwas für mich tat, war Amalie Schoppe.«

»Aber wollten wir nicht von Elise sprechen?« warf Christine ein.
Hebbel ließ sich nicht ablenken.
»Amalie Schoppe, was veranlaßte sie, mir zu helfen? Sie ist ein kompliziertes Frauenzimmer. Aus Geltungstrieb nahm sie sich begabter junger Leute an, ihre Herrschsucht befriedigte sie, indem sie sich Schützlinge heranzog, sie pochte auf ihre einundvierzig Jahre, die sie von dem Verdacht befreiten, daß sie Courmacher suche; dabei weiß man doch: gerade in diesem Alter laufen manche Weiber den Männern nach. Doch ich will sie nicht verkleinern. Mitgefühl war natürlich im Spiel, aber auch, trotz ihrer Oberflächlichkeit, ein Spürsinn für das, was in mir steckte. Was hat sie für mich getan?
Eine Summe von fünfhundert Schilling, aufgebracht von einer Reihe von Gönnern, war bei einem Pastor Dr. Schmalz deponiert worden. Freitische standen in verschiedenen Familien für mich bereit. Sogar einen festen Plan für meine Geistesbildung hatte Frau Schoppe ausgeheckt. Ich sollte auf dem Gymnasium die Reifeprüfung nachholen und alsdann eine Universität besuchen. Zu meinem Lateinlehrer war bereits ein Schüler, Sohn eines begüterten Hauses, bestellt worden. In welche Situation aber war ich versetzt? Vor dem Pastor, den mein geistiges Schicksal überhaupt nicht bekümmerte, mußte ich über jeden Schilling abrechnen. Wenn ich zum Essen in fremde Häuser schlich, war das jedesmal wie ein Gang zu meiner eigenen Hinrichtung. Ich sollte mir das Lateinpensum eines Quintaners eintrichtern lassen und war ein Mann, der seine Kräfte an Shakespeare und Kleist maß. Zu allem Übel überreichte mir die Schoppe eine schriftliche Anweisung, wie ein junger Mann, der keine Erziehung genossen hatte, sich in feinen Häusern zu benehmen habe. Bei den Freitischen, so begann der Lepo-

rello, ist es üblich, daß der, welcher sie empfängt, sich gleich nach aufgehobener Tafel wieder entfernt, wenn er nicht besonders zum längeren Bleiben eingeladen wird.«

»Aber Elise«, soufflierte Christine.

Hebbel brauste auf. Ob er, der eine Novelle, eine Tragödie komponieren könne, sich belehren lassen müsse, wie er zu erzählen habe. Er wisse schon, warum er so weit aushole.

Christine verzog die Mundwinkel wie ein schmollendes Kind.

»Fröstelnd stand ich auf der Lombardsbrücke, sah in das dunkle Gewässer der Alster und dachte an Wesselburen. Der Hochmut meines Dienstherrn, die Nötigung, mit dem Kutscher Christoph das Bett zu teilen, hatten mich nicht so erniedrigt wie die Selbstverständlichkeit, mit der Hamburger Bürger für eine Mahlzeit Dank bis zum Jüngsten Tag erwarteten. Das Leben mit der Jugend Wesselburens, unsere Leseabende, unser Liebhabertheater, in dem ich Direktor, Regisseur und oft Dichter in einer Person gewesen war, die kleinen zarten Liebschaften, Doris und Emilie, Margarethe und Hedwig, all das gewann in der Erinnerung paradiesischen Glanz.«

Ich sollte, dachte Christine, ihn immer zum Erzählen bringen, und er sollte seine Biographie niederschreiben, so würde er sein Herz von aller Bitterkeit reinigen. Aber sie hütete sich, das in diesem Augenblick auszusprechen.

»Das Zimmer, das die Schoppe für mich gemietet hatte, war nur für ein paar Wochen frei, und so mußte ich vorübergehend ein Zimmer bei einer Dame, einem älteren Mädchen, beziehen. Vor der Vermieterin glaubte die Schoppe mich warnen zu müssen; sie habe einen schlechten Leumund, und wahrscheinlich werde sie von einem reichen Kaufmann ausgehalten. Voller Mißtrauen bezog ich das Zimmer. Was aber erlebte ich? Niemals war mir ein Mensch mit so viel

Takt, mit solcher Herzensbildung begegnet. Sie zog sich zurück, wenn sie fühlte, daß ich allein zu bleiben wünschte, sie hörte zu, wenn ich das Bedürfnis hatte zu sprechen. Meine Gedanken und Pläne, meine Schmerzen und Enttäuschungen nahm sie auf, als hätte sie nur darauf gewartet, ihr eigenes unerfülltes Leben durch ein fremdes, durch mein bewegtes und auf große Ziele gerichtetes Schicksal zu bereichern. Sie hieß, du wirst es erraten haben, Elise Lensing.«

Christine lehnte sich aufatmend zurück. Endlich war der Name gefallen.

»Schon in jener Zeit bekam mein Verhältnis zu Madame Schoppe einen Riß. Wie konnte sie eine sittlich hochstehende Frau wie Elise so verleumden? Ich erzählte Elise alles, und wir waren uns einig, wie sehr der Mensch sich vor Klatsch hüten müsse. Man braucht nicht Dolch oder Zyankali, um einen Menschen umzubringen.«

Hebbel hielt inne und schloß für eine Weile die Augen. »Und diese Frau, Elise Lensing, was tat sie, als ich ihr nur deinen Namen nannte und, mehr noch, als ich ihr unsere Verlobung mitteilte? Sie goß einen Dreckkübel von Schmähungen über dich aus.«

Christine entgegnete, daß Elise im Gegensatz zur Schoppe im tiefsten verletzt worden war. Hebbel wollte wieder aufbrausen, seine Schläfenadern – Christine kannte die Anzeichen – quollen bereits. Plötzlich streckte er beide Hände über den Tisch. »Verzeih! Meine ewige Heftigkeit. Elise, du hast recht, war in ihrer Existenz getroffen, denn was bedeutet der Mann für die Frau! Wie umgekehrt« – er sah Christine ernst an – »für den Mann der Beruf die Grundbedingung seiner Existenz ist, auf die er nicht verzichten kann.«

Christine wollte einwenden: wie aber, wenn auch die Frau

um einen Beruf gekämpft hat, wenn sie ihn nun mit ihrer ganzen Person ausfüllt? Doch schon meldete sich die Frage: Bist du nicht bereit, alles aufzugeben, die Stellung am Burgtheater, die elegante Wohnung, das sorgenfreie Leben, und würdest du nicht dem geliebten Mann ins Ungewisse folgen, sein Schicksal zu deinem machen, auch wenn dieser Mann sich einen Menschenfresser nennt?

»Ich habe dir von dem zweiundzwanzigjährigen Jüngling erzählt, der – ja, was war er? Schüler? Student? Ein Dichter? Alles das und im Grunde ein Nichts. Frierend trabte er durch die Straßen Hamburgs, unschlüssig, wie er unter so schwierigen Umständen seine geistigen Kräfte entfalten solle, zweifelnd, ob sein Talent ausreiche für die Ziele, die er sich gesteckt hatte; und es waren die höchsten Ziele, die nur ein Genie erreicht hätte.

Dieser Mann fand in Elise einen Menschen, den einzigen, der ihm ein Heim bot, der ihn umsorgte, der zuhören konnte, wenn ihm der Mund überlief, der ihn, ich übertreibe nicht, auch in seinen höchsten Augenblicken verstand. Vielerlei kleine Dinge kamen hinzu, die Tasse Kaffee und die Franzbrötchen, die sie mir nachmittags auf den Tisch stellte, die warme Behaglichkeit ihrer Wohnung, ihre beseelte Stimme, die schönen grauen Augen. Im übrigen war sie keineswegs hübsch, außerdem um neun Jahre älter als ich, eigentlich schon verblüht, aber sie besaß ein reines Herz, und das schenkte sich mir ganz, arglos, ohne Bedingung.

So war es. Und jetzt frage ich dich, Christine, kannst du verstehen, daß dieser junge Mann schon nach wenigen Tagen Tisch und Bett mit dieser Frau teilte?«

»Aber, Nuxel, was hätte ich dir dringender wünschen können als ein solches Mädchen, wie du es schilderst?«

»Ich sitze im Beichtstuhl und habe nicht das Gefühl, daß ich mich vor dir oder einem Priester rechtfertigen muß, sondern vor dem Ewigen. Was mich zu dieser Frau trieb, war nicht Liebe, sondern was? Angst vor der Zukunft, Einsamkeit, Unfähigkeit, Anerkennung und Ruhm zu erwerben, Dinge zu schaffen, die meinem Ehrgeiz entsprachen? Es war Flucht in den Weiberschoß.«

»Auch das, Nuxel, kann ich verstehen.«

»In mein Tagebuch, in das Notenbuch meines Herzens, wie ich es nannte, schrieb ich schon in den ersten Hamburger Wochen: ›Das Mädchen hängt unendlich an mir. Wenn meine künftige Frau die Hälfte für mich empfindet, bin ich zufrieden.‹ Ich frage dich: Habe ich Elise gegenüber gerecht gehandelt, entsprachen sich hier Nehmen und Geben?«

»Ich denke, deine Frage enthält bereits die Antwort.«

»Also bin ich schuldig geworden, nicht wahr, das wolltest du sagen.«

»Ich weiß nicht, wie du diese Schuld hättest vermeiden sollen.«

»Eins habe ich mir nicht vorzuwerfen, unser Briefwechsel und meine Tagebücher werden es erweisen: ich bin immer aufrichtig gewesen. Ich habe Elise von Anfang an nicht im unklaren gelassen, daß ich sie verehre, ihre Selbstlosigkeit, ihre Geduld bewundere. Aber niemals habe ich Gefühle geheuchelt, die ich nicht empfand. Gewußt hat sie all die Jahre, daß ich ihre Liebe nicht erwidern kann.«

»Arme Frau! Sie wird gehofft haben, zu allem, was da war, komme die Liebe schließlich von selber hinzu. Aber all die Jahre vergeblichen Wartens – ich kann nur mit ihr weinen. Immer wieder einem Manne, der keine Liebe empfindet, die Arme öffnen, ihm Kinder gebären – am Ende ist sie so schuldig wie du.«

»Du sprichst es aus. Wir waren aneinandergekettet durch Freundschaft, aber auch durch Schuld. Es hat lange gedauert und geschah erst während meines Aufenthalts in Frankreich, ganz entschieden in Italien, daß ich Manns genug war, die Ketten zu sprengen. Ganz frei fühle ich mich erst heute, im Beichtstuhle vor dir.«

Viele Tage sprachen sie so miteinander, meist in innigem Einvernehmen, gelegentlich in Wortgefechten, denn auch Christine besaß ein schwer zu zügelndes Temperament. Waren sie durch Arbeit verhindert, sich zu sehen, gingen Billetts hin und her.

So schrieb Hebbel beispielsweise: »Jede Perlenschnur hat ihre Lücke und jeder Kalender seinen roten Tag. Es ist mir heute unmöglich, Dich zu sehen ... Ich hoffe, daß Du mir einige Zeilen zurücksenden wirst. Mein Charles ist angewiesen, darauf zu warten ... Ich empfehle mich deinen schönen Augen, die so feurig sind und so sanft dabei. Küsse sie für mich. Ich weiß, daß das schwer ist. Aber suche die Kunst zu erfinden, dann hast Du bis abends Beschäftigung. Dein Fr. H.«

Christine bekannte, daß sie durch Küsse und Umarmungen alles sagen könne, was sie empfinde, durch Worte nur wenig. Ihre Briefe enthielten denn auch meist nur wenige Zeilen und waren mit flüchtiger Hand hingeworfen. »Komme nach dem vierten Akt. Ich bin bei Gabillon.« Sie schloß: »Tine« oder auch »Christine« und neuerlich: »Dein Pinscher«. Den Kosenamen hatte Hebbel ihr gegeben, weil so der Hund seiner Kinderzeit hieß; der Ausdruck war für Hebbel das Symbol der Treue geworden.

Unter diesen Umständen dauerte es seine Zeit, bis Christine kleine und größere Steinchen zu einem Mosaik der Biographie Elises zusammensetzen konnte.

Elise stammte aus Lenzen an der Elbe, wo sie 1804 geboren wurde. Der Vater, Chirurgus ohne akademischen Grad, verfiel in Wahnsinn und starb früh. Die Mutter, Tochter eines Lehrers, hatte es eilig, sich in zweiter Ehe mit dem Schiffbauer Johann Ziese zu verheiraten, der im Sommer in Hamburg arbeitete und den Winter über in Lenzen Mulden und Tröge anfertigte. Später machte er sich als Ewerführer selbständig, und das Paar verzog nach Hamburg. Als Elise einen Stiefvater bekam, war sie gerade zwölf Jahre alt geworden. Sie besuchte die Schule bis zum Abschluß und wurde dann, wahrscheinlich als Kinderfräulein, zu einer Gutsbesitzerfamilie gegeben. Hier und bei einem halbjährigen Aufenthalt in Berlin erwarb sie sich ihre gesellschaftliche Sicherheit, die Hebbel an ihr bewunderte. Mit zwanzig Jahren kam sie auf ein Töchterpensionat in Magdeburg, das von einem tüchtigen Schulmann namens Heyse geleitet wurde, und erhielt Unterricht in der deutschen Sprache und in Orthographie, die sie freilich nie ganz beherrschte, in deutscher Literatur, den Techniken weiblicher Handarbeiten und vor allem in Religionskunde. Nachdem sie noch ein halbes Jahr als Präparandin ausgebildet war, bekam sie eine Stelle als Lehrerin in Calb an der Saale. Wann sie diese Tätigkeit aufgegeben hatte, wußte Hebbel nicht zu sagen. Jedenfalls zog sie eines Tages nach Hamburg und mietete sich eine Wohnung im gleichen Hause, in dem ihre Mutter und ihr Stiefvater lebten. Sie arbeitete nun als Kindergärtnerin, als Schneiderin, auch wohl als Kochfrau, gab Privatunterricht und lieferte an elegante Geschäfte Stickereien und Häkeleien. Ein kleines Kapital gab ihr eine gewisse wirtschaftliche Sicherheit, so daß sie sich nicht eigentlich einzuschränken brauchte. Jedenfalls hielt sie, als Hebbel sie kennenlernte und noch Jahre danach, ein Hausmädchen, besuchte Theater und Konzerte, war in einer Leihbibliothek abonniert und machte regelmäßig Reisen. Ihr Wesen, ihre Bildung, ihre vielseitigen Interessen erschlossen ihr respektable Häuser. So verkehrte sie mit einer Gräfin Brockdorf, mit der Familie des Obergerichtsadvokaten Schütz in Wandsbek, mit Angehörigen der Hamburger Kaufmannschaft; auch war sie eine Zeitlang Gesellschafterin einer in Berlin lebenden Geheimratsgattin, Madame Baumgarten.

Bis hierhin war Elises Biographie lückenhaft geblieben. Erst seit Hebbel ihren Lebensweg kreuzte, gewann sie für Christine festere Konturen. Sie meinte, sich vorstellen zu können, wie der junge, seine Schüchternheit durch ein überspanntes Selbstgefühl ausgleichende Mann zum erstenmal Elises Wohnung betreten hatte. War er nicht in ähnlicher Verfassung zu ihr gekommen, gehemmt durch seine Schuldenlast, verzweifelt über so viele vergebliche Bemühungen, sich durchzusetzen, und zugleich mit einem nun freilich durch Leistungen begründeten Hochgefühl? Elises bescheidene, doch offenbar kultivierte und peinlich sauber gehaltene Wohnung bot einen vorteilhaften Rahmen für die Frau, die ihm entgegentrat. Eine altgewordene Jungfrau, bei der du es gut haben wirst, so mag der Zweiundzwanzigjährige gedacht haben, und sie: ein bescheidener, unglücklich aussehender, aber intelligenter, ein ungewöhnlicher Mann. Allmählich jedoch muß sich eine in die Tiefen reichende Bindung vollzogen haben. Zwischen uns geschah es ja auch, freilich rasch wie der Blitz, dachte Christine. Was zog ihn an? Vermutlich, daß Elise zuhören konnte, und er war ein Mann – damals wie auch heute –, der sich aussprechen mußte, mehr, der seinem Gegenüber seine Gedanken, Empfindungen und Visionen aufzuzwingen, der ihn sich hörig zu machen verstand. Er war schon ein Menschenfresser.

Und Elise? Die erste Reaktion mochte Mitleid gewesen sein, wie bei Christine ja auch, dann aber geriet sie in einen geheimnisvoll zwingenden und erschreckenden Bann. Hebbel weiß, daß er über solche Kräfte verfügt. Er spricht von einem Magnetismus, durch den ein Mensch einem anderen seine Gedanken und Phantasien vorschreibe, ohne daß dieser es ahnt. Ja, er vermutet, daß man durch bloße Konzentration des Willens einen Menschen aus der Welt herausdenken könne, so hat er neulich erst gesagt. Das war gewiß übertrieben, doch Christine schüttelte sich, als sie sich dieser Bemerkung erinnerte. Seine magnetischen Kräfte, oder wie immer man sie nennen sollte, erfuhr sie fast täglich, wenn sie ihm gegenübersaß. Wie oft hatte sie sich beobachtet und festgestellt, daß sie dachte und empfand wie er. Glücklicherweise besaß sie einen Beruf, der immer wieder ihre ganze Person herausforderte. Aber Elise? Hebbel schilderte sie als nervös, labil, als einen Menschen, der zwischen Leidenschaftlichkeit und Ruhe hin und her schwankte; bald strömte sie von Heiterkeit nur so über, bald sank sie in Schwermut. So beschaffen, konnte sie ihm keinen Widerstand entgegensetzen. Hebbel hatte bewundernd von Elises Träumen erzählt; diese hatten ihn so bewegt, daß er sie in die ›Judith‹ und in die ›Genoveva‹ übernommen hatte. Ein Traum kehrte bei ihr öfters wieder: Sie befindet sich in einem unendlichen dunklen Raum, der mit Sternen besät ist, und sie löst sich in ihm auf ... Stammte dieser Traum etwa aus ihr selber? War er nicht bildhafter Ausdruck der Hebbelschen Philosophie? Auch düsteren Träumen fand sie sich ausgeliefert. Sie sieht einen, der sich selber köpft, dann kriecht der Rumpf zum Kopf und begräbt ihn. Dieses schreckliche Bild hatte seinen Platz in ›Maria Magdalena‹ gefunden. Meister Anton sagt: »Ja, ja, das ist ein kluger Kopf, der sich selber köpft, wenn's Zeit ist.« Ob Hebbel gewußt hat, daß er hier ein keineswegs fremdes Gut übernahm? Auch diese Bemerkung, die sie eines Tages gemacht hatte, stammte doch wohl kaum aus eigener, eher aus Hebbels Erfahrung:

ein kleines Kind, das im Traum geflogen ist und fliegen zu können glaubt, stürzt sich zum Fenster hinaus. »Ich konnte sonst doch fliegen.«
Arme Elise. Sie war zu weich! Sie weinte viel, aber sie genoß ihre Anfälle der Schwermut, erzählte Hebbel, sie berauschte sich an den Wonnen der Selbstvernichtung. Nachgiebig wie Wachs, war sie unter Hebbels Händen sein Gebilde geworden – was war natürlicher, als daß auch ihr Körper nach ihm verlangte! Wie jedoch ertrug sie es, ihre Arme einem Manne zu öffnen, der ihre Liebe nicht erwiderte? Belog sie sich, indem sie seine ehrlichen Geständnisse verwarf? Oder empfand sie diese ihre Erniedrigung auch als Wollust der Selbstvernichtung? Kenne einer sich aus im Labyrinth des weiblichen Herzens! Ein Jahr lang lebten sie so zusammen. Sie umsorgte ihn, hielt seine Wäsche und seinen Anzug in Ordnung, schenkte ihm Kleidungsstücke, die ihm zu einem anständigen Auftreten verhalfen, Handschuhe, ein Seidentuch, eine neue Hose. Was gab er ihr? Materiell nichts, statt dessen etwas bei Gott nichts Geringeres, die Teilnahme an seinem ins Ungeheure sich weitenden Geist. So betrachtet, wäre wohl kaum einer befugt, sich die Rolle eines Richters anzumaßen: Jeder gab, was er hatte, jeder nahm, was der andere freiwillig ihm bot.
Dann brach Hebbel aus, um sich als Autodidakt auf Universitäten weiterzubilden, aber auch, vermute ich, um sich von den Fesseln dieses wie man sagt illegitimen Verhältnisses, der Gewissensehe, zu befreien. Wie erging es ihm in Heidelberg und München? In den ersten Wochen drückten ihn wie vordem in Hamburg das Gefühl der Verlassenheit, und er sehnte sich nach der warmen Häuslichkeit Elises zurück. Dann entdeckte er in der neuen Umgebung seine Fähigkeit, Landschaften zu erleben, er kam mit dem einen und anderen Professor zusammen, die seine Begabung er-

kannten, auch jüngere Leute traten ihm nahe, sehr freundschaftlich einer, von dem er leider bisher nur wenig erzählt hatte, Emil Rousseau. Liebesaffären, natürlich, auch die gab es. Er schrieb Gedichte, die der eigenen Kritik standhielten, dazu die Erzählungen ›Anna‹ und ›Eine Nacht im Jägerhaus‹. Leider hatten seine Versuche, die Arbeiten unterzubringen, keinen Erfolg. Die Taler, die Dr. Schmalz ihm aus seinem Legat ausgezahlt hatte, rannen dahin, schon konnte er seine Miete nicht mehr bezahlen, auch das tägliche Brot nicht, von warmem Essen ganz zu schweigen.

An wen anderes in der Welt konnte er sich wenden als an Elise?

Sie schickte Geld, einmal zwanzig Taler, ein anderes Mal dreißig, er nahm an und versprach, jeden Pfennig als Darlehen zu betrachten; am Ende zählte er die Summen nicht mehr. Elise bürdete sich noch andere Pflichten auf, sie unterstützte Hebbels Mutter, seinen Bruder Johann, der ein Säufer war, sie half ihrem Stiefvater Ziese mit Darlehen, sie gab und gab, als wären ihre Mittel unerschöpflich. Hebbel nahm an, was sie ihm bot, denn er sah keinen andern Ausweg, es wäre denn die Pistole. So verstrickte er sich in eine Abhängigkeit, die sein ohnehin kompliziertes Verhältnis zu Elise unheilvoll verknäulte. Nach drei Studienjahren, die ihn der erhofften wirtschaftlichen Unabhängigkeit keinen Schritt nähergebracht hatten, entschloß er sich, nach Hamburg zurückzukehren. Auch in die Arme Elises? Er meinte, Manns genug zu sein, sich in einen Keller zu verkriechen, für Geld zu schreiben, das hieß, nach seinen Worten, dem Publikum Weihrauch, den Musen Stinkopfer zu bringen und sich dadurch schnell vom Leben zu erlösen. Der martervolle Fußmarsch von München nach Hamburg brach seine Widerstandskraft. »Ein Wolkenheer und nur ein einziger Stern, Elise.«

Er war nun nicht mehr der unerfahrene Jüngling, der sich von einem altjüngferlichen, nach Liebe lechzenden Mädchen verführen ließ. Er wußte, was er tat, als er die frühere Beziehung zu Elise wiederaufnahm. Gehörte nicht zu seinen Grundsätzen, daß der Mensch niemals einen anderen als Mittel benutzen dürfe? Um sich seine Schuld nicht eingestehen zu müssen, erhöhte er Elise zur Heiligen. Nur so erkläre ich mir seine Verständnislosigkeit, seine Empörung, als sie jetzt, aller Hoffnung beraubt, ohne Mittel, mit einem Kind von ihm dasaß und den geliebten Mann – sie hatte ja geliebt – mit einer anderen Frau davongehen sah. Was tat sie heute anderes, als auf das Recht der Frau und Mutter zu pochen, wie es jede andere Frau getan hätte? Damals hatte er sich eingeredet, die Flamme der Freundschaft, edler, dauerhafter als sinnliche Liebe, verbinde sie beide und rechtfertige sein Verhalten; er bedürfe dieses Engels, um sich von der Ichsucht, dem Fluch des männlichen Geschlechts, zu befreien. Diese Lüge vergiftete sein Leben. Eine dumpfe, müde Stimmung bemächtigte sich seiner, wie er mir gestand. Dann warf ihn eine Krankheit nieder, die auf Leben und Tod ging. Sieben Tage und Nächte wachte Elise an seinem Bett, bis die Krisis überwunden war. Endlich, im Oktober eben dieses Jahres, erfüllte sich ein Gebet, das er schon mehrere Male an einem Jahresende gesprochen hatte. »Dies erbitte ich vor dem Thron der ewigen Macht: einen Stoff zu einer ins Große gehenden Darstellung. Ich bedarf eines Gefäßes, wenn nicht alles, was sich mir aus meinem Innersten losgerissen hat, zurücksinken und mich zerstören soll.«

Es war der Stoff der ›Judith‹, der jetzt auf ihn zukam. Ich finde es interessant, nach welcher Richtung er die biblische Erzählung veränderte. Was treibt bei Hebbel die Judith zum Mord? Ausgezogen, um ihr Volk von seinem Verderber zu befreien, ergreift sie den Dolch, nicht im Auftrag und im Namen Gottes. Sie rächt sich an Holofernes. Wofür? Daß sie sich ihm als Weib ausgeliefert und daß er, ohne ihre Glut zu erwidern, sie genommen und also geschändet hat. Hob Hebbel hier nicht, auf dem Umweg über die Dichtung, ins Bewußtsein, was er im Leben verleugnet hatte: seine Schuld Elise gegenüber?

Die Aufführungen in Berlin hatten Tantiemen erbracht, Campe druckte die Buchausgabe gegen ein ansehnliches Honorar, der Name Friedrich Hebbel gewann in der Öffentlichkeit Gewicht, die Zukunft schien sich aufzuhellen. Schon konnte er anfangen, Schulden an Elise zurückzuzahlen und Geld zum Haushalt beizusteuern, da entzündete eine Hamburger Senatorentochter seine Leidenschaft. Sie war jung, schön, kultiviert, vielleicht auch intelligent, stammte aus bestem Hause, was ihm immer imponierte; die alternde Elise konnte gegen diese Rivalin nicht aufkommen. Arglos – ach, nur Männer können so arglos sein – erzählte er Elise von dieser Liaison. Jetzt – vermute ich – machte Elise den verzweifelten Versuch, sich von dem Manne zu trennen, der sie zu vernichten drohte. Sie reiste nach Rügen für drei Wochen und blieb fast drei Monate.

Aber nun zog sich das Verhängnis wie eine undurchdringliche Wolke über beiden zusammen. Elise entdeckte, daß sie schwanger war. Sie teilte es Hebbel mit. Vor dieser Situation schien er zu versagen. Er, der trotz der langen Bindung an Elise immer bedacht war, den Fesseln der Ehe zu entgehen, sollte nun durch die Vaterschaft doppelt an Elise gekettet werden? Furchtbare Träume verfolgten ihn. Ohne daß er an Selbstmord gedacht hätte, erwachte er mit einem Krampf in der Hand, »als ob ich immerfort Pistolen abdrückte, und in den Schläfen fühlte ich den Druck der Pistolenmündung«. Er zeigte mir die Notiz in seinem Tagebuch. Der Krampf in der Hand war keine Metapher: seine Hand hatte bei der Niederschrift gebebt. Zwei Tage später hatte er sich gefaßt. »Daß Dein Zustand jetzt entschieden ist, kann mich nur freuen«, schrieb er zurück. »Es knüpfe sich daran, was da wolle, es wird ertragen.« Es war ihm ernst mit der Verantwortung, die er nunmehr für Mutter und Kind zu tragen hatte. Aber heiraten? »Die Welt ist so groß und mein Herz ist so unergründlich tief, ein Frevel, eine selbstmörderische Sünde wäre es, wollte ich mir jene absperren und dieses unter Schloß und Riegel legen. Jeder Schacht, aus dem gediegenes Gold hervorkommt, ist zugleich ein Abgrund, in dem man den Hals brechen kann, aber soll man ihn darum verschütten? Vergib mir, Elise, aber bedenk auch, daß dies alles wahr ist.«

Elise nahm schweigend auf sich, daß sie mit dem Glück der Mutterschaft Schande und Verleumdung zu tragen hatte. Hebbel mietete für sie eine Wohnung in Ottensen. Am 2. September 1840 – Hebbel hatte sich Tag und Stunde in seinem Gedächtnis eingeprägt – bestiegen sie einen Mietwagen. Die Nachbarn versammelten sich auf der Straße. Elises Wunsch, daß es regnen möge, hatte sich nicht erfüllt. So verfolgten hämische Blicke das davonrollende Gefährt. Hebbel tat, was er nach seiner Einsicht tun konnte. Der Mietvertrag ging auf seinen Namen. Für Unterkunft, Entbindung und Pflege kam er auf. Die Hamburger Aufführung der ›Judith‹ stand bevor und versprach Einnahmen. Eine Novelle, Gedichte, Skizzen, da und dort veröffentlicht, erbrachten kleine Summen. So konnten sie nach der Geburt eine Zeitlang ohne große Sorgen leben. Von Heirat wurde nicht mehr gesprochen. Es dauerte zwei Jahre, bis Elise sich entschließen konnte, das Kind taufen zu lassen, so ängstigte sie die Nötigung, das unehelich Geborene im Arm, vor den Altar zu treten. Der Taufakt wurde in Wandsbek, also auf dänischem Boden, vollzogen. Im Kirchenbuch wurde vermerkt, das Elternpaar sei verlobt, die Eheschließung durch äußere Umstände bis dato vereitelt, die Taufe ›successive‹ verschoben worden. Das Kind erhielt den Vornamen Max und den Familiennamen des Vaters.

Im September, mithin acht Wochen vor der Geburt seines Kindes, begann Hebbel die Arbeit an der ›Genoveva‹. Sie hat noch keine Bühnenaufführung erlebt, kein Wunder, es ist schwer, und es wäre für mich unmöglich, Genoveva auf der Bühne zu verkörpern. Die Rolle gibt nichts her, Genoveva ist kein dramatischer Charakter, denn sie handelt nicht, sie duldet, sie ist groß ausschließlich im Dulden. Aber was nötigte Hebbel, diesen Charakter zu wählen? Weil Elise ihm das Vorbild bot. Hatte ich gemeint, er löge sich etwas vor, indem er Elise zur Heiligen erhob? So war es doch wohl nicht. Die Fähigkeit, mit dem Blick auf den Geliebten alles auf sich zu nehmen – ich weiß nicht, ob diese Eigenschaft begehrenswert ist, ich meine, auch die Frau muß die Grenze wahren, wo Dulden Selbstaufgabe bedeutet. Hebbel sah, gerade in diesen Wochen und Monaten, als sie das Kind trug, als sie entband, ihr Gesicht von der Aura des Heiligen umwoben. Er hat sie dieser Aura wegen verehrt, ich zweifle nicht daran, aber – oh, welche Widersprüche in diesem Mann – ihr seelischer Adel hat ihn auch bis zur Wut gereizt, weil er selber, in seiner Ichsucht befangen, zur Hingabe sich nur schwer durchringend, diesen Grad der Aufopferung niemals erlangen konnte. Ich habe einen Engel gegeißelt, so klagte er sich an.

Nuxel, du hast gesagt, man soll in der Dichtung nicht nach den Schmerzen des Dichters suchen, die das Werk hervorgebracht haben. Du wirst recht haben; dennoch, verzeih, ich kann nicht anders, als in der Genoveva Elise und in ihrem Gegenspieler, dem Golo, dich zu sehen.

Golo wünscht die geliebte Frau aus der Welt, weil sie ihm durch die Größe ihres Charakters ewig fernbleibt. »Nimm, Ewiger, sie, nimm sie zu dir empor! Nur weil es Edelsteine gibt und Gold, gibt's Räuber. O ich fühl es, dieses Weib, wenn du nicht schnell sie unserm Blick entziehst, ruft Sünd' ins Dasein, außerordentlich, einzig wie sie selbst.«

Golo, hast du gesagt, tritt als edler Charakter in die Welt, der nur mißgeboren ist. Wäre er von Natur böse, besäße er nicht das Organ, Genovevas Wert zu erkennen. Aber der Mißgeborene kann ihren Grad der Seligkeit nicht erreichen, so will er denn verdammt werden. »Ich bin ein Schurke«, heißt es im dritten Akt, »nun hab ich Schurkenrecht! Denn auch ein Schurk' hat recht.« Er kann nicht mehr zurück, drum muß er vorwärts.»Wie es sich vergessen läßt, daß man ein Räuber war? Man wird ein Mörder, Vatermörder dann, Weltmörder! Gottesmörder! Schüttelt's dich? O Genoveva, halte mich! Du siehst, ich habe nichts als dich!«

Wenn ich ein Mann wäre, ich wünschte mir die Rolle des Golo. Ich würde sie so spielen, daß ein volles Haus vor Entsetzen erstarrte: Golo, der Widersacher Gottes, der durch das Radikalböse Gott herausfordert, um in der Vernichtung seiner selbst die Majestät Gottes zu erfahren. Armes Nuxel: Selig sind, die geistlich arm sind ... Warum mußt du es dir so schwer machen?

Die ›Genoveva‹ bedeutete für dich, du sagtest es – einen Blutsturz. Als die Tragödie abgeschlossen war, hast du dich von der Welt zurückgezogen. Hebbel vegetiere dahin, ging das Gerücht; ich meine, Gutzkow hat es in die Welt gesetzt, der dich nicht leiden kann. Wahr an diesem Gerücht ist: Dein Versuch, im Idyll der kleinbürgerlichen Ehe aufzugehen, mußte scheitern. Im Hintergrund stand immer die Sorge: wie Frau und Kind ernähren? Endlich der verzweifelte Entschluß, beim König von Dänemark eine Professur an der Kieler Universität zu erbitten. Hattest du selbst an den Erfolg geglaubt? Hebbel am Vorlesepult viermal in der Woche von zehn bis zwölf, ich kann nur drüber lachen. Aus der Professur wurde nichts, statt dessen das Stipendium: zwei Jahre, jedesmal sechshundert Taler. Du teiltest die Summe mit Elise und gingst, wie die Stiftung es vorschrieb, auf Reisen.

Hebbel in Paris: ein einsamer Mann, verloren in der großen Stadt. Beschwörende Briefe an Elise: »Ich habe nur Dich!« Dann böse Nachrichten: Max, das süße Kind, ist schwer erkrankt. Jetzt: Max ist eingeschlafen. Für Elise, die so tief Enttäuschte, hatte der Knabe eine Bürgschaft bedeutet, daß sie nie ganz verlassen sein werde. Ein neuer Schicksalsschlag: Elise fühlt sich von neuem schwanger. Soll sie wieder den hämischen Blicken der Nachbarinnen, dem Geflüster von Tür zu Tür ausgesetzt werden? Elises Widerstandskraft ist erschöpft. Darauf Hebbel: »Entweder komme ich nach Hamburg, oder Du kommst nach Paris. Hier in Paris können wir augenblicklich vor der Mairie heiraten.« Allmählich gewinnt er Abstand von den Geschehnissen. Heirat aus Pflichtgefühl? Gegen alle Einsicht etwas tun, was ihn und sie vernichten wird? Er weiß jetzt eins: er wird nicht nach Hamburg zurückkehren. Wird sich nicht wieder in Elises Wohnung verkriechen. Er kann die Freundin nicht entbehren, aber er kann die Ehe nicht wiederherstellen, die weder vor der Gesellschaft noch vor dem eigenen Gewissen eine Ehe ist. Er schreibt fast täglich, aber jeder Brief ist ein Versuch, das in der tiefsten Not gegebene Heiratsversprechen zu widerrufen. Um ihr nicht neue Schmerzen zu machen, verheimlicht er ihr die Wahrheit. Redet sich mit seiner wirtschaftlichen Aussichtslosigkeit heraus. Eine Ehe ohne Fundament? Würde die heftigste Leidenschaft einen solchen Schritt wagen? Am Ende jedoch wiederholt er das tausendmal Gesagte: Ich liebe dich nicht. »Es ist doch wohl so wenig bei mir wie bei Dir eine Sünde, daß ich über mein Herz nicht gebieten kann.« – Rom, Neapel, Ancona, Wien. Abgerissen, mit den Resten eines Darlehens in der Tasche, entschlossen, zum letztenmal sein Schicksal herauszufordern, so trat er mir gegenüber.

Arme Elise! Ich kann dir deinen Mann nicht zurückgeben. Und wenn ich es täte, es brächte weder dir noch ihm Segen.

Arme Schwester Elise! Ich weiß nicht, wie ich es anstelle, aber ich will versuchen, deine Freundschaft zu gewinnen. Es wird nicht leicht sein. Und ich will versuchen, eine Ehe mit Friedrich Hebbel zu führen. Auch das wird nicht leicht sein. Ich weiß nur, daß beide Aufgaben mir gestellt sind.

Christine Enghaus muß auf ihre Kraft bauen, die sie bisher nicht im Stich gelassen hat. Und sie vertraut auf Gott.

Eine ihr selbst unerklärliche Ruhe erfüllte sie. Keine Macht der Welt, davon war sie überzeugt, hielte sie auf dem nun eingeschlagenen Weg zurück.

In diesen Tagen wurde ihr von anonymer Hand ein Brief zugespielt, der, wäre er früher gekommen, sie vielleicht erregt hätte. Nun las sie ihn, knüllte ihn zusammen und sah zu, wie er im Ofen aufloderte. Er faltete sich zusammen, verwandelte sich in hauchdünne schwarze Blättchen und zerging, ohne eine Spur zu hinterlassen.

Der Brief lautete:

»Amalie Schoppe an Herrn Dr. J. Günther

Hamburg, 15. März 1846. Hebbel ist noch in Wien und wird, wie es heißt, die Schauspielerin Enghaus heiraten; er verläßt hier Frau und Kind. Mit ersterer war er freilich nur eine Gewissensehe eingegangen, sie opferte ihm aber ihr ganzes kleines Vermögen, und nun er damit fertig ist, verläßt er sie und ihr Kind! Sein Geist ist groß, aber sein Charakter so elend wie möglich. ›Ein gutes Essen aus schmutziger Schüssel‹, sagt Shakespeare. Die Nachrichten über Hebbel behalten Sie aber für sich; ich mag nicht gern solche Sachen verbreiten, besonders nicht von denen, über die ich mich zu beklagen habe. Niedere Rachsucht kennt mein Herz, Gott sei Dank, nicht.«

VERSÖHNUNG MIT ELISE? HEBBEL ENTGEGNETE: »WER SO TIEF in seiner Existenz getroffen ist wie Elise, hat nicht einmal die Kraft mehr, die Hand zu ergreifen, die sich ihm entgegenstreckt.«

Christine: »Deswegen solltest du nicht nachlassen, deine Hand anzubieten.«

Darauf er: »Hab ich es nicht getan bis zur Grenze der Selbstachtung? Du weißt, wie sie reagiert hat.«

Christine erwiderte: »In deinem Leben ist oft das scheinbar Unmögliche möglich geworden.«

Er nickte zustimmend. »Aber was kann denn noch von mir oder von uns geschehen?«

Sie wußte es schon. Eine Frau, die so schwer litt, mußte zunächst vor wirtschaftlichen Sorgen geschützt werden. Elise brauchte Geld. Christine war bereit, ihr regelmäßig eine feste Summe zu schicken, doch sie durfte Hebbel nicht übergehen und, wenn sie mit ihm darüber sprach, seinen Stolz nicht verletzen. Er besaß ja keinen eigenen Heller, mit geliehenem Geld war er in Wien angekommen, und das schmolz dahin wie Schnee vor der Sonne; kleine Einnahmen, die er hatte, langten kaum für Trinkgelder. Also mußte sie eine günstige Stunde abwarten, in der Pläne und Zukunftshoffnungen sein Gemüt erhellten; seine Stimmung wechselte wie draußen das Wetter des Vorfrühlings.

Die Stunde kam rascher, als sie erwartet hatte. Die ›Maria Magdalena‹ war in Königsberg uraufgeführt worden. »Mein Schicksal wendet sich, du wirst sehen«, mit diesen Worten betrat er ihr Zimmer. Christine entwickelte ihren Plan, ohne langes Hin und Her gab er seine Zustimmung. Natürlich brauchte Elise Geld, und wenn Christine es auslegen wolle, bald, in Wochen wahrscheinlich, werde er es zurückzahlen können.

Elise bekam in Hebbels Namen eine angemessene Summe und die briefliche Zusage, daß sie Monat für Monat mit der gleichen Geldsumme rechnen könne. Was war der Erfolg? Elise schrieb zurück: das sei wohl das Mindeste, was sie beanspruchen könne, das Gericht hätte ihr erheblich mehr zugebilligt, und ob Hebbel glaube, mit den paar Silberlingen sich von seiner Todsünde loskaufen zu können?

Christine begnügte sich mit der Gewißheit, daß Elise jedenfalls versorgt war. Sie öffnete weiterhin Elises Briefe, las sie und verheimlichte vor Hebbel die schlimmsten Beleidigungen; auch das trug sie mit Geduld. Sie wunderte sich, daß bei allen Anforderungen ihre Kräfte eher wuchsen. Der Spielplan am Burgtheater nahm ja keine Rücksicht auf die Demoiselle Enghaus, die in so komplizierte Verhältnisse verstrickt war. Am meisten aber zerrte an ihren Nerven er, Hebbel, der ihr vorkam wie ein Bündel höchst verschiedener Menschen, fast wie eine ganze Epoche.

Was für ein Mann war Hebbel? Ein Revolutionär, der Brandfackeln in das morsche Gebäude der Gesellschaft schleuderte? Ein Konservativer, der nichts so sehr zu fürchten schien als die Anarchie? Empfindsam, ja, wie eine Mimose, die sich bei leiser Berührung verschließt, unbeherrscht wie ein Berserker: aus nichtigem Anlaß konnte er vor Zorn mit den Fäusten auf den Tisch trommeln oder mit den Füßen stampfen. Mitunter stand er hilflos vor ihr wie ein Kind, das man in die Arme schließen mußte, und im nächsten Augenblick umgab er sich mit einem Panzer aus Eis, so daß es selbst sie bis ins Herz hinein fror. Was mutete dieser Mann ihrer Widerstandskraft zu?

Christine besaß eine Familie, die ihr nach Wien gefolgt war und in der Wiener Vorstadt wohnte: die Mutter, der Bruder, der es nie zu einer geordneten Existenz gebracht hatte, die seelisch kranke Schwester und Karl, Christines Sohn. Da die Hochzeit bevorstand, mußte sie Hebbel mit der Familie bekannt machen. Ein schwieriges Unternehmen: die Mutter sah es gar nicht gern, daß die gut verdienende Tochter, von deren Einnahmen auch die Familie zehrte, sich mit einem hergelaufenen Mann liierte, der ein Bühnenschriftsteller war, der, wie zu vermuten war, selbst keine sicheren Einnahmen hatte und womöglich auf Christines festes Gehalt reflektierte. Wie Hebbel reagieren würde, meinte Christine vorauszusehen. Ihm war alles Kleinbürgerliche zuwider, und ihre Familie lebte nun einmal ohne Bedürfnisse, die über die wirtschaftliche Existenz hinausgingen.
Es kam schlimmer, als Christine gefürchtet hatte. Mutter und Bruder machten kaum den Mund auf, Hebbel gab sich wie ein Kanzleirat, der in eine ihm unangemessene Umgebung geraten war. Christines Kind, verschreckt durch die steifleinene Kühle des Onkels, versteckte seine Händchen auf dem Rücken. Beim Abschied beging die Mutter eine gräßliche Unvorsichtigkeit: mit Tränen kämpfend, erinnerte sie Christine an die Pflichten, die sie übernommen hatte; sie werde doch unter den neuen Umständen ihre Familie nicht dem nackten Elend aussetzen.
Auf der Heimfahrt taute Hebbel auf. Er machte Scherze, auf die Christine allenfalls mit einem Seufzer antworten konnte. Dann behauptete er, ihm sei soeben die Idee zu einem Lustspiel eingefallen: einer hat sich vorgenommen, die Bettler auszurotten, und wird dabei selber zum Bettler. Was sollte sie dazu sagen? Ihr Herz hatte sich verkrampft, und sie sehnte sich, er möge sie in den Arm nehmen.

Zu Hause fragte er, scheinbar nebenbei, wieviel sie denn monatlich ihrer Familie gebe. Sie nannte irgendeine Summe. Ob die Familie damit auskomme? Mal ja, mal nein, war die Antwort. »Zeig mir doch dein Ausgabenbuch!« Sie hatte keins. Er lachte. War das zu glauben? Ein Mensch, der ein so brillantes Gehalt beziehe, von dem Ertrag der Gastspiele ganz zu schweigen, müsse ja ein Vermögen zurückgelegt haben. Sie erwiderte trotzig: wenn er es wissen wolle, sie habe eigentlich immer Schulden; im Leihhaus sei sie eine gute Kundin. Jetzt begann er zu toben. Er verlangte, daß sie heute, in diesem Augenblick, ein Ausgabenbuch anlege; er werde ihr dabei helfen. Darauf sie: wer Geld verdiene, habe doch wohl das Recht, es nach seinem Gutdünken auszugeben. Hebbel fragte, nun in einem ruhigeren Ton, ob sie nicht heiraten und ob sie nicht Kinder haben wolle. Natürlich, jede Frau wünsche sich Kinder von dem Mann, den sie liebe. – »Und wenn du oder wir beide früh sterben und unsere Kinder unversorgt zurückbleiben ...?« Sie gab nach, aber in ihren Augen schwammen Tränen. Er zeigte ihr, wie ein Ausgabenbuch aussehe: hier auf der linken Seite die Einnahmen, auf der Seite gegenüber die Ausgaben, am Schluß der Saldo ... Ob sie von Saldo schon mal gehört habe? »Saldo, Soll und Haben, Kontokorrent und was es mehr gibt, mir ist das zuwider, einfach zuwider.« Trotzdem paßte sie auf, wie er die ersten beiden Seiten einrichtete, und da es mit seiner schönen, ausdrucksvollen Handschrift geschah, glaubte sie, am Ende sich mit dem Ausgabenbuch befreunden zu können. Der Abend endete mit Kuß und Umarmung und mit einem Vierzeiler, den er soeben aus dem Stegreif dichtete: »Und wenn ich heute sterbe, was wirst du morgen tun? Ich werde dich nicht beweinen, ich werde bei dir ruhn.«

Christine wünschte, daß gleichzeitig mit der Heirat ihr

Sohn von Hebbel adoptiert werde und daß sie drei der Welt eine geordnete Familie präsentierten. Hebbels erste Begegnung mit dem kleinen Karl hatte sie wenig ermutigt. Nun holte sie das Kind, putzte es hübsch heraus, nahm es in den Arm und betrat so den Salon, in dem Hebbel wartete. Das Kind verzog sogleich das Gesicht, es hatte den schrecklich steifen Onkel nicht vergessen, es schrie auf, als Hebbel ihm den braunen Haarschopf streicheln wollte, und Christine mußte Spielzeug holen, damit es sich beruhigte. Hebbel mühte sich, sie sah es, Freundlichkeit zu zeigen, aber irgend etwas hemmte ihn. Christine ahnte, was es sei. Sie machte ihn darauf aufmerksam, daß der Junge ihre dunklen Augen habe. Nicht wahr, er liebe doch die Farbe und den Glanz ihrer Augen, er habe es oft gesagt, und das Haar, das Näschen – der kleine Karl sei ja ganz ihr Ebenbild. Schließlich sprach sie aus, was sie fürchtete: »Du bist eifersüchtig auf den, der mich einmal besessen hat.«

Er gab es zu. Er bekannte, daß er auf jeden Mann eifersüchtig sei, der ihren Weg kreuzte. Sogar im Theater, wenn sie auf der Bühne stehe, dann bewundere er sie nicht nur, er zittere bei dem Gedanken, daß sie den Blicken so vieler Männer ausgesetzt sei.

»Aber stehe ich denn als Christine Enghaus im Rampenlicht? Ich verkörpere doch die Gestalt eines Dichters, und die, nur die erregt, begeistert oder enttäuscht den Zuschauer.«

»Was geschieht, wenn der Schauspieler sich in eine Dramengestalt verwandelt? Du sprichst die Kriemhild – in dieser Rolle habe ich dich zuerst gesehen. Das Stück war eine Langeweile in fünf Akten, aber was hast du aus der Rolle gemacht! Aus der Tiefe deines Wesens brachen Liebeskraft, Rachsucht, Lust am Zerstören hervor. So verstanden, gabst du dich selber, deine Seele dem Publikum preis, und du

tust es nicht minder in einem künstlerisch gelungenen Schauspiel.«
Christine, nicht fähig, sogleich zu antworten, schüttelte den Kopf.
Hebbel fuhr fort: »Dem Dichter geht es nicht anders. Beide, Dichter wie Schauspieler, enthüllen sich schamlos. Ist das nicht Prostitution? Ich wünsche mir, dich als Judith auf der Bühne zu sehen, aber ich weiß, die Eifersucht wird mich zerfressen, wenn du durch die Gestalt der Judith zeigst, was für ungeheure Kräfte im Weibe, in dir stecken. Doch wir verlieren uns in unseren Gedanken. Wir sprechen von Karl. Laß mir, ich bitte dich, Zeit, wir werden uns schon befreunden.«
Hebbel ließ sich Zeit, und Christines Geduld wurde auf eine harte Probe gestellt. Neun Jahre später schrieb und unterzeichnete Hebbel folgende Erklärung: »Durch Gegenwärtiges erkläre ich, daß ich den vor der Ehe geborenen Sohn meiner lieben Frau Christine, geb. Engehausen, welcher den Namen Karl Engehausen führt, als den meinigen adoptiere, daß ich ihm daher insbesondere das Recht einräume, meinen Namen, statt des ihm in der Taufe beigelegten, anzunehmen, und daß ich bei seiner Confirmation diese Privaterklärung legalisieren lassen werde. Wien d. 3ten Sept. 1855. Friedrich Hebbel, Dr. phil.«
Wie oft hatte Christine Anlaß zu seufzen: einen schwierigeren Mann hättest du nicht finden können! Aber was soll der Mensch halt machen, wenn er liebt?
Der Tag der Hochzeit war auf den 26. Mai dieses Jahres 1846 angesetzt. Im April, als die ersten Veilchen in den Gärten und Parks aufschimmerten, gingen Christine und Hebbel daran, ihre Wohnung für die gemeinsame Zukunft herzurichten. Hebbels Arbeitszimmer – Christine konnte es sich nicht anders als kostbar möbliert vorstellen, und sie freute

sich darauf, Teppiche, Möbel und Gobelins einzukaufen. Hebbel aber hatte bereits aus ihrem Hausstand herausgesucht, was er brauchte, Arbeitstisch, Sessel und Kanapee, und hatte beim Trödler einen Rundtisch und zwei Sessel für Besucher erstanden. Der einzige Bildschmuck, den er zuließ, war eine Lithographie, die er auf den Schreibtisch stellte; es war das Porträt eines jungen Mannes, seines verstorbenen Freundes Emil Rousseau.

»Daß du nur diesen einen Freund hattest, du Armer, und daß du ihn so früh verlieren mußtest!«

»Ich denke, wer mehr als einen Freund verlangt, verdient keinen.«

Sie bat ihn zu erzählen. Er versuchte es, aber obwohl seit dem Tode des Freundes acht Jahre verstrichen waren, kamen immer nur Bruchstücke von Sätzen heraus. Emil Rousseau, vier Jahre jünger als Hebbel, Sohn eines Regierungsrates in Ansbach, sollte auf Wunsch seines Vaters Beamter werden und studierte Jura. In Heidelberg, im juristischen Kolleg, lernte Hebbel ihn kennen; gegen den Rat Hebbels und trotz der Bitten der Eltern folgte er Hebbel nach München, um wie dieser Literat zu werden. Zunächst wechselte er zur philosophischen Fakultät hinüber, bestand die Doktordisputation, bei der Hebbel als Opponent auftrat, reiste glücklich zu seinen Eltern, ein Wiedersehen in Ansbach war mit Hebbel verabredet – und vier Wochen später war er tot.

Es war mehr eine Beichte, die Hebbel vor Christine ablegte. »Zwei Jahre lang waren wir Tag für Tag beisammen, und niemals haben wir uns entzweit. Daß es nicht geschah, lag an seiner himmlischen Sanftmut, seiner Fähigkeit, Kränkungen sogleich zu vergeben, und wie oft habe ich ihn gekränkt! Er versuchte sich als Dichter, und ich habe ihn nicht genug ermuntert. Ich richtete den Medusenschild der

Wahrheit vor ihm auf und bedachte nicht, daß ich ihn in früheren Jahren auch nicht ertragen hätte. Ich war nicht strenger gegen ihn als gegen mich, doch ich vergaß, daß ich sechsundzwanzig und er knapp zweiundzwanzig Jahre alt war. Wenn ich meine Versäumnisse bedenke, möchte ich mich für einen schlechten Kerl halten, und mein Gewissen sagt fast ja dazu. Sein Tod veränderte mein Verhältnis zur Welt. Zu meinen unumstößlichen Wahrheiten gehörte, daß kein Mensch die Erde verläßt, solange sie seinen Geist oder sein Herz verändern kann; der Tod hat nur Macht über das Gewordene, nicht über das Werdende. Wie viele Tage und Wochen noch hörte ich sein ›Schlummere sanft!‹ Er sagte es, wenn er mich zu meiner Wohnung zurückbegleitete. Schlummere sanft! Ich höre es heute noch, während wir von ihm sprechen. Lies, was ich auf der Rückseite des Bildes geschrieben habe.«
Christine las:

Emil Rousseau † 2. Oktober 1838

Friedlich bekämpfen
  Nacht sich und Tag.
Wie das zu dämpfen,
  Wie das zu lösen vermag!

Der mich bedrückte,
  Schläfst du schon, Schmerz?
Was mich beglückte,
  Sage, was war's doch, mein Herz?

Freude wie Kummer,
  Fühl' ich, zerrann,
Aber den Schlummer
  Führten sie leise heran.

Und im Entschweben,
Immer empor,
Kommt mir das Leben
Ganz wie ein Schlummerlied vor.

Geschrieben am 17. Oktober 1838

Christine schloß die Augen. Die Verse klangen in ihr nach wie eine dunkle Musik. Das war Hebbel. Aber die Lust, sich selbst und andere bis zur Zerstörung zu peinigen, auch das war Hebbel. Eine schreckliche Ahnung stieg in ihr auf: dieser junge Mensch, Emil Rousseau, habe die Freundschaft zu dem vulkanischen Mann nicht ertragen und sei an ihr zerbrochen.

In welch furchtbaren Widersprüchen lebte Friedrich Hebbel! Und mit ihm wollte sie das zukünftige Leben teilen.

Am Tag vor der Hochzeit gab die Intendanz für Christine eine Benefizvorstellung. Das Theater war überfüllt. Als der Vorhang sich zu senken begann, stand sie allein auf der Bühne, umrauscht von Beifall, wie sie ihn kaum jemals erlebt hatte. Blumensträuße fielen zu ihren Füßen nieder. Sie zählte die Vorhänge nicht mehr. Betäubt suchte sie endlich die Garderobe auf. Der Spiegel, vor dem sie sich abschminkte, zeigte ihr von Triumph und Erwartung glühendes Gesicht. Jetzt schob sich ein anderes, ein blasses, versteinertes Gesicht von der Seite her ins Bild. Friedrich Hebbel war hereingekommen.

Er fragte, ob sie den Schuß nicht gehört habe. Sie schüttelte den Kopf.

»Ein Zuschauer hat sich nach der Vorstellung erschossen.«

»Wie entsetzlich!«

»Du kennst ihn?«

Wie sollte sie, da sie den Schuß nicht gehört und den Mann nicht gesehen hatte?
Neben dem Spiegel stand ein Strauß roter Rosen, in dem ein Couvert steckte. Hebbel fragte: »Ist das etwa der Abschiedsbrief?«
»Wie kann ich das wissen? Lies ihn!«
Hebbel brach das Couvert auf, suchte zuerst nach der Unterschrift, aber der Brief war nicht unterzeichnet. Der Inhalt war eine einzige vier Seiten lange Liebeserklärung.
»Soll ich dir vorlesen?«
»Ich kann nicht mehr.«
Hebbel zerriß den Brief, schenkte die Rosen einer Garderobenfrau und wartete mit abgewandtem Gesicht, bis Christine sich zur Heimfahrt angezogen hatte.
Schweigend saßen sie nebeneinander im Fiaker. Vielleicht hatten sie beide das Gefühl, ein böser Regisseur habe bei der Hochzeit seine Hand im Spiel.
Am nächsten Morgen notierte Hebbel in seinem Tagebuch: »Den 26. Mai. Es ist zehn Uhr, ich bin angekleidet, um zu Mittag in die Kirche zu fahren und mich mit Christine Enghaus aus Braunschweig zu verheiraten.«
Die Trauung fand in der protestantischen Kirche statt. Trauzeugen waren Wilhelm Zerboni und Otto Prechtler. Ein Essen im kleinsten Kreise, dann ging – ohne Sensation, fast so nüchtern wie die Tagebuchnotiz – der Tag zu Ende, der Hebbels wie Christines Leben wendete.

Christine Enghaus, Pardon, Madame Dr. Hebbel, sei unglücklich, sehr unglücklich verheiratet, wisperte man am Burgtheater und in Kreisen derer, die aus purer Langeweile Sensationen aus dem Leben der Bühnenkünstler gierig aufgriffen. Allerdings gab das eben verheiratete Paar Stoff für solche Klatschereien. Wo sie sich auch befanden, im Foyer des Theaters, auf den Treppen zum Bühneneingang, bei Spaziergängen am Ring, zu Hause vor geladenen Gästen, immer konnte es geschehen, daß beide harte Worte wechselten und mit zornglühenden Wangen einander gegenüberstanden. Arme Christine, sagte man dann teilnehmend oder schadenfroh, und man hatte insofern recht, als die Anlässe, soweit man es beurteilen konnte, vorwiegend von Hebbel ausgingen.

Arme Christine – Hebbel erschien immer noch, wie er einmal in seinem Tagebuch notiert hatte, als eine Hölle von Reizbarkeit und Empfindsamkeit, und Christine beherrschte sich nicht immer genug, um mit Sanftmut zu antworten oder zu schweigen. Aber die Leute konnten nicht wissen, daß solche Ausbrüche nie lange dauerten, daß Hebbel erlittene Kränkungen vergessen und provozierte Herausforderungen bereuen konnte. Wenn sie sich in dieser Zeit selten sahen, und es geschah häufig, daß einer von ihnen für Stunden oder ganze Abende außer Haus beschäftigt war, gingen zärtliche Briefe hin und her. Christine unterschrieb meist »Tine« und neuerdings auch »Deine ganz untertänigste Magd Christine Pinscher«.

Es zeigte sich, daß sie sich von Ratschlägen, die Maria Theresia ihrer Tochter mitgegeben hatte, leiten ließ. »Das Glück der Ehe hängt einzig von der Frau ab.« Und weiter: »Die Frau soll sich hinsichtlich ihrer Figur und ihres Auftretens niemals gehenlassen.« Christine wußte auch etwas, was die Kaiserin ihrer Tochter vielleicht ganz geheim anvertraut hatte, denn ausplaudern durfte man diesen Rat nicht: Die Natur hat das schwache Geschlecht zur List befähigt, durch die es einen Mann zu lenken vermag, ohne daß er es merkt. Christine verstand es, von dieser Mitgift Gebrauch zu machen. Wenn Hebbel mitunter ganz ernsthaft wie ein Patriarch des Altertums auftrat, der über Weiber und Viehherden gebot, dann spielte sie scheinbar genauso ernsthaft die Rolle der dienstwilligen Magd, in der Erwartung – und darin täuschte sie sich nicht –, zu irgendeiner Zeit werde sich ihre Ehe in ein Bündnis ebenbürtiger Menschen verwandeln.

Manches, was ihr gutes Nuxel anordnete, brachte Unbequemlichkeiten und stellte an ihre Selbstbeherrschung erhebliche Anforderungen. Zum Beispiel sollte statt zweier Hausmädchen nur eins gehalten werden, das zugleich kochen konnte. Der Speisezettel wurde vereinfacht, und Christine aß doch leidenschaftlich gern und gut. »Meiner Figur wird die Strafkost ein bißchen aufhelfen«, tröstete sie sich. Gäste wurden gelegentlich zu Tisch geladen, Schriftsteller, Kollegen von der Bühne, Professoren, Ministerialbeamte, ein Bibliothekar, und das erfreute Christine, da sie als unverheiratete Frau und als Mutter des kleinen Karl sich vom gesellschaftlichen Leben fast ganz zurückgezogen hatte. Aber daß sie die Gäste nicht aus dem vollen bewirten konnte, verbitterte sie, bis sie eine merkwürdige Entdeckung machte. Mancher Gast, an opulente Soupers gewöhnt, schien gerade den spartanischen Stil im Hause Hebbel-Enghaus zu schätzen. Landwein und süßes Gebäck, Bier und Rauchschinken, dargeboten in geschliffenem Glas, auf

erstklassigem Porzellan, wurde als reizvolle Besonderheit empfunden.
Aber auch wer kulinarische Kostbarkeiten, Austern, Trüffeln, Kaviar schmerzlich entbehrte, fühlte sich entschädigt. Es wurde keine öde Konversation gemacht. Alle, Damen und Herren, wurden jedesmal bezaubert von der Erzählfreude, von Einfallsreichtum, Geist und Bildung des Hausherrn.
Aber nicht nur Hebbels geschliffene Aperçus, seine wohlfundierten, sozusagen druckreif vorgetragenen Erörterungen machten die Abende zu einem festlichen Ereignis. Es entging Christine nicht, daß ihre unmittelbare, naive, herzenswarme Art, sich zu geben und zu sprechen, genauso dankbar aufgenommen wurde. Otto Prechtler sprach es einmal in einem Toast aus: »Das verehrte Paar gleicht einem Geigenduo. Eine Stimme übernimmt die Führung und gibt sie wieder ab. Dann steigt die andere auf, und die erste begnügt sich mit der Begleitung. So wechseln Triumph und Huldigung, verbunden immer durch das Geheimnis der Konsonanz.«
Ob Hebbel und Christine ihre Beziehung ähnlich deuteten? Wenige Jahre später vermerkte Hebbel in seinem Tagebuch: »Es ist ganz natürlich, daß jedes Geschlecht das Ideal der Menschheit in dem anderen erblickt, der Mann im Weibe und das Weib im Mann.«
Prechtler erntete mit seiner Tischrede damals lebhaften Applaus, obwohl jeder wußte, daß es mit der Konsonanz in dieser Ehe nicht immer gut bestellt war. Bis eine gleichbleibende, durch nichts mehr zu erschütternde Harmonie erreicht wurde, vergingen einige Jahre. Noch konnten scheinbar geringfügige Anlässe zu Explosionen führen.
Da war zum Beispiel das Ausgabenbuch. Christine hatte zwei oder drei Eintragungen gemacht, dann gab sie es auf;

sie haßte Zahlen. Hebbel wurde böse, sprach von Flüchtigkeit, Schlamperei, sie wurde auch böse und warf ihm das Buch vor die Füße. Er, vor Wut zitternd, hob es auf und machte eine Bewegung, als wollte er ihr das Buch auf den Kopf schlagen. Sie, scheinbar eiskalt, fragte, wen sie eigentlich geheiratet habe, den Dichter Hebbel oder den kleinen Buchhalter vom Kirchspielamt in Wesselburen. Er schwankte und mußte sich am Tisch festhalten. Da fand sie die einzige Gebärde, die helfen konnte, sie umarmte ihn.
Das Problem Haushaltsbuch war damit erledigt. Fortan übernahm der Hausherr die Aufgabe, Einnahmen und Ausgaben einzutragen und zum Schluß jeder Seite den Saldo zu ziehen; er tat es sichtlich mit Behagen. Die Folge aber war, daß Christine nunmehr mit einem festen, verhältnismäßig kleinen Haushaltsgeld auszukommen hatte und in keinem Fall eine Nachzahlung erwarten konnte. Sie wehrte sich. Was allein kostete ihre Garderobe! Aber der Patriarch blieb standhaft. Natürlich sollte sie als Schauspielerin elegant auftreten, aber sie durfte gute, keineswegs abgetragene Kleider und Mäntel aus besten Woll- oder Seidenstoffen nicht weghängen oder verschenken, nur weil sie der neuesten Mode nicht entsprachen; sie müsse sie verändern, Geschmack, Phantasie und geschickte Hände habe sie doch!
Hebbel, um ihr das strenge Regiment ein wenig schmackhaft zu machen, zeigte ihr am Schluß jeden Monats, wieviel Geld durch seine Umsicht erübrigt war; diese Summe stehe jetzt auf der Bank, und der Betrag werde vierteljährlich in Staatspapieren angelegt. Zahlen, Zahlen – ihr war es gleich, ob sie auf der Debet- oder der Kreditseite oder auf dem Titel von Wertpapieren standen. Geld war zum Ausgeben erfunden, und es gab kaum ein schöneres Vergnügen, als in eleganten Geschäften nach Kleidern zu suchen, nach Schmuck, Delikatessen, Blumen oder auch Büchern, ob-

wohl sie keine Leseratte war wie Nuxel. Geld zu verschenken, ohne lange nach Bedürftigkeit zu fragen, machte doch auch Freude.

Aber was der Patriarch ihr auferlegte, was wog das schon, wenn man dagegen das Glück setzte, mit ihm verbunden zu sein und ihn lieben zu dürfen. Und ihn zu lieben, das hieß, eine staunenswerte Geisteslandschaft zu erforschen und in Geduld verstehen zu lernen.

Auf dem Bücherregal seines Zimmers lagen die Stapel seiner Tagebücher, angefangen in Hamburg, als er den ersten Schritt in die ungewisse Zukunft tat. Hebbel hielt die Hefte nicht unter Verschluß und hatte Christine erlaubt, ganz nach ihrem Verlangen darin zu blättern. Offenbar waren die Gedankenschritte, die geistigen Erfahrungen, die schnell hingeworfenen Pläne und Tageserlebnisse nicht nur zur eigenen Rechtfertigung und Kontrolle oder zur Erhellung seines Lebensweges niedergeschrieben. Er selber maß den Heften keine geringere Bedeutung zu als seinem dichterischen Werk und war überzeugt, daß sie, einander ergänzend, der Nachwelt ein Bild von ihm vermitteln würden. Mit welchem Stolz hatte er, zweiundzwanzigjährig, am 23. März 1835, die erste Seite begonnen!

»Ich fange dieses Heft nicht allein meinem künftigen Biographen zu Gefallen an, obwohl ich bei meinen Aussichten auf die Unsterblichkeit gewiß sein kann, daß ich einen erhalten werde. Es soll ein Notenbuch meines Herzens sein und diejenigen Töne, welche mein Herz angibt, getreu zu meiner Erbauung in künftigen Zeiten aufbewahren. Der Mensch ist anders als ein Instrument, bei welchem alle Töne in ewigem Kreislauf, wenn auch in den seltsamsten Kombinationen, wiederkehren; das Gefühl, welches in seiner Brust einmal verklingt, ist für immer verklungen; ein gleicher Sonnenstrahl erzeugt in der psychischen nie, wie in der physischen, dieselben Blumen. So wird jede Stunde zur abgeschlossenen Welt, die ihren großen oder kleinen Anfang, ihr langweiliges Mittelstück und ihr ersehntes oder gefürchtetes Ende hat. Und wer kann gleichgültig so manche tausend Welten in sich versinken sehen und wünscht nicht, wenigstens das Göttliche, sei es Wonne oder Schmerz, welches sich durch sie hinzog, zu retten?«

Sie kam beim Lesen nur langsam voran, und das nicht allein, weil ihr Beruf Zeit und Kraft erforderte. Bei vielen Eintragungen mußte sie lange nachdenken und fand auch dann nicht immer den Schlüssel. Der kurze Satz »Wir leben für Gott« leuchtete ihr unmittelbar ein. Schwieriger für eine gute Christin war schon diese Bemerkung: »Wer einmal einen Hauch der Gottheit verspürt hat, der ist freilich nicht gleich ein Evangelist oder gar ein Christus; doch wird er sie niemals mehr in einem Katechismus und noch weniger in einem goldenen Kalb zu finden glauben.« Aber was bedeutet der kurze Aphorismus »Der Mensch ist Frost in Gott«?

Am meisten interessierten sie die Seiten, die in diesem und im voraufgegangenen Jahr, also seit seiner Ankunft in Wien geschrieben waren, denn sie erwartete, einen Widerschein seines und ihres Glückes zu finden. Von Liebe war nur selten die Rede, und wenn, dann in merkwürdigen Verbindungen. Es hieß zum Beispiel: »Gott zu den Träumenden: Was sich haßte, soll sich lieben! Jetzt ruhn sie Brust an Brust. Damit sie morgen wieder die Kraft haben, sich zu bekämpfen?«

Auf jeder Seite fast war vom Tod die Rede. »Der Tod stellt dem Menschen das Bild seiner selbst vor Augen.« Auch dieses Bild meinte den Tod: »Die Lichterhöhle. Das Licht, das der Wanderer ausbläst, war sein Lebenslicht.« Endlich ein Satz, der auf die Verlobung Bezug nahm, aber wie

traurig hörte er sich an! »Unter allem Bedenklichen ist es das Bedenklichste, sich ganz singuläre Verhältnisse einzurichten, solche, die von den allgemeinen abweichen und, weil sie eben deshalb schwer zu beurteilen sind, von jedem, der sie nicht genau kennt, falsch beurteilt werden.« Nuxel, leidest du so sehr darunter, daß wir beide uns ganz singuläre Verhältnisse eingerichtet haben? Wenn die Welt sie falsch beurteilt, was geht's uns an!
Die Träume, die er notiert hatte, wie grausig waren sie! »Ein Mann ruft Fleisch! Fleisch! durch die Straßen und schneidet den Leuten die Beefsteaks aus seinem ansehnlichen Bauch.« Oder dieser: »In der letzten Nacht träumte mir: ich sollte begraben werden, war aber, so seltsam es mir auch in der Erinnerung vorkommt, zugleich in und außer der Truhe und wurde von dem Geistlichen, einem mir aus meiner Jugend sehr wohl bekannten Prediger, befragt, ob ich der zu bestattende Friedrich Hebbel sei. Da ich es nicht leugnen konnte, verfügte er, daß ich vorläufig, ich glaube auf eine Stunde, in einem Grabgewölbe, worin schon mehrere Särge standen, untergebracht werden solle, indem so viel Zeit dazu gehöre, ein Grab für mich fertig zu machen. Nun appellierte ich an die Menschlichkeit des Geistlichen, gab ihm zu bedenken, daß keiner gern in die Erde hinunter gehe und ich am wenigsten und daß ich sehr bitten müsse, die noch übrige Stunde in freier Luft verweilen zu dürfen. Dazu gab er mir dann endlich auch die Erlaubnis, aber nicht, ohne mir nachdrücklich vorzuhalten, daß ich darauf keineswegs ein Recht hätte, daß es im Gegenteil unerlaubt und unanständig sei, als Toter noch unter den Lebenden so mit herumzulaufen, und daß ich auf den Glockenschlag wieder da sein müsse.«
Was für Geschehnisse er sich ausdenkt, seufzte Christine. Er wird doch nicht die Absicht haben, aus einer Notiz wie

dieser hier ein Stück zu machen? »Eine Frau will ihren Mann vergiften, er merkt's, wird durch eine so schreckliche Erfahrung vernichtet, trinkt das Gift, sagt ihr, daß er alles weiß, und drängt ihr eine schriftliche Erklärung auf, daß er sich selbst vergiftet habe. Nun will sie ihn um jeden Preis retten, weil ihr Herz sich wieder umkehrt, aber er verschließt sich und stirbt.«

Überhaupt diese Verfinsterung in Schwermut immer wieder! »Zwei schwören sich Treue. ›Auf ewig!‹ Stimme: ›Bis morgen!‹ Morgen ist er tot, ermordet.« Traurig auch dieser Satz: »Nur für einen Moment bestimmt zu sein und diesen Moment zu verfehlen: welch ein Totengefühl in dem Gedanken.«

Wie schwer trug er an seinem Dichterberuf! »Was ein Dichter vermag in diesen barbarischen Zeiten? Daß er selbst rein bleibt! Aber es ist doch ein zu negativer Lebenszweck, sich vor der Krätze zu bewahren.« Barbarische Zeit? Du meinst doch nicht die unsere, Nuxel? Oder meinst du, unter Nero hättest du es leichter gehabt?

Da taucht das Wort Barbarei wieder auf. »Wie groß ist der Unterschied zwischen der Barbarei vor der Kultur und der Barbarei nach der Kultur.« Das muß er mir einmal erklären.

Aber nun möchte ich wissen, was er über mich schreibt, denn schließlich bin ich etwas anderes als sein Hund Pinscher, von dem er seitenlang berichtet hat. Hier: »den 26. Mai 1846«. Das war unser Hochzeitstag, jawohl. Aber was steht da? »Es ist zehn Uhr morgens, ich bin angekleidet, um zu Mittag in die Kirche zu fahren ...« Nein, Nuxel, jetzt werde ich böse. Das durftest du mir nicht antun. Nicht mehr als einen einzigen Satz? Da, zwei Zeilen, die hast du mir einmal mündlich gesagt, die sind hübsch. »Schwarze Augen schauen in blaue hinein wie blitzende Sterne in einen blauen See.« Noch schöner das kleine Gedicht, das du einmal in einer guten Stunde mir aus dem Stegreif sprachest: »Ich werde dich nicht beweinen, ich werde bei dir ruhn.« Aber diese beiden Stellen machen die kühle Notiz über unsere Hochzeit nicht wett.

Wenn Christine die Tagebücher zur Hand nehmen wollte, setzte sie sich gern auf das Kanapee in seinem Arbeitszimmer. Hier, in der kargen Klause, glaubte sie ihm näher zu sein als in ihren mit einer gewissen Üppigkeit ausgestatteten Räumen. Eben hatte sie einen Satz gelesen, der sie merkwürdig berührte. »Zuweilen meine ich, nur eine reine weibliche Natur könne mich retten.« Wie seltsam: dieser Satz war in München geschrieben worden, nicht lange, bevor er nach Hamburg und in die Arme Elises zurückkehrte. Hatte er sie damals nicht verehrt wie eine Heilige, und war dann nicht sie die reine weibliche Natur, nach der er verlangte? Rettung durch ein Weib, das klang nach alten Ritterepen oder nach empfindsamen Romanen aus dem Anfang des Jahrhunderts. War der Satz ehrlich gemeint – und vieles konnte man ihrem Nuxel nachsagen, nur nicht Unehrlichkeit –, war dann sie, Christine, die Frau ... Sie scheute sich, den Gedanken zu Ende zu denken.

In diesem Augenblick – für sie überraschend, denn sie hatte seine Tritte nicht gehört – betrat Hebbel das Zimmer. Er setzte sich zu ihr und merkte, daß irgend etwas sie quälte. Auf seine Frage nahm sie das Heft aus der Wiener Zeit und legte den Finger auf die Stelle vom 26. Mai 1846, ihrem Hochzeitstag. Mag er explodieren, dachte sie, heraus muß es. Er las und machte ein argloses Gesicht. Darauf sie: Das sei alles? Mehr habe er nicht zu sagen über dieses Ereignis, von dem sie meine ... Vor Tränen konnte sie nicht weitersprechen.

Er explodierte nicht, las noch einmal und erklärte dann:

Dinge und Ereignisse, die ihn in der Tiefe bewegten, könne er nur ganz ausführlich beschreiben oder in zwei, drei Sätzen. An eben dieser Kürze möge sie ermessen, was dieser Tag für ihn bedeute. Wenn sie aber mehr wissen wolle ... Gewiß habe sie irgendwo im Tagebuch gelesen: nur eine reine weibliche Natur könne ihn retten. Ja, gestand sie, diesen Satz habe sie an diesem Morgen gefunden. Schön! Sie habe gewagt, in das Labyrinth seiner Seele einzudringen und sei gewiß erschreckt worden. Sie gab zu: erschreckt und oft entsetzt.

»In Gewitterbränden flammen in mir auf: Gedanken und Bilder, gute und böse – mitunter meine ich: was in der Menschheit angelegt ist, muß ich, der Einzelne, austragen.«

So hatte sie es auch verstanden, ohne es präzise ausdrücken zu können.

»Halte das jemand aus, ohne nach der Pistole zu greifen! Es war ja nicht immer die materielle Not, die mich an den Rand des Lebens drängte, mehr noch das Leiden an mir selbst. Ein Mißgeborener, ein Aussatz, so kam ich mir oft vor. Und so – verstehst du jetzt – stöhnte ich auf: nur ein reines Weib könne mich retten.«

Sie hätte um ihr Leben gern gefragt, ob denn sie die Frau sei, von der er so viel erwarte, aber er kam ihr zuvor.

»Durch dich kam eine nie gekannte Ruhe über mich. Du darfst nicht lachen: meine Heftigkeit werde ich kaum ablegen, aber eine Gelassenheit, die vielleicht so etwas ist wie Zustimmung zu meinem Schicksal, habe ich gewonnen. Wenn ich die Ehe früher ablehnte, als Käfig, als ein auf Flaschen gezogenes Behagen – ich tat es nicht, um Elises Forderungen zu begegnen. Ich glaubte, ein Genie könne sich durch Sympathie, durch Freundschaft und was auch immer an einen Menschen binden, nicht aber durch die

Ankertaue einer gesetzlich sanktionierten Ehe. Heute weiß ich: nur in einer guten Ehe überwindet der Mensch den Fluch unseres Geschlechts, den Egoismus. Nun erst ist mir deutlich geworden: nie hat ein Weib mir durch die Tiefe des Geistes imponiert, aber wohl durch Tiefe des Gemüts. Im Gemüt wurzelt seine Kraft. Und etwas Reizvolleres gibt es nicht, als das weibliche Gemüt durch den weiblichen Geist beleuchtet zu sehen. Pinscher, hat dieses Geständnis dich beruhigt?«

Sie nickte. Da holte er eine Schreibfeder und bat sie, ihren Namen hier, in sein Tagebuch, zu schreiben. Sie tat es: »Christine Hebbel, geborene Enghaus.« Er nahm ihr die Feder aus der Hand und setzte unter ihren Namenszug: »Da steht der Name eines Engels.«

Wenige Tage später notierte er: »Eine Mutter, eine schwangere oder eine im Kreise ihrer Kinder; wo wäre im Leben des Mannes eine Situation, die dieser an Heiligkeit gliche?« Christine hatte ihm gesagt, daß sie ein Kind erwarte.

DAS BURGTHEATER FUHR FORT, DEN DICHTER DER ›JUDITH‹ und der ›Maria Magdalena‹ zu ignorieren. Wenn anfangs einflußreiche Leute ihm Geduld nahegelegt hatten, die Intendanz werde sich schon bequemen, einen Dramatiker seines Ranges aufzuführen, wenn Schauspieler ihm versichert hatten, sie wünschten nichts sehnlicher, als den Holofernes und den Meister Anton zu spielen – es tat sich nichts. Hebbel trug es, ohne zu klagen, er übte sich in der Tugend der Gelassenheit, in der Würde des Schweigens.

Das schloß nicht aus, daß ihn gelegentlich der Zorn übermannte. Einmal schimpfte Siegfried Engländer, ein Wiener Literat, der sich ihm angeschlossen hatte, auf das Publikum, das Stücke wie die Hebbels nicht ertragen könne. Hebbel erwiderte: »Das Publikum? Geben Sie mir eine Bude, pressen Sie Menschen hinein, wie sie auf der Straße gehen und stehen, und lassen Sie drei Stücke aufführen, Nummer eins von Gutzkow, Nummer zwei von Laube und erst Nummer drei von mir – wenn ich, obwohl die Leute müde sind, nicht doch gewinne, so soll der Henker, der draußen mit dem Beil warten mag, mir den Kopf herunterschlagen. Das klingt außerordentlich stark, soll jedoch nicht für meine Kraft, sondern nur für die Ohnmacht jener anderen Zeugnis ablegen.«

In diesen Monaten hatte er an der ›Julia‹ gearbeitet, Rezensionen geschrieben, aber nichts von Bedeutung vollendet. Seine Produktivität schien zu stocken. Solche Zustände hatten ihn früher in Depressionen gestürzt, und er nahm sie auch jetzt nicht leicht, dennoch konnte er unter dem

21. September 1846 die nüchternen Sätze schreiben: »Pausen sind dem Geist zu gönnen, aber wenn das ganze Leben Pause wird, ist es doch schlimm. In meinem alten Tagebuch blätternd, sehe ich, daß ich den ›Diamant‹ schon am 10. Dezember 1841, also vor bald fünf Jahren, und die ›Maria Magdalena‹ am 4. Dezember 1843, also vor bald drei Jahren, beendigt habe. Seitdem ist nichts mehr entstanden.«

Das Glück der Häuslichkeit, ohne Zweifel auch das Bewußtsein, daß er der erniedrigenden Sorgen um das tägliche Brot enthoben war, befähigten ihn, das Notwendige ohne Auflehnung hinzunehmen.

Zu dieser Wandlung trug Christine bei – durch ihre in sich ruhende Weiblichkeit, ihre im Beruf erworbene Disziplin, auch durch mancherlei in Anmut gekleidete Listen. Mit der Hellsicht der Liebe lockte sie ihn zu erzählen, und nicht nur zu erzählen, sondern seine Biographie niederzuschreiben. Sie wußte nichts von Psychologie, und bei dem damaligen Stand dieser Wissenschaft hätten solche Kenntnisse ihr nicht weitergeholfen. Aus dem Instinkt tat sie, was eine Mutter tut, wenn sie ihr Kind aus einer Verstörtheit befreien will: sie fragt, sie bittet, sich der Mutter zu öffnen. Hebbel behauptete, und sie glaubte ihm aufs Wort, daß er sich in den neuen Verhältnissen zum erstenmal in seinem Leben glücklich fühle, aber er schleppte die Last dunkler Erinnerungen hinter sich her. Sie war kein großer Theoretiker, aber sie sagte sich: der darstellende Künstler erhebt sich über seinen Stoff, und so wird auch Hebbel, wenn er erst zu schreiben begonnen hat, Abstand gewinnen und mit einem Lächeln auf seine Jugendlandschaft zurückblicken.

»Ich bin um Kindheit und Jünglingszeit betrogen worden«, hatte er gesagt, »und als Mann sollte ich den Vertrag mit dem Elend besiegeln.«

Dagegen setzte sie ihre eigene Erfahrung. Mochte ein Kind

in drückender Armut aufwachsen, es hatte doch seine reinen und freundlichen Herzenserlebnisse. Hebbels Elternhaus in Wesselburen, der Garten mit dem Birnbaum und Brunnen, die Nachbarn – sie kannte die ganze Szenerie –, knüpften sich an sie nicht auch holde Erinnerungen? Wenn sie verschüttet waren, warum holte er sie nicht ans Licht?
»Die Biographie eines Dichters«, wandte er ein, »ist sein Werk. Sein Leben liefert allenfalls den Rohstoff für das Werk, und der ist nicht wichtig.«
Aber er habe doch all die Jahre ein Tagebuch geführt, nicht nur zur Selbstkontrolle, auch mit dem Blick auf die Öffentlichkeit. Dann müsse das gelebte Leben doch bedeutsam genug erscheinen, es einmal im Zusammenhang aufzuzeichnen.
Überrascht, wie sehr sie ihn verstanden hatte, antwortete er: »Biographien als Selbstkritik verstanden, ja. Vielleicht hält nur falsche Bescheidenheit große Schriftsteller ab, ihre Biographie in diesem Sinne zu schreiben. Sie wären ein unermeßlicher Gewinn für die Welt.«
»Es gibt sie doch! Ich bin nicht sehr belesen, aber ich kann dir gleich zwei nennen, die von Jean Jaques Rousseau und die von Goethe.«
»Goethe! So etwas hat es noch nicht gegeben: die Fähigkeit, in die Wurzeln des eigenen Daseins zurückzukriechen, sich auf jede Lebensstufe zurückzuversetzen und jede ganz rein, für sich, abgesondert von allem, was folgt, zu empfinden und beim Leser zur Empfindung zu bringen, nebenbei die ganze jedesmalige Atmosphäre anschaulich zu machen: dies alles ist noch nicht dagewesen.«
Von Rousseaus ›Confessions‹ wollte er nichts wissen. Goethe hatte naiv, ganz unbekümmert um Wirkung und Eindruck geschrieben und eben dadurch die höchste Wirkung erzielt. Dagegen Rousseau: »Bei ihm ist alles Lüge, die sich selbst

nicht mehr erkennt. Selbst da, wo er Wahres gibt, gleicht die Wahrheit jenem neuen Lappen, mit dem ein zerrissener Schlauch geflickt wird.«

»Brauchst du, um anzufangen, mehr als ein bißchen Liebe zu den Dingen und zu den Menschen?«

»Wie soll ich das Dithmarscher Gefängnis lieben können? Oder den sauertöpfigen Pastor Dr. Schmalz in Hamburg, der über jeden Schilling Rechenschaft forderte?«

»Hat nicht auch Goethe in der Jugend seine Schmerzen gehabt?«

Hebbel wiegte nachdenklich den Kopf.

Mitte September dieses Jahres 1846 überraschte er Christine mit der Nachricht: »Ich habe angefangen, meine Jugendgeschichte aufzuschreiben, und bin erstaunt, wie klar sich das längst vergessen Geglaubte wieder vor mir auseinanderbreitet. Nun darf ich fortfahren, denn ich weiß, daß ich mein Leben darstellen kann und nicht darüber zu räsonieren brauche.«

Hebbel hatte auf Zetteln hastig hingeworfen, was alles aus der Tiefe seines Gedächtnisses hervorquoll. Scheinbar unzusammenhängende Dinge standen nebeneinander, Hieroglyphen, zu denen nur er selber den Schlüssel besaß. So sah es auf diesen Zetteln aus:

»Das Singen meines Vaters. Die Festtage und die Postille. Meine Träume. Der Schilling. Das Knochensammeln. Das Obststehlen. Biertrinken bei Gritzner. Das Feuerfaß und das seidene Tuch. Die Möbel. Doris. Mit den Bildern speisen. Die kleine Kirche. Selbstmordgedanken. Klaus Ohls Geschenk und Mahnung. Meta und die Katzen. Das erste Dichten. Der Teetopf. Bonaparte. Die Leichen bei Licht. Die Keller auf dem Friedhof. Pferdezähne. Das Jahr in seiner Wirkung auf mich. Der Wald. Kaninchen. Meine unendliche Freude an Blumen. Bielenberg.«

Je mehr aus den Stichworten Gedankenreihen oder Situationen erwuchsen, um so mehr war von Armut die Rede. Aber bei näherer Betrachtung hatte das Kind gar nicht so sehr unter ihr gelitten. »Daß ich in frühester Kindheit wirklich gehungert hätte, erinnere ich nicht, wohl aber, daß die Mutter sich zuweilen mit dem Zusehen begnügen mußte und gern begnügte, wenn wir Kinder aßen, weil wir sonst nicht satt geworden wären.« Mit Humor konnte er jetzt, als reifer Mann, auf die Szene zurückblicken, in der die Familie im Dunkeln Hühnersuppe aß, »damit die Nachbarn das Huhn nicht sähen«!

Kindheit – wie sehr hatte Christine recht – wurde auch in Häusern der Armen von einem sanften Licht erhellt. »Der Hauptreiz der Kindheit beruht darauf, daß alles bis zu den Haustieren herab freundlich und wohlwollend gegen das Kind ist, denn daraus entspringt ein Gefühl der Sicherheit, das bei dem ersten Schritt in die feindliche Welt hinaus entweicht und nie zurückkehrt. Besonders in den unteren Ständen ist dies der Fall. Das Kind spielt nicht vor der Tür, ohne daß die benachbarte Dienstmagd, die zum Einkaufen oder zum Wasserschöpfen über die Straße geschickt wird, ihm eine Blume schenkt; die Obsthändlerin wirft ihm aus ihrem Korb eine Kirsche oder Birne zu, ein wohlhabender Bürger wohl gar eine kleine Münze, für die er sich eine Semmel kaufen kann; der Fuhrmann knallt vorüberkommend mit seiner Peitsche, der Musikant entlockt seinem Instrument im Gehen einige Töne; und wer nichts von allem tut, der fragt es wenigstens nach seinem Namen und Alter und lächelt es an.«

Freilich wurde das Selbstgefühl des heranwachsenden Kindes verletzt. »Beim jungen Goethe wurde in der Jugend schon das Selbstgefühl gelobt. Ich hatte es auch, wurde aber dafür hart getadelt und oft gezüchtigt, wenn es hervortrat.

Das ist der Fluch der Armut, daß alles, was Selbstgefühl verrät, sich nicht mit ihr verträgt, sondern als Hochmut, Anmaßung und Lächerlichkeit erscheint.«
Wie sehr wurden ihm Grundzüge seines Wesens deutlich, die von der Frühzeit bis heute hartnäckig geblieben waren. Ein Zettel trug die Überschrift ›Schlüssel zu mir‹. »Ich bin immer so, wie die meisten Menschen nur im Fieber sind. – Die Zeit, wo ich jedermann für mehr hielt als mich selbst. (Noch in Hamburg; mit welchen Augen und welchem Respekt betrachtete ich die Gymnasiasten!) – Ich hatte immer den Trieb, den Menschen begreiflich zu machen, warum ich in meinem Verhältnis zu ihnen so und nicht anders handelte. Der Trieb ist edel, aber ihm zu folgen, ist ein großer Fehler. – Die erste Proletarierempfindung im Kinde: Mad. Schlömer zu mir und meinem Bruder, als wir uns der Gartenhecke näherten: ›Wollt ihr fort, sonst laß ich euch mit der Hundepeitsche jagen!‹ Proletariat damals? Kein Gedanke, daß die Gleichheit herbeigeführt werden könne, kein Neid, eher Staunen, kein Haß. Nur wenn Unmenschlichkeit sich bei den Reichen zeigte, bleibende Erinnerung daran. So an jenen unausdenkbaren Konferenzrat, der den Armen geraten hatte, ›Borke‹ von den Bäumen zu fressen; der die Milch in den Rinnstein goß, der die Kirche zum Pferdestall kaufen wollte. – Nicht bloß der schlafende, auch der essende Mensch war mir von jeher heilig. Daß ich zu jedem Menschen über alles sprechen und vor keinem, in der fremdesten Stadt, ohne Erröten etwas Zweideutiges tun konnte, wie sich mir oft erprobte: tiefe Achtung vor der Menschennatur.«
Selbstmitleid, das sich früh zeigte, stammte aus der Spannung zwischen der niederen Herkunft und dem geistigen Wachstum. Was alles drang auf die Seele des heranwachsenden Kindes ein: »Hauspostille. Paul Gerhardts: Nun

ruhen alle Wälder. – Friedrich Schiller, wenn ich Torf trug. – Bürgers Leonore. – Klopstock. – Lessings Wirkung. – Die Nacht, wo ich beim kranken Vater wachte und den zweiten Teil des Don Quichote las, der den Eindruck eines Wahnsinnigen machte.«

Während der Niederschrift ging ihm auf, daß die Fortschritte des Kindes, jedes Kindes, in die Unendlichkeit des Lebens zielen und daß im späteren Leben jeder Mensch sich nur noch im Kreise dreht. So festigte sich der Entschluß, mit dem Schreiben aufzuhören, wenn die ›Dämmerung der Kindheit‹ aufhörte. Von den anfangs geplanten ›Aufzeichnungen aus meinem Leben‹ wurde daher nur das erste Kapitel ›Meine Kindheit‹ geschrieben, und auch dieses blieb Fragment. An eine Publikation dachte Hebbel damals nicht. Vorerst hatte er das Publikum, das er sich wünschte: Christine. Sie lasen gemeinsam einzelne Abschnitte und wurden immer wieder verlockt, über einen Gedanken, ein Ereignis sich auszusprechen. Er schreibt sich frei, stellte Christine fest, er kann sogar über Leute lachen, die ihn unterdrückt und gequält hatten, ausgenommen den Herrn Kirchspielvogt Mohr; der Haß auf ihn gleicht einem Eisblock, der auch unter einer milden Sonne nicht zergehen will.

Hebbels Interesse beschränkt sich in diesen Monaten mehr und mehr auf Heim und Ehe. Kein Wort mehr über die zweitrangige Literatur, die Presse und Theater beherrschte. Für den Druck der Zensur hatte er allenfalls noch eine ironische Bemerkung. »Für gewisse Leute ist die Zensur das höchste Glück. Sie können behaupten, daß nur diese alles Shakespearesche, Schillersche an ihren Gedanken abschneidet.« Während ihn Paris, nachdem er die anfängliche Fremdheit überwunden hatte, fasziniert hatte, schien die alte Kaiserstadt, dieser Schmelztiegel der Nationen, ihn nicht eigentlich anzusprechen. In Paris war er den Erinnerungen an Napoleon nachgegangen, dessen Erscheinung war ihm fast körperlich begegnet, dagegen ließen ihn die großen Gestalten Wiens kalt, obwohl sie doch auch ihre Spuren im Gesicht der Stadt hinterlassen hatten: Prinz Eugen und Maria Theresia. Das Glück seiner kleinen Welt erfüllte ihn ganz.

Die Gemeinschaft zwischen Mann und Weib – welches Mysterium! »Man läßt den ersten Menschen gern im Bach seinen ersten Spiegel finden. Er könnte ihn aber ebensogut im zweiten Menschen gefunden haben, der Mann also, der doch unstreitig der erste gewesen ist, im Weibe, als dem zur Vervollständigung des Schöpfungsaktes notwendigen zweiten. Adam hat der Eva ins Auge gesehen, als er sie erblickte, und so zu seinem Erstaunen das Bild seiner selbst gewonnen.« Daß erst die Ehe den Menschen zum ganzen Menschen machte, diese für ihn neue Erfahrung wünschte er einmal dramatisch darzustellen. Mit der Geliebten teile man jeden Schmerz, meinte er, nur nicht den größten – ihren Verlust.

Wie seltsam, daß Christine nun auch in Bildern träumte, die seinen Träumen glichen; ähnlich war es ja Emil Rousseau ergangen, ähnlich auch Elise. Christine erzählte ihm diesen Traum: sie werde, im Bade liegend, entbunden, und zwar von einer Taube. Tut sie nur ins Wasser, rief sie, dann gehen die Federn schon ab! Und ein anderes Mal: ihre Großmutter wurde wieder ausgegraben und sollte einen neuen Sarg bekommen, und Christine mußte dabei sein.

Als sich der Tag der Entbindung näherte, rückte Christine ganz in den Mittelpunkt seiner Beobachtungen. Über Nacht hatte Christine einmal wegen der zu starken Bewegungen des Kindes unter ihrem Herzen nicht schlafen können. »Oh, wie habe ich den armen Wurm bedauert«, meinte sie am andern Morgen.

»Gutes Weib, gutes Geschlecht«, sagte sich Hebbel, »ein Mann hätte ihn verwünscht.«
Am 22. Dezember vermerkt das Tagebuch die ersten Wehen, und am 24. heißt es: »Es waren ein paar ängstliche Tage, heute ist nun Weihnachtsabend, und Christine befindet sich wieder leidlich.« Endlich, am 27. Dezember, ist es soweit. Hebbels Erschöpfung spiegelt sich in den nüchternen Sätzen: »Heute, dem Sonntag nach Weihnachten, nachmittags zehn Minuten vor zwei Uhr, gebar meine teure Frau einen Knaben, den wir, da es ja auch ein Mädchen hätte sein können, lange vorher schon scherzend Ariel genannt hatten. Die ersten Wehen stellten sich um halb zwölf ein, die Geburt war also eine schnelle und glückliche, obgleich so schwer, daß ich mich am Ende der bittersten Tränen nicht enthalten konnte. Jetzt ist es sieben Uhr abends, und die Wöchnerin befindet sich so wohl, wie sie nur kann, ebenso das kleine Kind; möge es so fort gehen.«
Hebbel stellte einen Tisch in die Wochenstube, an dem er arbeiten konnte. Er wollte Christine und Ariel nahe sein, während er, wie immer am Jahresende, einen Rückblick über die vergangenen zwölf Monate skizzierte. »Indem ich dies schreibe, liegt sie mit meinem kleinen Sohn, den sie mir vor vier Tagen gebracht hat, in ihrem Bett und gibt ihm die zärtlichsten Namen. Ich kann mir nicht helfen, aber ich empfinde für dieses Kind ganz anders wie für die beiden früheren; die Natur macht mehr von der Liebe, von dem unwillkürlichen Zug zweier Menschen, abhängig, als man denkt.«
War das Glück dieser Stunden mehr, als er tragen konnte? Vor drei Jahren, in Kopenhagen, hatte er, der Schlechtweggekommene, der vom Glück Übersehene, diese Verse geschrieben, die er ›Gebet‹ nannte.

Die du über die Sterne weg
  Mit der geleerten Schale
Aufschwebst, um sie am ewigen Born
  Eilig wieder zu füllen:
Einmal schwenke sie noch, o Glück,
  Einmal, lächelnde Göttin!
Sieh! Ein einziger Tropfen hängt
  Noch verloren am Rande,
Und der einzige Tropfen genügt,
  Eine himmlische Seele,
Die hier unten im Schmerz erstarrt,
  Wieder in Wonne zu lösen.
Ach! Sie weint dir süßeren Dank
  Als die anderen alle,
Die du glücklich und reich gemacht;
  Laß ihn fallen, den Tropfen!

In Neapel hatte er in einem kurzen Epigramm seine Bitte so formuliert:

Fromm verlangt ihr mich, Götter?
  So macht mich glücklich!
  Ich werd euch
Niemals fürchten, ihr wißt's,
  aber ich liebte euch gern!

Jetzt wurde er vom Glück überschüttet, und er fragte sich: Welchen Preis werde ich eines Tages dafür zahlen müssen?

Götter, öffnet die Hände nicht mehr,
  ich würde erschrecken.
Denn ihr gabt mir genug:
  hebt sie nur schirmend empor!

Fürchtete er den Schatten, den Elise auf sein Leben warf? In den Tagen, als er Rechenschaft über das vergangene Jahr hielt, versicherte er sich von neuem, daß er seinem Gewissen, als der letzten und einzigen Instanz, gefolgt war. Aber war er damit von Schuld freigesprochen? Wenn er den eben geborenen Ariel anblickte, machte er die Erfahrung, daß man die Mutter lieben muß, um ein Kind lieben zu können, und er folgerte: Ein Weib sündigt, das Liebe gibt, ohne Liebe zu empfangen, was besagt, daß Elise Schuld auf sich geladen hatte. Aber er mußte hinzufügen: die Strafe trifft nicht sie allein. Der Stachel also blieb.
Christine fühlte, wie es um ihn bestellt war. »Die Geburt des kleinen Ariel wäre doch Anlaß genug, die Korrespondenz mit Elise wiederaufzunehmen.«
Er erinnerte daran, daß sie im Frühjahr, als der kleine Ernst Friedrich erkrankt war, sogleich nach Hamburg geschrieben hatte. Was aber hatte Elise geantwortet? Hinter der Teilnahme für das Kind verstecke sich nur Teilnahmslosigkeit für sie, die Mutter.
Christine ließ nicht nach. »Unser beider Wohl und Wehe und Elises Schicksal sind aneinandergekettet. Wollen wir das als Fluch tragen? Oder wollen wir das Verhältnis in eine frei gewährte und frei genommene Freundschaft verwandeln?«
Er glaubte nicht an den Erfolg solcher Bemühungen. Sie schrieb trotzdem. Erst nach Wochen, Anfang Februar, kam eine Antwort. Elise sprach keinen Glückwunsch aus, zu solcher Geste hatte sie sich nicht aufraffen können, aber ihr Brief enthielt auch keine neuen Anklagen oder Beleidigungen. »Er ist menschlicher, als ich erwartet hatte«, mußte Hebbel zugeben.
Elises Brief befreite ihn nicht von der Angst, daß er für sein Glück bezahlen müsse. Eines Tages schlug denn auch das

Schicksal zu. Es traf die Stelle, an der Christine und er am verwundbarsten waren. Am 14. Februar erkrankte unter rätselhaften Anzeichen der kleine Ariel. Zwei Stunden später war er tot.

Noch am Beerdigungstag setzte sich Hebbel, obwohl ihn schauderte, an den Schreibtisch, um einen bereits begonnenen Aufsatz abzuschließen. Die beiden nächsten Tage verbrachten Christine und er, ohne sich zu beschäftigen, im Hause. Dann, am 26. Februar, raffte er sich zu einer unerhörten Willensanspannung auf: er skizzierte den Plan zu einer Tragödie, von der er hoffte, sie werde eine neue Periode seines Schaffens eröffnen: ›Herodes und Mariamne‹. Christine war entsetzt. »Nun muß ich deine Schmerzen mit übernehmen.« Aber auch ihr schadete nach seiner Meinung eine längere Pause.

Nur in der Arbeit sah er die Rettung, und so überredete er Christine, wieder aufzutreten.

Am 27. Februar stand sie bereits als Maria Stuart auf der Bühne. Er beobachtete sie von der Loge aus und fand ihre Leistung »vortrefflich«. Seine Therapie hatte sich als richtig erwiesen. Allmählich sollte sein und ihr Leben den gewohnten Rhythmus wiederaufnehmen.

Zum erstenmal besuchte er wieder sein Kaffeehaus. Als er abends um sieben Uhr heimkam, saß Christine, in Tränen aufgelöst, im halbdunklen Zimmer; sie konnte die Abendstunden allein nicht ertragen. Aber auch, wenn er bei ihr war und sie ihm in die Augen blickte, brach sie plötzlich in Tränen aus. »Du hast die Augen unseres Kindes.« Er drang darauf, daß sie wieder Besuche machten und gelegentlich einen Kreis enger Freunde zu sich einluden; beides schien ihr wohlzutun.

Der Frühling, der mit Blumen, Blattknospen, dem Konzert der Vögel die Anmut Wiens erhöhte, tat sein übriges. Ganz

befreit wurde Christine, als eine neue Schwangerschaft Ersatz für das verlorene Kind versprach.
Der schwere Schicksalsschlag hatte das Klima der Ehe verwandelt. Es gab kaum noch heftige Szenen, und die Klatschmäuler, die von unglücklicher Ehe gewispert hatten, mußten sich andere Objekte aussuchen. Hebbel lernte, daß zur Liebe auch Rücksicht, auch Selbstbeherrschung, auch die Bereitschaft, immer neu zu werben, gehörten. So reihte sich in sanfter Harmonie ein Tag an den anderen. Einmal sollte Christine bei einem Wohltätigkeitsfest der Akademie Hebbels Gedicht ›Liebeszauber‹ sprechen. Er ging aus Scheu nicht mit, obwohl es ihm leid tat, denn Christine sah in ihrem weißen Atlaskleid, mit der Blumenkrone im Haar »schön wie die Muse selber aus«. Hebbel besuchte unterdessen den Prater, um an seiner ›Mariamne‹ zu arbeiten; seit der Zeit, als er sich kein geheiztes Zimmer leisten konnte, arbeitete er gern auf Spaziergängen, in Cafés, Bibliotheken und Galerien. Als er zurückkehrte, stand sie, noch in ihrem Kostüm, am Fenster. Er flog die Treppe hinauf, umarmte sie, und nun rezitierte sie für ihn das Gedicht; niemals hatte sie dergleichen getan. Warum, dachte Hebbel, wird das Schöne in einer Seele, die es so ganz empfindet, nicht auch geboren, wozu erst der Umweg durch mich in sie?
Heitere Tage – bis ein Brief von Elise eintraf. Es war ein böser Brief, nicht nur insofern, als er von einer neuen, lebensgefährlichen Krankheit ihres Ernst berichtete, böse auch durch neue Vorwürfe gegen Hebbel und durch die Anspielung auf das Bibelwort: Ich, dein Herr, bin ein eifriger Gott, der die Missetat der Väter heimsucht an den Kindern ... Was in diesem Falle unter Missetat des Vaters verstanden werden sollte, war nur zu deutlich.
Hebbel schrieb sofort zurück. Schon der erste Satz zeigte, daß er gelernt hatte, seine Heftigkeit zu zügeln. »Viel ist

dem Schmerz zu verzeihen, ob so viel, entscheide Gott.« Er rechnete nicht mehr ab. Mit seiner Herzensgüte, die er ja auch besaß, freilich unter einem Panzer aus Eis, beschwor er sie, sich nicht der Wollust des Schmerzes zu überlassen. Dann machte er ihr einen Vorschlag, der für sie ein schweres Opfer, aber zugleich einen Prüfstein für ihre Mutterliebe bedeutete: Da dem Kind offensichtlich die Hamburger Luft nicht zuträglich sei, möge sie es ihm, dem Vater, für einige Zeit überlassen. In Wien sei die Luft »vortrefflich«, und in Christine werde der Knabe eine zweite Mutter finden. Als er seinen Brief Christine vorlas, rief diese: »Laß doch Elise selbst nach Wien kommen!« Zögernd, nicht ohne Bedenken fügte er Christines Wunsch dem Brief hinzu. »Wenn Du kämest, würdest Du sie verehren lernen.« Aber er kam noch einmal auf sein Angebot zurück, das ihm vernünftiger erschien. »Wir gehen im Sommer nach Leipzig, das ist nahe an Hamburg; dort oder hier würde ich meinen Engel in Empfang nehmen, und wenn Du die Mutter bist, für die ich Dich halte, so würdest Du im fröhlichen Wachsen und Gedeihen Deines Kindes den Lohn Deines allerdings sehr großen Entschlusses finden.«
Dieser Brief war kaum zur Post gebracht, da traf bereits ein zweites Schreiben von Elise ein. Danach gab es für den kleinen Ernst keine Rettung mehr. »Warum bist Du nicht gekommen?« fragte Elise. Dieser Vorwurf erinnerte an die Klage Marias: »Herr, wärest du hier gewesen, mein Bruder wäre nicht gestorben.« Hebbel konnte, als er antwortete, seinen Zorn nicht ganz unterdrücken. »Kannst Du denn Deine Verblendung gar nicht los werden? Nicht einmal in einem Moment wie dem jetzigen? Wir haben nichts, gar nichts übrig, wir müssen uns all das entziehen, dessen Genuß Du bei uns voraussetzt, um nur auszukommen.« Dann aber ließ er sein Herz wieder sprechen. Er beschwor sie, nach

Berlin zu ihrer Freundin, der Geheimrätin Baumgarten, zu reisen, dort würden Christine und er sie abholen und gemeinsam mit ihr nach Wien fahren. »Eben sagte ich meiner Frau, was ich geschrieben habe. Sie antwortete mir: Warum erst nach Berlin, warum nicht gleich zu uns? Es ist wahr! Ich bitte Dich inständigst: wenn das Entsetzliche eintritt, so laß Dir von Campe die sechs Gulden geben und komm zu uns! Die edelste, liebevollste Seele wird Dich empfangen, und was in Menschenkräften steht, wird geschehen. Deine Mutter, jeder, der es wohl mit Dir meint, wird Dir zuraten. Laß in Hamburg alles stehen, wie es steht, und eile! Nur Veränderung der Umgebung stimmt den Schmerz so weit herab, als er herabgesetzt werden kann. Ich bitte Dich innigst: tu's und tu's schnell! Die Zeit drängt. Antworte mir sofort und folge unserer Bitte!«

Er las den Brief noch einmal durch, fügte noch den kleinen Satz hinzu »Herzlich grüßt Dich Christine« und setzte vor seine Unterschrift »Dein Freund«.

Elise hatte geschrieben: sie werde am 26. Mai den Berliner Zug nehmen und vierundzwanzig Stunden später in Berlin sein. Da sie mit Zahlen immer ein wenig großzügig umging, erkundigte sich Hebbel im Büro und erhielt die Bestätigung: wer am 26. aus Hamburg abreise, könne am 28. mit dem Frühzug aus Olmütz erwartet werden. Christine und Hebbel erreichten den Bahnhof rechtzeitig, der Zug aber hatte Verspätung, und so mußten sie zwei volle Stunden warten, die nicht nur durch die frühsommerliche Hitze zur Qual wurden. Keiner von beiden ahnte, was bevorstand, nur soviel wußten sie, daß ein Schicksal auf sie zukam, dem auszuweichen unmöglich war. Sie rechneten nicht mit einem kurzen Besuch, vielmehr mit einem längeren, wenn nicht dauernden Aufenthalt. Christine hatte Hebbel überzeugt, daß Elise eine Lebensaufgabe brauche, und sie hatte bereits einen Plan entworfen. Ihr Sohn, der kleine Karl, sollte endlich der Obhut der Großmutter entzogen und in dem gemeinsamen Haushalt der Familie Hebbel aufgenommen werden. Er und das Kind, das Christine im Dezember erwartete, brauchten eine Pflegerin, da die Mutter ja durch ihren Beruf gebunden war, und dies sollte Elise übernehmen: ganz für die Kinder da zu sein. Aber ob das Experiment gelingen würde? Diese Frage wagte auch Christine nicht zu bejahen.

Der Zug lief ein. Der Wirbel der aus dem Abteil quellenden Reisenden, der Begrüßungen, der eifrig bemühten Gepäckträger und Hoteldiener löste sich auf. Elise war nicht zu entdecken. Hebbel erkundigte sich beim Zugführer, beim

Schaffner. Sie wußten von keiner Reisenden, die Hebbels Beschreibung entsprach.
Erst am folgenden Tag, um acht Uhr früh, das Ehepaar Hebbel wollte sich gerade zum Frühstück setzen, meldete das Mädchen aufgeregt und fast erschreckt, draußen im Vorzimmer warte eine alte Frau. Was sie spreche, sei nicht zu verstehen, aber vielleicht sei es die Madame Lensing, des Herrn Doktors Cousine, der die gnädige Frau das Kabinett hergerichtet habe. Zwei elende Koffer habe sie mitgebracht, und die seien arg schwer, ein Wunder, wie das zerbrechliche Weiberl seine Koffer die Stiegen heraufgeschleppt habe.
Armselig, zerdrückt, erschöpft stand Elise da, als Christine auf sie zutrat, sie umarmte und küßte. Elise ließ es, steif wie ein Brett, geschehen. Hebbel kam, machte eine leichte Verbeugung, murmelte einen Willkommensgruß. Sie gab den Druck seiner Hand nicht zurück, sondern betrachtete ihn, kaum neugierig, eher ängstlich. War das aus dem armen Studiosus und verkannten Poeten von einst geworden? Die buntgestickten Pantoffeln, ja, sie erinnerte sich; ähnliche wie diese hatte er auch in ihrem Hamburger Heim getragen. Aber sonst? In einem grauen Rock, dem weißseidenen Plastron glich er eher einem Herrn, der von Renditen lebte, oder einem Geheimen Rat. Sie wandte sich ab.
Christine nahm sie beim Arm und brachte sie ins Fremdenzimmer. Es war hell und freundlich, Bett und Bettwäsche waren von Christine neu beschafft worden, auf dem Tisch prangte ein blühender Strauß, blaßrote Azaleen und weiße Tulpen, und das Fenster ging auf das Josephstädter Glacis hinaus. Unten sah man Ammen im Schmuck ihrer Häubchen Kinderwagen spazierenfahren, elegante Kaleschen glitten vorüber, und der Blick ging über das Glacis hinaus in Wolken aus Laub und Baumblüten. Kaum aber war Elise

eingetreten, da schien das Zimmer und schien der Tag seinen Glanz verloren zu haben, soviel Trostlosigkeit und Verlorenheit ging von Elise aus. Christine ließ sie allein, damit sie sich erfrischen könne, kam nach einiger Zeit wieder und brachte Elise ins Speisezimmer.

Gewaschen, gekämmt, im hellen Sommerkleid, sah sie ein wenig freundlicher aus, doch wirkte sie immer noch alt, verhärmt, dazu linkisch, als fürchtete sie, über die eigenen Füße zu stolpern. Das erste, was sie tat, war etwas Ungeschicktes. Sie öffnete ihre Geldbörse und legte zwei, drei Gulden auf den Tisch, den Rest des Reisegeldes, das sie bei Campe abgehoben hatte, und sagte, als Hebbel sie fragend anblickte, nicht mehr als: »Da!« Beim Frühstück bemühte sich Christine, so etwas wie Konversation zustande zu bringen, sie fragte nach der Reise, ob sie unangenehm gewesen sei durch die Länge der Zeit, ob die Hitze sie nicht gequält habe. Elise antwortete kaum anders als mit Ja und Nein. Hebbel und Christine waren froh, als Elise endlich wieder in ihrem Zimmer untergebracht war, wo sie ausschlafen sollte. »Es stört dich niemand, und du störst niemanden«, damit hatte Christine versucht, sie zu beruhigen. Ohne vorausgegangene Förmlichkeiten hatte Christine sie mit Du angeredet, und Elise hatte es hingenommen, ohne Erstaunen, ohne Dankbarkeit oder Mißfallen zu äußern.

Aber wie sollte es nun weitergehen? Hebbel sagte: »Die Zeit und die neue Umgebung werden einen heilsamen Einfluß ausüben«, und beschwichtigte damit seine Bedenken. Christine entgegnete: »Zeit und Umgebung, ja, aber uns beiden wird es Kraft kosten.«

Hebbel notierte unter dem 30. Mai: »Gestern morgen kam Elise. Gewiß ist sie edel und gut, nie habe ich das bezweifelt. Möge sie sich in unserem Hause wohl fühlen, möge sie sich die Lebensaufgabe nicht zu schwer gestellt haben!«

Hinter dieser nüchternen Notiz verbarg sich die Sorge: waren die drei Menschen, die nun miteinander auskommen sollten, der neuen Konstellation gewachsen?
Die Wirklichkeit hatte hier die Voraussetzungen zu einer Tragödie geschaffen, wie sie ein Dichter nicht besser hätte erfinden können. Denn so hatte Hebbel einmal die Voraussetzung formuliert: »Charaktere, die alle recht haben, die nirgends ins Böse auslaufen und deren Schicksal daraus hervorgeht, daß sie eben diese Menschen sind und keine anderen.«
Christine und Hebbel hatten Zeit, zu überlegen und sich auszusprechen. Elise schlief den ganzen Tag, die folgende Nacht und den neuen Tag, nur dann und wann von Christine geweckt, die mit einer Tasse Bouillon oder Kaffee sich an ihr Bett schlich.
Hebbel sinnierte: »Wir drei haben alle recht, indem wir so und nicht anders handeln konnten, und sind schuldig geworden nicht aus Entschluß, sondern durch unser Sein – mithin nach menschlichem und göttlichem Maßstab unschuldig.«
Christine, dialektisch zu wenig geschult, um ihrem Nuxel mit einem Einwand zu begegnen, nickte ergeben, wagte jedoch die Frage, ob es denn so etwas gäbe, unschuldig schuldig zu werden.
Hebbels Antwort lautete: »Wird ein Mensch schuldig im Sinne des Strafrechts, dann muß er sich für eine Tat verantworten, die ihn mit dem Gesetz in Konflikt gebracht hat. Er kann aber auch in einem anderen, im tragischen Sinne schuldig werden, ohne vorsätzliche Handlung, lediglich durch seine so und nicht anders beschaffene Individualität. Dafür aber ist nicht er verantwortlich, sondern – erschrick nicht – Gott, der ihn erschaffen hat.«
»Und trotzdem fühlt der Mensch sich schuldig?«

»Schuldlos schuldig, ja. Diesen Widerspruch müssen wir als gegeben hinnehmen. Je tiefer wir ihn erleiden, um so tiefer dringt unser Bewußtsein in die Nähe des Weltmysteriums.«

»Wie soll ich das verstehen?«

»Am ehesten vielleicht an Beispielen, die das Leben uns eben jetzt darbietet, an uns dreien. Elise: Was hat sie anderes getan, als ihrer beispiellos guten Anlage zu folgen? Sie hat den armen Poeten, der in einem Mißverhältnis zur Welt lebte, aufgenommen, hat ihm Heim und Geborgenheit, Kleidung und Geld geschenkt – ein wahrhaft großer Entschluß, und sie hat ihn all die Jahre durchgehalten – eine unerhörte Leistung; der arme Poet hätte anders nicht überlebt. Aber sie tat mehr. Sie liebte ihn als Weib, und da das Weib auf Grund ihrer Existenz nach dem Besitz des geliebten Mannes strebt, nahm sie ihn zu sich ins Bett, obwohl sie wußte, daß ihre Liebe nicht erwidert wurde. Das war ihr Sündenfall. Der junge Poet wurde mitschuldig, aber über ihn werden wir noch sprechen. Dieser, ihr Sündenfall, unschuldig begangen, bewirkte ihr ganzes Unglück bis zum heutigen Tage. Daran hätte auch eine Heirat nichts geändert. Diese hätte beide, auch den jungen Poeten, vernichtet. Oder siehst du es anders?«

Christine schüttelte den Kopf.

»Das zweite Beispiel, der junge Poet. Er nahm, was ihm geboten wurde, nicht leichtfertig, denn Elise war der Balken, nach dem der Ertrinkende griff. Er wäre gerechtfertigt gewesen, hätte er geliebt. Er verehrte sie, ehrlich, wenn auch vielleicht überschwenglich, doch Verehrung ist etwas anderes als Liebe, und er war klug genug, diesen Unterschied zu erkennen. Da er aber ihre Liebe nahm und sie nicht erwiderte, erniedrigte er einen Menschen zum Mittel. Diese Sünde gehört zu den Verfehlungen, die nicht aus Verwirrung geschehen; sie sind der geistige Abdruck des ganzen Menschen und können niemals wiedergutgemacht werden. Aber hätte ich anders handeln können? Elise war der einzige Mensch in der Leere der Welt, der mich anerkannte, mich in meinem Glauben an mich selbst bestärkte. Schuldlos schuldig also auch ich. Nun kommst du. Auch du bist nicht ausgenommen, Christine.«

»Ich habe nichts zu bereuen.«

»Die tragische Schuld kann nicht bereut werden, da wir nicht für sie verantwortlich sind. Du liebtest.«

»Das weißt du so gut wie ich.«

»Und du wolltest den Mann deiner Liebe.«

»Ich habe mich gewehrt, als du mir dein Verhältnis zu Elise beichtetest.«

»Und hast die Bedenken beiseite geschoben und hast dich mir verlobt, obwohl – das war vorauszusehen – nun erst bei Elise die Auflösung einsetzte.«

»Schuldlos schuldig bin mithin auch ich geworden?«

»Du sagst es. Und diese Verknotung der Schicksale muß zu einer Katastrophe führen – wie in einer folgerichtig gebauten Tragödie.«

»Du vergißt: wir drei sind nicht Personen einer Tragödie, die nach dem Willen eines Dichters agieren.«

»Du übersiehst: das tragische Gesetz ist keine Erfindung der Dichter, sondern Weltgesetz. Die Dichter heben es nur ins Bewußtsein der Menschheit.«

»Wenn es Weltgesetz ist – der Schöpfer kann es durchbrechen. Der Christ hat dafür das Wort Gnade.«

»Tine! Wie dürfte ich dir diesen Glauben nehmen, nur weil ich ihn nicht habe. Also wollen wir abwarten, was weiter geschehen wird.«

»Warten, ja, aber auch das Unsere dazu tun.«

Am dritten Tag erschien Elise wieder am Frühstückstisch,

freilich erst, als Christine sie aus ihrem Zimmer abholte. In ihrer Erscheinung wie in ihrem Gehabe war sie unverändert geblieben, eine gebrochene, früh gealterte, hilflos verlegene Frau. So sehr Christine und auch Hebbel sich bemühten, sie zum Sprechen zu bringen, sie blieb stumm und gleichgültig. Hebbel ins Gesicht zu sehen, vermied sie ängstlich, dagegen antwortete sie wohl auf Christines geduldige Freundlichkeit mit einem ungläubigen Blick.

Wie soll es weitergehen? Diese Frage, mit der Hebbel und Christine sich quälten, bekümmerte Elise nicht. Sie hätte genausogut in Hamburg bei ihrem Stiefvater und ihrer Mutter wohnen können. Mochten die Nachbarn tratschen, sie sei von ihrem Liebhaber abgesetzt worden – was ging es sie an? Sie hätte auch nach Berlin, zu der Geheimrätin Baumgarten, gehen können, bei der sie einmal die Stellung einer Gesellschafterin innegehabt hatte. Hamburg, Berlin, Wien – es war eines wie das andere.

Hebbel hatte ihr bedeutet, sie gelte hier als seine Cousine, und er werde sie als verwitwete Madame Lensing vorstellen. Ihr war es recht. Wenn Gäste geladen seien, dürfe sie natürlich dabei sein, sie dürfe sich aber auch zurückziehen. Sie verstand, daß es ihm lieber sei, wenn sie sich in solchen Fällen versteckte. Auch das war ihr recht.

Warum hat man mich überhaupt nach Wien geholt? fragte sie sich. Hebbel brachte es fertig, mit keinem einzigen Wort ihre gemeinsame Vergangenheit anzusprechen. War er fähig, die Jahre ihrer Verbundenheit aus seinem Bewußtsein zu löschen? Wirf weg, damit du nicht verlierst – an dieses Wort von ihm wurde sie täglich erinnert. War er wirklich das Ungeheuer, als das er sich selbst bezeichnet hatte, der Menschenfresser, allerdings einer, der es gelernt hatte, sich guter Umgangsformen zu bedienen? Sie war doch nach dem Spruch des Gewissens seine Frau gewesen, sie hatte

ihm zwei Kinder geboren und beide wieder begraben müssen, während er, der Vater, sich draußen in der Welt umtat, in Paris, in Rom, in Wien.
Mit nicht geringerem Mißtrauen betrachtete sie Christine. Sie war Schauspielerin, und die Damen des Theaters waren gefährlich: ausgezeichnet durch Schönheit oder Geist, oft durch beide Eigenschaften, fischten sie anderen Frauen die Männer weg, um diese nachher, ganz nach Laune, wieder fallenzulassen. Christine hatte die Einladung nach Wien ausgeheckt, wie in Hebbels Briefen zu lesen stand. Wollte sie ihr, Elise, beweisen, daß sie die rechte, die ebenbürtige Frau für Hebbel war? Sie konnte die Ehe nur bei den Mahlzeiten beobachten, und da gab sich Hebbel, wie Elise es aus eigener Erfahrung kannte, zuweilen aus nichtigen Anlässen gereizt, oder er verzog sich hinter einen Panzer aus Kälte. Und Christine: sie antwortete nicht immer, wie Elise es versucht hatte, mit einem Lächeln oder einem sanften Streicheln der Hände, sondern sie ließ sich auch einmal hinreißen, Schärfe gegen Schärfe zu setzen. War diese Ehe es wert, daß ihretwegen ein Mensch, daß sie geopfert wurde?
Elise konnte nicht ahnen, daß sie selbst diese Spannung hervorrief. Ein junges Paar, das die ersten Prüfungen überwunden hatte, das sich nun auf das zweite Kind freute, mußte in Gegenwart des Gastes Zärtlichkeiten meiden, mußte überhaupt sein Glück, das es als einzigartig erfuhr, verbergen. Zwar besaßen Hebbel wie Christine ihr eigenes Arbeitszimmer, in das jeder sich zurückziehen konnte. Hebbel konnte in seine Arbeit flüchten, und mit dem Stoff ›Herodes und Mariamne‹ näherte er sich seinem Ziel, eine »Tragödie von absoluter Notwendigkeit« zu schreiben. Ähnlich erging es Christine: während eines Rollenstudiums, einer Probe oder Aufführung ging sie ganz in ihrer Arbeit auf, aber ihr wie ihm fehlten die gemeinsamen Stunden der

Entspannung, des ruhigen oder leidenschaftlichen Glücks, denn auch durch die Wände hindurch spürten sie die Anwesenheit eines Dritten, den ihre Zärtlichkeiten tödlich verletzen mußten.
Hebbel stöhnte auf. Er hätte sich der von ihm gefürchteten Katastrophe gestellt, hätte auch die Versöhnung begrüßt, auf die Christine hoffte, aber daß gar nichts geschah, daß Elise sich gänzlich passiv, als ein Nichts verhielt, das konnte er nicht ertragen. Er vertraute seinem Tagebuch an, was auszusprechen er nicht wagen durfte: »Sei etwas! Wolle etwas! Sei mein Feind, wolle mich ermorden, gut, du existierst für mich, du bist etwas, aber was soll ich mit dem Nichts machen?«
»Wir müssen sie ablenken«, rief Christine. »Ich werde ihr Theaterkarten besorgen, und du zeigst ihr, versuch es wenigstens, die Stadt. Wir dürfen doch nicht aufgeben!«
Gut! Hebbel forderte Elise zu einem Spaziergang auf. Sie trottete neben ihm her, so ungeschickt, als hätte sie zwei linke Füße. Beide, immer bemüht, eine körperliche Berührung zu vermeiden, schlenderten durch die engen Gassen der Altstadt, die er, der von seinem Schicksal und seinem Werk Beanspruchte, noch kaum wahrgenommen hatte. Er machte sie auf bedeutende Architekturen aufmerksam, deren Fülle ihn selbst überraschte: hier ein alter Adelssitz, der nun von Bürgerlichen bewohnt war und, wie die ausgebauten Läden zeigten, auch auf bürgerliche Manier genutzt wurde, dort eine Kapelle, die sich zwischen später errichteten Gebäuden behaupten mußte. Elise antwortete nicht auf seine Erklärungen, und er zweifelte, ob sie überhaupt zuhöre.
In der erhabenen Düsternis des Stephansdomes wollte er mit ihr im Gestühl Platz nehmen, denn es hatte ihm früher schon wohlgetan, das geschäftige Getriebe der Hauptstraße,

des Grabens, hinter sich zu lassen und, durch nichts abgelenkt, sich seinen Phantasien und Gedanken hinzugeben. Aber kaum saßen sie im Gestühl, da bat sie, mit der Begründung »Es drückt mir die Luft ab«, er möge sie wieder ins Freie führen. Er gab nach. Sie wanderten weiter, folgten einem Gehsteig, der von Monumentalbauten eingeengt und fast erdrückt wurde, und plötzlich standen sie vor der Augustinerkirche. Hier wußte Hebbel eine Stätte, die ihn magisch anzog. Er nahm Elises Arm und führte sie, die mit schwacher Kraft Widerstand leistete, in die weiträumige Halle, zum Chor hinauf, um einen Marmorsarkophag herum, in ein finsteres Gewölbe. Vor einer eisenbeschlagenen Tür machten sie halt. Hebbel preßte sein Gesicht an ein vergittertes Guckloch, und im Augenblick hatte er Elise vergessen.

Was er sah, war nicht mehr als ein schwaches metallisches Blinken, das aber ging, wie ein Mönch ihm einmal gesagt hatte, von Silbergefäßen aus, über hundert an der Zahl, die bargen die Herzen verstorbener Kaiser.

Hebbel mit seinem Spürsinn für Geschichte fühlte sich vom Schauer eines Geheimnisses erfaßt. Hier, vor dieser Tür, wurde ihm eine seiner Erfahrungen bestätigt. Es gab Einrichtungen, die gesellschaftlichen Wandlungen widerstanden als geheiligte, in der Natur der Menschheit gegründete Ordnungsprinzipien. Auch sie dauerten nicht ewig, aber in dieser geschichtlichen Stunde, das war seine Ansicht, sollte das Kaisertum, als Bollwerk gegen die Anarchie, nicht angetastet werden. Ich bin Revolutionär und zugleich Konservativer, ein Mann, der zwischen den vorwärtstreibenden und den beharrenden Kräften Position bezogen hat, also recht betrachtet allein steht.

Er begann vor Elise zu dozieren, aber was er sagte, wurde bald ein Monolog, den er zur Klärung seiner Gedanken führte. »Die Herzen der toten Kaiser werden hier in der Augustinerkirche in kostbaren Gefäßen bewahrt. Was aber geschieht mit den Leichnamen? Sie werden in hölzerne Särge gelegt. Mönche tragen sie zur Kapuzinerkirche. Sie setzen den Sarg vor die Gruft. Die Tür ist versperrt. Eine Stimme ruft: ›Wer begehrt Einlaß?‹ Der Zeremonienmeister antwortet mit den Namen und mit sämtlichen Titeln des Verstorbenen. Aus der Gruft wird erwidert: ›Den kenne ich nicht.‹ Dreimal wird die Frage: ›Wer begehrt Einlaß‹ wiederholt, und bei jeder Antwort fallen mehr und mehr Titel fort, bis der Zeremonienmeister nichts anderes erwidert als: ›Ein armer Sünder!‹ Die Tür öffnet sich. Nunmehr spricht der Bischof die gewöhnlichen Sterbegebete.«

Was bedeutet dieses alt-ehrwürdige Ritual? Daß der Kaiser als Person sterblich ist wie alle Menschen und vor Gott nicht mehr bedeutet als der geringste unter uns, nämlich ein Sünder. Aber zugleich repräsentiert er etwas, was über seine Person hinausgeht, ein notwendiges Ordnungsprinzip, als dessen symbolischer Sitz das Herz erachtet wird. So wird dieses Organ herausgenommen und angemessen in einem silbergetriebenen, verschlossenen Pokal verwahrt.

»Findest du ...« Er wollte an Elise eine Frage richten, brach aber ab, als er bemerkte, daß er allein stand. Er eilte aus dem gewölbten Raum hinaus in den Chor und sah: auf den Stufen zum Mittelschiff schimmerte blaß ein Kleid. Elise lag da, von einer Ohnmacht überwältigt. Es gelang ihm, sie zu sich zu rufen. Er führte sie ins Freie und nahm eine Droschke. Sie sprachen beide kein Wort mehr. Zu Hause angelangt, ging Elise, ohne sich zu verabschieden, auf ihr Zimmer und schloß sich ein.

Hebbel gab auf. Er sei bereit, sagte er zu Christine, sie aus seinen Einkünften zu unterstützen, er wolle ihr auch, wenn sie nur hören wolle, mit Zuspruch helfen, aber solange sie sich verschließe, verschwende er Zeit und Kraft für ein Nichts.

Christine bat: »Laß mich es allein versuchen. Sie braucht nur einen ersten winzigen Schritt aus ihrem selbsterrichteten Gitter zu tun, und wir haben gewonnen.«

Sie klopfte an Elises Tür. Nichts rührte sich. Sie rief Elise an. »Ich bin es, Christine.« Der Schlüssel drehte sich. Christine öffnete die Tür. Sie breitete die Arme aus, Elise jedoch wich zurück. Nun klappte Christine die Fenster auf. Sommerlich warme Luft strömte ein und mit ihr Duft von Blüten, Vogelstimmen und, gedämpft, Räderrollen und Klopfen von Pferdehufen.

Elise dachte: Was will sie von mir? Hebbel ist für mich gestorben. Christine könnte, selbst wenn sie es wollte, ihn mir nicht mehr zurückgeben. Warum kümmert sie sich um mich? Ich bin doch, wie man sagt, ihre Rivalin. Hebbel ist einmal mein Mann gewesen, zehn Jahre lang, kein Ehemann nach dem Gesetz, aber mein Mann vor dem Gewissen, was mehr bedeutet; er selbst hat es immer wieder gesagt und geschrieben. Jetzt steht sie als seine Frau an meiner Statt. Was bedeutet ihre Freundlichkeit? Güte – Gott im Himmel – kann es nicht sein. Stellt sie mir eine Falle? Ein furchtbarer Verdacht keimte in ihr auf: Hebbel wolle sie vernichten. Sie erinnerte sich an die Ballade ›Der Heideknabe‹: Der Knecht hielt den Knaben im Arm und stieß ihm das Messer in die Kehle. Sie erinnerte sich an Judith, die in tödlichem Haß Holofernes den Kopf abschlug. An Klara in der ›Maria Magdalena‹, die, von ihren Leuten aus dem Leben gedrängt, in den Brunnen sprang. Was wollen er und Christine von mir? Es gibt ja auch feinere, vom Richter nicht erfaßbare Mittel, einen Menschen vom Leben zum Tode zu befördern. Die schönen dunklen Augen Christines blicken mich an. Welche Absichten verbergen sich hinter so viel Liebenswürdigkeit?

Endlich begann Christine zu sprechen. Sie wählte, das fiel ihr als Schauspielerin nicht schwer, einen harmlosen, unbekümmerten Ton. Es sei nicht gut, wenn der Mensch sich so verschließe. Ob Elise denn nicht einmal eine Theateraufführung besuchen wolle.

Sie passe nicht in eine festliche Gesellschaft.

Aber gerade! Die werde sie ablenken und erfrischen.

Außerdem habe sie nichts anzuziehen.

Wenn's weiter nichts sei! Sie, Christine, habe bereits ein hübsches Seidenkleid ausgesucht. Aus der Breite ein wenig herausgenommen, am Saum etwas gekürzt, und es werde schon passen. Elise gehe doch geschickt mit der Nadel um, so habe Hebbel ihr erzählt.

Ja, sie hatte ganze Nächte durch genäht, um Hebbel und sich selbst über Wasser zu halten. Aber warum mußte Christine daran erinnern?

»Ich will dir das Kleid zeigen.« Christine ging, kam schnell wieder zurück und legte ihr ein blaßblaues Kleid in den Schoß. Elise hob es an, betrachtete es und legte es wieder nieder.

»Es wird dir gut stehen. Ich bin ganz sicher.«

Elise – was sollte sie viele Worte verlieren – gab nach. Ob sie die Hände in den Schoß legte oder ein Kleid umänderte, es war eins wie das andere.

Als die Arbeit getan war und Christine ihr das Kleid anpaßte, saß es tadelfrei. Obwohl der Gegensatz zwischen dem eleganten Stoff und der kümmerlichen Gestalt Christine schmerzte, rückte sie den Spiegel und meinte zu erkennen, daß Elise sich mit gewissem Wohlgefallen betrachtete. Nun kam sie mit ihrem Vorschlag heraus. »Heute abend kommst du mit mir ins Burgtheater. Ich habe eine herrliche Rolle.«

Was macht sie mit mir? Soll ich überzeugt werden, daß sie, die gefeierte Schauspielerin, ihre Rivalin zu Recht verdrängt hat? Aber kann ich mich noch wehren? Wieder gab Elise nach.

Sie nahm ihren Logenplatz ein, im Seidenkleid, Täschchen und Bonbonniere im Schoß. Seit wann putzt man den zur Hinrichtung Verurteilten so auf? fragte sie sich.

Das Stück, von einem ihr unbekannten Dichter – Bauersmann oder Bauernfeld –, interessierte sie nicht. Sie gab sich auch keine Mühe, der Handlung zu folgen. Sie sah nur Christine. Das volle Haus schien den Atem anzuhalten, wenn sie auftrat. Oft gab es, was in Hamburg nie vorkam, auf offener Bühne Applaus. Am Schluß, als alle Lampen aufflammten, stand Christine allein an der Rampe, groß, schön, strahlend von Kraft und Glück, umrauscht von tosendem Jubel, von immer sich wiederholenden Rufen »Christine Enghaus!«

Ich eine Rivalin für diese Frau? Sie hat mir zeigen wollen, wie klein, wie nichtig ich bin. Auch sie will mich vernichten.

Auf der Rückfahrt klapperten Elise die Zähne vor Kälteschauern. Fast hätten ihre Kräfte auf der Treppe versagt. Christine, besorgt um ihren Zustand, brachte sie ins Bett und schickte zum Arzt. Elise phantasierte. Furchtbare Träume quälten sie offenbar. Sie sprach von einem unheimlichen Saal, oder war es eine Kirche? Jetzt schien sie einer fernen Musik zu lauschen.

Der Arzt kam, machte einen Aderlaß, ließ eine Tinktur zurück: »Zehn Tropfen, alle zwei Stunden«, versprach, in der Frühe wiederzukommen.

Elise war wieder weit fort. Ihr träumte: ein Paar trat zur Trauung an den Altar, der Bräutigam hatte schwarze Augenhöhlen wie ein Totenschädel und schwarze Zähne, und er trug die Züge Hebbels. Jetzt blitzte ein Messer in seiner Hand ... Vom eigenen Schrei erwachte sie, richtete sich auf – erblickte Hebbel, der am Bett sitzend bei ihr wachte. »Nein, nein, nein«, flüsterte sie und drehte sich zur Wand.

Hebbel hielt aus bis zum Morgen. Er setzte nach der Vorschrift alle zwei Stunden einen Teelöffel an ihren Mund, und sie nahm die Flüssigkeit an. Er hatte den Eindruck, sie erkenne ihn nicht mehr.

Diesen Dienst eines Krankenpflegers hatte er ohne Widerstand auf sich genommen als eine notwendige und sinnvolle Tätigkeit. Außerdem faßte er diese kleine Mühe als Abschlagszahlung auf: sieben Tage und Nächte hatte Elise an seinem Bett gewacht, damals, als er zu Fuß von München über Göttingen nach Hamburg zurückgekehrt war.

Als Elise am Morgen erwachte, fühlte sie sich leichter. Sie verspürte keinen Schmerz mehr, nur Müdigkeit. Sie schlug die Augen auf und bemerkte Christine.

Christine beugte sich über das Bett, schob ihre Hand unter Elises Kopf und flößte ihr Tee ein. Elise sah ungläubig, erstaunt, am Ende ergriffen in das Gesicht, das auf der Bühne überirdisch schön gewesen und nun von Trauer gedunkelt war. Trauer – um mich? Plötzlich mußte Elise weinen. Die Tränen rannen unaufhaltsam, und Christine saß an ihrem Bett und hielt der Weinenden die Hände.

Dies ist die Wende. Gott sei gedankt! Merkwürdig: Christine war in ihrer Hoffnung ganz sicher.

Elise öffnete die Augen.
Mir ist so leicht.
Die Mullgardinen bauschen sich im Wind. Die Morgenluft weht herein, streichelt mir die Stirn.
Meine Kinder sind mir gestorben. Der Mann ist mir gestorben. Ich fühle keine Bitterkeit mehr. Mir ist sterbeleicht. Was lasse ich denn zurück?
Das Licht steigt. Der sanfte Wind schläft ein. Ich möchte allen Menschen zurufen: Fürchtet doch nicht den Tod! Habt ihr jemals Angst gehabt vor dem Schlaf?
Die Tür öffnet sich einen Spalt. Christine blickt herein. Die schönen, guten, um mich besorgten Augen – ganz arm gehe ich doch nicht aus der Welt.
Tee? Danke, gern! Nichts essen. Laß mich! Der Tee tut mir wohl.
Nun sitzt sie wie lange schon an meinem Bett. Wir schweigen. Dieses Geschenk hat das Leben mir bis zuletzt aufgespart: im Schweigen und Sprechen dir nahezusein.
Du fragst? Nein, bitte nicht. Selbst wenn ich es wollte, von meinen Kindern kann ich dir nicht erzählen. Du erinnerst daran, daß auch du ein Kind hast begraben müssen. Die gleichen Schmerzen verbinden uns, das ist richtig. Aber du besaßest vor der Hochzeit bereits ein Kind? Und es ist vier Jahre alt? Das wußte ich gar nicht. Der Vater hat sich bei Nacht und Nebel davongemacht? Sieh, so wenig kenne ich dein Leben. Bitte, erzähl du von dir!
Du senkst den Kopf. Als Schauspielerin, sagst du, bist du geübt im Sprechen, die Wörter aber sind dir vom Dichter

vorgeschrieben, er hat sie nach ihrem Gewicht, ihrer Farbe, ihrer Kraft ausgewählt. Wenn du selber etwas aussprechen oder niederschreiben willst, mußt du lange nach einem einzelnen Wort suchen?
Die Mullgardinen schwanken. Der Wind frischt wieder auf. Woher finde ich den Mut zu fragen, immer wieder zu fragen?
»Heute mittag hast du Hauptprobe?«
»Wir spielen ›Maria Stuart‹.«
»Was geschieht, wenn du im Theater ankommst? Ich möchte wissen, was du tust, was du denkst und empfindest, mit wem du umgehst. Ich möchte dich sehen, wenn ich im Bett liege und die Augen schließe.«
»Werd du erst wieder gesund! Dann nehme ich dich mit. Bei den Proben sitzen immer Freunde und Freundinnen im Saal oder in den Logen. An Plätzen fehlt es ja nicht.«
»Ich werde nicht wieder aufstehen. Schüttle nicht den Kopf! Es ist so, und ich fühle, es wird nicht lange mehr dauern. Gönn mir die Freude, durch dich noch am Leben teilzuhaben. Aber nun siehst du wieder traurig aus. Wenn du wüßtest, wie leicht mir ist. Aber nun sag: was geschieht, wenn eine Schauspielerin, wenn du zur Probe gehst. Endlich! Ich könnte eine Ewigkeit lang dir zuhören.«
»Das Haus ist ja noch ganz still. Wenn du die Tür zum Bühneneingang öffnest, erschrickst du vor der Leere. Auf der Treppe begegnet dir eine Garderobiere, ein Bühnenarbeiter. Kollegen kommen, wir begrüßen uns, wir lachen, aber alle sind nervös. Jetzt sitze ich am Schminktisch, und die Verwandlung beginnt. Ich bin nicht mehr Christine Enghaus, und ich befinde mich nicht mehr im Wien des Jahres 1847. Hier vor dem Spiegel werde ich Maria Stuart, Königin von Schottland, geflohen zu der Frau, die mir durch Rang und Abstammung nahesteht, Elisabeth I. von

England. Ich lebe auf Schloß Fotheringhay, und wir schreiben das Jahr 1787, aber ich bin nicht mehr Gast meiner königlichen Schwester, man hat mich festgesetzt, des Hochverrats angeklagt und verurteilt, und im Stück geht es lediglich um die Frage: Wird Elisabeth das Urteil vollstrecken? Oder werde ich mich retten? Ich bin bereit, jeden Preis zu zahlen, nur diesen nicht: meine Würde aufgeben. Wenn mein Stichwort fällt: ›Da kommt sie selbst – den Christus in der Hand, die Hoffart und die Wollust in dem Herzen‹, wenn das Stichwort fällt, trete ich aus den Kulissen, nun mit Haut und Haar Maria von Schottland, rechtmäßige Erbin auch des englischen Throns, während ich Elisabeth als Bastard von England verachte. Die Zuschauer müssen bei meinem Erscheinen erschauern und fühlen: hier steht eine Frau, die Triumph und Fall, die alle Wonnen der Leidenschaft und Verrat und Verlassenheit erfahren hat. Sie müssen Schatten meines ermordeten Gatten spüren und müssen die Regentin ahnen, deren Sieg oder Untergang über eine aufsteigende Weltmacht entscheidet. Das, verstehst du, ist meine Aufgabe.«

»Ist sie schwer, diese Verwandlung?«

»Man muß seine Nerven in Gewalt haben, und man muß einen sicheren Instinkt für das besitzen, was der Dichter gewollt hat. Ich verlasse mich stets auf meinen Instinkt.«

»Wie viele Rollen mußt du im Jahr einstudieren?«

»Verschieden, zehn, zwölf, vierzehn.«

»Und dein Gedächtnis? Behält es alle zwölf oder vierzehn Rollen?«

»Als Schauspieler, glaube ich, wird man geboren, das Gedächtnis gehört einfach dazu. Und noch etwas anderes. Ob du müde bist oder mißgelaunt, abgespannt oder unpäßlich, im Augenblick des Auftretens mußt du ganz da sein als die Gestalt, die der Dichter dir vorgezeichnet hat.«

»Wie schaffst du das?«

»Es ergibt sich von selbst, daß der Schauspieler nicht lebt wie ein emsiger Kaufmann, und wenn er eine Frau ist, weder wie eine brave Hausfrau noch wie eine Dame, die einen Salon regiert, am wenigsten wie eine leichtfertige Courtisane, mit der Laien uns gelegentlich vergleichen.«

Elise dachte: Wie sie das sagt, so ganz ohne Vorwurf! Denn in meiner Unwissenheit habe ich das Künstlervolk, auch dich, ja, so eingeschätzt. Merkwürdig auch, daß ich deswegen nachträglich keine Scham empfinde.

»Sind wir Schauspieler nicht ein seltsames Volk? Wenn andere Menschen am Vormittag flanieren, elegante Geschäfte aufsuchen, wenn sie über Kontobüchern hocken oder zu einem Empfang gehen, dann sind wir beschäftigt, Reiche zu zerstören, Morde anzustiften, wir glühen vor Leidenschaft und weinen, wenn unser Liebhaber uns verläßt. Wir sterben, wir sterben buchstäblich, denn was wir tun und erleiden, ist Wirklichkeit. Verlassen wir das Theater, ist es verwunderlich, daß wir auf der Straße nicht unter die Räder einer Kalesche geraten, daß wir mit dem Kopf nicht an eine Häuserwand stoßen, Kinder umrennen.«

»Nun weiß ich, wie es um dich bestellt ist. Nun kann ich so daliegen und mit geschlossenen Augen dir nahesein.«

»Eins solltest du noch wissen: Schauspieler finden sich nicht zurecht in dieser Welt, die für andere Menschen die einzige Wirklichkeit ist. Ich habe Kollegen gekannt, die sagten am Ende ihrer Laufbahn: Ich habe viele Schicksale gelebt, als Hamlet, als König Lear, als Macbeth – was aber ist mein eigenes Schicksal gewesen?«

»Das kann ich verstehen.«

»Dann wirst du auch das begreifen: die Frau auf der Bühne zügelt ihre Leidenschaft nicht, denn es leitet sie ja das Gesetz der Dichtung. Aber sie ist gefährdet, wenn es sie in der anderen Wirklichkeit trifft. Ein einziges Mal hat es mich überwältigt, vor vier, nein, fünf Jahren. Ein junger Musiker, ein Ungar mit dem Temperament seiner Rasse, ein hübscher Kerl, ein Charmeur – mich warf es um. Ich war verrückt, nimm es wörtlich: es war etwas ver-rückt in mir. Er lief davon, aus Angst vor der Verantwortung, aus Blödheit, aus lauter Windigkeit – ich weiß es nicht. Ich blieb mit dem Kind zurück.«

»Arme Christine!«

»Du wirst mich verstehen.«

»Ist es ein Knabe? Wie heißt er?«

»Karl.«

»Darf ich ihn sehen?«

»Wenn du aufstehst, gern.«

»Ich werde nicht wieder aufstehen.«

»Junge Herren in dem Alter lieben Tanten nicht, die ewig im Bett liegen.«

»Ich kann nicht.«

»Sieh mich an! Ich habe die Johanna gespielt, als ich entbunden hatte, als man mit Spott auf mich zeigte, und ich habe ein volles Haus hingerissen. Als ich Ariel geboren hatte und ihn nach sieben Wochen wieder hergeben mußte, stand ich wenige Tage später auf der Bühne. Ich glaubte anfangs, zusammenbrechen zu müssen, und erlebte einen Triumph. In uns allen steckt mehr Kraft, als wir ahnen, auch in dir.«

»Ich wollte, du hättest recht.«

»Wir sind doch Freundinnen, Elise.«

»Du bist der einzige Mensch, den ich noch habe.«

»Und wenn ich dich nun, als deine Freundin, um etwas bitte?«

»Was kann ich elendes Weib dir schenken?«

»Mein Karl, du wirst ihn nicht nur sehen. Ich möchte, daß

du dich seiner annimmst und für ihn sorgst und mir hilfst, ihn zu erziehen.«
»Ich kann nicht.«
»Karl soll nicht länger bei meiner Mutter leben. Er gehört zu mir, in mein Heim, aber ich, du weißt es, bin gebunden durch meinen Beruf. Du bist die einzige, die mir helfen kann.«
Die Gardinen, weiß und hauchdünn, schwanken im Wind. Ein Vogel hakt sich an ihnen fest, jetzt segelt er, eine Schwalbe, durchs Zimmer, setzt sich auf den Rahmen des Spiegels. Christine steht auf, ein rascher Griff und sie hält das Tier in der hohlen Hand und flüstert: »Ich fühle das kleine Herz, es pocht wie das Herz des Kindes.« Christine geht ans Fenster und öffnet die Hand. Die Schwalbe wirft sich ins Licht.
Elise schließt die Augen. Wann war es, lange vor Hebbel, in der Weihnachtszeit habe ich Puppen für die kleinen Mädchen in unserem Haus genäht, und am Heiligabend bin ich als Weihnachtsengel in die Wohnungen gegangen. Als Max gestorben war, wünschte ich, ein fremdes Kind anzunehmen. Hebbel war dagegen. Da bin ich abends auf die Straße gegangen und habe Kinder, wie ich sie traf, mit Süßigkeiten und Spielzeug beschenkt.
Jetzt wird mir ein Kind, Christines Kind, in den Schoß gesetzt, und ich soll es erziehen?
»Glaubst du wirklich, ich hätte die Kraft? Du nickst? Christine!«

Das Kind, das Christine präsentierte, war hübsch, lebhaft, aber, was die Mutter vielleicht übersah und was Elise sofort erkannte: es war altklug, eigensinnig, störrisch, mit einem Wort: gänzlich unerzogen. Elise konnte Christine nur beipflichten: Karl müßte schleunigst in gute, verläßliche Hände gegeben werden. Doch sie selbst, eine müde, verbrauchte Frau – eine solche Aufgabe überstieg ihre Kraft.

Sie hatte sich Christine zu Gefallen aufgerafft und das Bett verlassen, sie saß, von Kissen gestützt, im Lehnsessel, und Christine hatte auf einem Stuhl Platz genommen, während Karl munter die neue Umgebung erkundete, Schranktüren, Schubladen, Kasten und Kästchen öffnete und, als er nichts Interessantes mehr fand, aus der Tür schlüpfte.

»Ist er nicht reizend?« fragte Christine.

»Er hat so viel von dir. Er blickt mich aus deinen Augen an.«

»Ihm fehlt nur die Erzieherin. Du hast die Kenntnisse, du hast mütterliches Empfinden. Ich weiß keine andere.«

Elise lächelte. Vielleicht war dies wirklich die einzige Fähigkeit, die ihr noch verblieben war, auf Kinder einzuwirken. Sie erzählte von ihrer Magdeburger Zeit, als sie in Heyses Pensionat zur Elementarlehrerin ausgebildet wurde. »Ich höre immer noch die Stimme des Direktors: ›Jedes Kind ist eine Idee Gottes; diese zu ergründen und zur Entfaltung zu bringen, ist heilige Pflicht des Erziehers.‹«

Aber mehr noch verdankte sie Rousseaus ›Emile ou de l'éducation‹, das sie in deutscher Übersetzung wieder und

wieder gelesen hatte. »Das Kind ist«, so lehrte Rousseau, »von Natur gut, das Böse entwickelt sich erst durch falsche Erziehung. Daher muß man nicht nur Verstand und Vernunft entwickeln, nicht nur Wissensstoff vermitteln. Gefühl, Phantasie sind die eigentlich schöpferischen Kräfte, und die muß der Erzieher im Kinde entwickeln.« Wie gern hätte sie im Sinne Rousseaus den kleinen Karl gelenkt, aber sie senkte den Kopf. »Mir fehlt die Kraft.«
»Du hattest es mir schon versprochen. Oder zweifelst du, daß du ihn liebgewinnst?«
»Weil es dein Kind ist? Nein.«
»Dann versuch es!«
»Aber wenn ich versage? Wirst du mir keine Vorwürfe machen?«
Christine antwortete mit einer Umarmung.
Elise, trotz Erschöpfung, trotz Schmerzen, beschäftigte sich eine Stunde lang, dann zwei, nach einigen Tagen noch länger mit dem Kind, und allmählich regten sich verschüttet gewesene Kräfte. Sie konnte wieder Märchen erfinden wie einst für ihre eigenen Kinder und vorher für ihre Schülerinnen: Geschichten vom Mäusekönig und seiner Familie, von Riesen und Zwergen, von bösen Hexen und guten Heinzelmännchen. Einige Erzählungen zogen sich über mehrere Abende hin, und dann schlief der Knabe, in Erwartung der kommenden Ereignisse, selig ein.
Elise ließ sich von Christine Holzklötze besorgen, einfache Kegel, Würfel, Rhomben, wie sie beim Tischler abfielen; das waren nach Rousseau die richtigen Bausteine, an denen sich die Phantasie entzündete. Das sonst so zappelige Kind bekam vor Eifer glühende Backen, als es lernte, Häuser, Kirchen und Burgen aufzurichten. Schon wagte Elise, mit ihm Spaziergänge zu machen. In Gärten und Parks fütterten sie Enten und Schwäne, sie beobachteten Bienen, Schmet-

terlinge und Vögel – auch das entsprach der Methodik Rousseaus: in der Natur die große Lehrmeisterin zu erkennen.

Im Sommer hatten Karl und Elise sich so weit angefreundet, daß Christine sorglos eine Reise nach Graz antreten konnte, wo sie in einer Gastrolle verpflichtet war, und Hebbel konnte sie begleiten. So erlebte das Paar, was es sich bisher hatte versagen müssen, seine Hochzeitsreise, die beide, ganz auf sich gestellt, in ungestörter Harmonie genossen. Im Juli folgte eine zweite Reise, diesmal nach Berlin. Hier riß Christine ein vergleichsweise nüchternes Publikum zu Ovationen der Begeisterung hin. Hebbel traf mit Ludwig Tieck und mit dem Maler Cornelius zusammen, auf der Rückreise besuchten sie in Dresden Robert Schumann.

Wieder zu Hause angelangt, stürzte sich Hebbel in die Arbeit. Er vollendete die ›Julia‹, schrieb die Novelle ›Herr Haidvogel und seine Familie‹, machte Aufsätze druckfertig, darunter ›Über den Stil des Dramas‹, und arbeitete an ›Herodes und Mariamne‹ weiter. Christine mußte sich der Schwangerschaft wegen schonen, sie nahm keine neuen Rollen mehr an und konnte ganze Tage zu Hause bleiben. So beobachtete sie, wie aus dem verwöhnten, verzogenen Kind ein herzhafter Junge wurde, der beiden Frauen gleich innig zugetan war.

»Er hat sozusagen zwei Mütter«, sagte Christine.

Darauf Elise: »Vielleicht verschmelzen wir beide für ihn zu ein und derselben Person.« Es entspräche beinah der Wirklichkeit, dachte sie. Wenn Christine das Glück der Schwangerschaft genoß, erlebte sie, Elise, durch sie und mit ihr das gleiche Glück. Mehr und mehr vergaß Elise ihre Gebrechlichkeit. War sie vorher von Christine umsorgt worden, so bemühte jetzt sie sich um Christine. Als Christines Stunde gekommen war, saß sie mit der Hebamme am Bett und tat, was die Geburt erleichtern konnte, und erlebte alle Stationen mit, als wäre sie selbst die Gebärende. Als das Kind, ein Mädchen, endlich ihr in den Arm gelegt wurde, da war es ihr so gut geschenkt wie Christine. Es sah ähnlich aus wie die Söhne, die sie Hebbel geboren hatte; es hatte ja auch denselben Vater.

Etwas Seltenes und eigentlich Wundersames hatte sich ereignet. Als gebrochener Mensch, der aus eigener Kraft nicht leben konnte, unempfindlich gegen seelisches Leid und gegen Glück war sie gekommen. Jetzt nahm sie teil an einem anderen Menschen, lebte durch ihn, fast als wäre sie in dessen Haut geschlüpft. Die Identität ging so weit, daß wenige Tage nach der Geburt beide Frauen von einer fieberhaften Erkrankung befallen wurden und der Pflege bedurften; Hebbel ließ seine Arbeit liegen und übernahm geduldig diese Aufgabe.

»Sylvesterabend. Ich bin jetzt Tag und Nacht auf den Füßen, denn Elise, auf deren Hilfe wir stark gerechnet hatten, ist selbst erkrankt. ... Ich übe mich in den Pflichten eines Johanniters bis zu den niedrigsten herab, deren Schiller in seinen Distichen erwähnt, und gehe von Krankenbett zu Krankenbett.«

Am 12. Januar 1848 wurde das Kind auf den Namen Christine Elisabeth Adolphine getauft. Paten waren ein Redakteur Adolph v. Kolaczeck und Elise. Was mögen die Eltern und was mag Elise empfunden haben, als sie gemeinsam an den Altar traten: Elise, die nun zum drittenmal ein Kind Hebbels zur Taufe brachte, Christine, die bei der heiligen Handlung ihren Wunsch nach Versöhnung erfüllt sah, endlich Hebbel, der staunend und zweifelnd wahrnahm, daß ein tragischer Konflikt zu einem schwesterlichen Bündnis geführt hatte?

Einige Wochen später zeigte sich für Hebbel noch etwas

anderes: Elise war nicht mehr der willenlos dahintreibende Mensch, sie begann wieder aus eigenem Antrieb zu handeln. Er hielt diese Beobachtung für wichtig genug, sie in sein Tagebuch einzutragen:
»9. Februar. Tines Geburtstag. Elise hatte den guten Einfall gehabt, das kleine Kind sehr früh anzukleiden, wie es bei der Taufe gekleidet war, ihm einen Blumenstrauß in die Hand zu drücken und es der Mutter beim Erwachen zu bringen. Es war allerliebst.«
Indessen veränderte sich sein Verhältnis zu Elise nicht. Er wahrte weiterhin Abstand. Ihr verworrenes Leben, so formulierte er sein Verhältnis zu ihr, war wohl mit seinem Leben tief verbunden, doch »gegen den Willen der Natur und ohne rechten inneren Bezug«. Elise dagegen erwartete, er müsse den ersten Schritt tun, und so trennte sie weiterhin ein Abgrund des Schweigens.
Einmal machte sie den Versuch, sich in ein Gespräch einzulassen. Hebbel hatte zu einem Leseabend eingeladen. Sie wollte sich, wie sie es gewohnt war, zurückziehen, Christine jedoch bat sie, zu bleiben, da fertige Teile von ›Herodes und Mariamne‹ auf dem Programm standen. Also setzte sie sich neben Christine. Nachdem Hebbel über den Stoff der Tragödie und über dessen Quellen gesprochen hatte und sich anschließend ein Gedankenaustausch entwickelte, beteiligte auch sie sich, wie sie es in Hamburg, dort gleichfalls in einem literarisch versierten Kreis, ganz unbefangen getan hatte. Aber was war ihr geschehen? Hatte sich ihr Geist, dem Einfluß Hebbels so lange entzogen, zurückgebildet? Sie verhedderte sich, konnte Sätze nicht zu Ende bringen, gebrauchte, wie sie selbst spürte, banale Wendungen, bis Hebbel ihr das Wort abschnitt. Seine Heftigkeit, die sie so fürchtete, überwältigte ihn, und als Christine zu vermitteln suchte, wurde auch sie mit beleidigenden Worten abge-

wiesen. Elise, in Tränen ausbrechend, wollte aufstehen, Christine jedoch drückte sie sanft in den Stuhl zurück. Als Hebbel endlich den Deckel seines Manuskriptes aufklappte, herrschte jene rätselhafte und peinliche Atmosphäre, die Freunde des Hauses immer empfanden, wenn Elise einmal an einer Tischrunde teilnahm.

Hebbel las schlechter als sonst, da er seine Erregung niederkämpfen mußte. So hatten die österreichischen Gäste es doppelt schwer zu folgen; seine harte, vom niederdeutschen Dialekt gefärbte Aussprache machte schon Mühe genug.

Elise verstand anfangs gar nichts. Erst als sie in Christines Gesicht Hingabe und grenzenlose Bewunderung las, begann sie sich zu sammeln. Was bot sich ihr dar?

Die tragische Liebe des Königs Herodes zu der Makkabäerin Mariamne. Schön! Aber wieso war diese Liebe mit dem Geschichtsprozeß verknüpft, von dem Hebbel eingangs gesprochen hatte? Ich bin ja eine ungelehrte Frau, und das kommt mir hier, unter hochgebildeten und superklugen Menschen, erst richtig zum Bewußtsein. Aber ich kann mir nicht helfen: schon in Hamburg hatte ich die Empfindung, daß Hebbel einem fertigen Stück gern eine Theorie unterlegt, die zum Kern der Handlung nicht paßt. Eine Geschichtstragödie? Mir scheint eher, eine Liebestragödie, dargestellt an historischen Personen. Hebbel glaubt, mit diesem Stück etwas absolut Neues geschaffen zu haben? Ich finde, sein Thema ist immer dasselbe: der Mann, gesteigert zu einem herrischen, gewalttätigen, von rasenden Kräften erfüllten Koloß, der sich, von allen Seiten tödlich bedroht, zu wehren hat. »Ich gleiche dem Mann der Fabel, den der Löwe vorn, der Tiger hinten packte, dem die Geier mit Schnäbeln und mit Klauen von oben drohten und der auf einem Schlangenklumpen stand.«

Verbirgt sich hinter dieser Maske wie hinter dem Gesicht

seiner früheren Helden, des Holofernes und des Golo, nicht immer er selbst, der Dichter Friedrich Hebbel? Als er nach Hamburg kam, aber wahrscheinlich überhaupt, bis zum heutigen Tage, überall stößt er auf Widerstand, immer wittert er Feinde, ein Mensch, der mit der Welt und mit sich selbst im Widerspruch lebt.

Was hilft dem Herodes in diesem Stück, das Dasein zu ertragen? Was hindert ihn, den Rasenden, in äußerster Verzweiflung Hand an sich zu legen? Eins, die Liebe zu Mariamne, der er auf Leben und Tod verbunden ist. »Als du vor einem Jahr im Sterben lagst, da ging ich damit um, mich selbst zu töten, daß ich deinen Tod nur nicht erlebte ...«

Klang in diesen Versen nicht auf, was Hebbel ihr so oft gesagt hatte? Die Stelle eines Briefes aus Paris 1844, also vor vier Jahren geschrieben, sie wußte die Sätze fast wörtlich auswendig, sie lauteten: »Kann ich leben ohne Dich? Du, Dein edles, schönes Wesen, Deine Liebe ist mein Lebenselement; ich kann eher noch mich selbst aus der Welt denken als Dich.«

Ach, das Stück ist schwierig, kompliziert gebaut, vollgepackt mit Personen, die wie vom Fieber überhitzt sind. Nur auf Mariamne fällt ein sanftes Licht. Sie braucht keine großen Worte zu machen – man glaubt ihr, daß sie, ganz Weib, bedingungslos liebt.

Aber wie geht es weiter? Herodes rüstet für eine Reise, zu Antonius, dem Römer, der dem König übergeordnet und vielleicht ein Kaiser oder dessen Stellvertreter ist; Herodes weiß nicht, ob er lebend wieder zurückkehrt. Er kann es tragen, aber der Gedanke, daß Mariamne, Witwe geworden, einem anderen Manne gehören könne, raubt ihm die Besinnung. »Wenn ich einmal, ich selbst, im Sterben läge, könnte ich ein Gift dir mischen und im Wein dir reichen, damit ich dein im Tod noch sicher wäre.«

Das ist männlich gedacht. So seid ihr. Über das Weib verfügen, als ob es eine Sache wäre! Mariamne wäre bereit, dem Gatten in den Tod zu folgen – »aber das kann man tun, erleiden kann man's nicht«.

Sie begreifen einander nicht, der Mann und das Weib, sie lieben aneinander vorbei. An dieser Stelle wird der tragische Konflikt des Dramas bloßgelegt. Es entspricht dem Verhängnis, das Hebbel und mit ihm ich zu tragen hatten.

Was tut Herodes vor seiner Abreise? Er dingt einen Mörder, der Mariamne mit dem Schwert umbringen soll, falls er, der König, nicht zurückkehren sollte. Der Gedungene verrät seinen Auftrag. Mariamne, zur Sache herabgewürdigt, fühlt sich allein durch den Mordbefehl als Mensch umgebracht.

Das gibt es auch im gewöhnlichen Leben, und ich habe es erfahren, daß einer, ohne daß ihn der Dolch trifft, ohne daß er Gift schluckt, als Mensch umgebracht wird. War ich, als Hebbel mich wie ein abgetragenes Kleidungsstück fortwarf, nicht auch ein gemordeter Mensch?

Mariamne schleudert ihm ins Gesicht: »Du hast in mir die Menschheit geschändet. Meinen Schmerz muß jeder teilen, der Mensch ist wie ich selbst, er braucht mir nicht verwandt, er braucht nicht Weib zu sein wie ich ... Und wenn der Mensch in mir so tief durch dich gekränkt ist, sprich, was soll das Weib empfinden, wie steh ich jetzt zu dir und du zu mir?«

Solche hohen Worte hätte ich nicht finden können. Aber sie treffen das, was ich erdulden mußte.

Jetzt geht mir etwas auf. Hebbel hat in seinen einleitenden Worten gesagt: Die Mariamne ist nicht nur für Christine geschrieben worden, sie *ist* Christine. Er wird es selber glauben, denn der Unwahrhaftigkeit kann ich ihn nicht beschuldigen.

Aber er ist einem Irrtum erlegen. Dargestellt hat er in der Mariamne mein Schicksal.

»Wie steh ich jetzt zu dir und du zu mir?« Auf diese Frage, die ich stumm in mir trage, hat er geschwiegen bis heute. Dagegen hat er die Schuld, die ihn drückt, ins Licht dieser Tragödie gehoben.

Was ich eben erkannt habe, werde ich in mir verschließen. Wenn er sich mir ausschweigt, über meine Lippen soll die Frage nicht kommen: Wie steh ich jetzt zu dir und du zu mir?

Hebbel gelang es nicht, mit Elise ins reine zu kommen. Auch er suchte Versöhnung und Frieden, aber er fand sie auf seine Weise, nämlich in der Einsicht, daß sein Schicksal nach dem Gesetz der Notwendigkeit so und nicht anders hatte verlaufen müssen.

»Im Begriff der Notwendigkeit wohne ich seitdem wie in einer Burg. Er waltet über mir wie über meiner Kunst, in der mein Ich am geläutertsten hervortritt und mit der ich mich mehr und mehr völlig identifiziere. Von ihm allein gehen Versöhnung und Friede aus.«

Er schrieb diese Sätze an Amalie Schoppe, mit der ihn nur sehr oberflächliche und meist ungute Erinnerungen verknüpften. Hätte er sie zu Elise gesprochen, sie hätte ihn vielleicht verstanden.

So lebten sie weiter stumm nebeneinander her. Trotzdem nahm Elise an seinem Wohl und Wehe teil. Wenn Christine um Hebbel zitterte, und dazu gab es in diesem Jahr 1848 Anlaß genug, dann zitterte Elise mit ihr.

Die Märztage brachten den Ausbruch der Revolution, deren vulkanisches Beben Hebbel vorausgespürt und als revolutionärer Dichter, wie er meinte, mit heraufbeschworen hatte. Es hielt ihn nicht zu Hause, er eilte zu den öffentlichen Plätzen, auf denen sich die Volksmassen sammelten und für Pressefreiheit, Nationalbewaffnung und Verfassung demonstrierten. Hebbel, der für Geschichtsprozesse ein so empfindliches Organ besaß, erlebte zum erstenmal – nicht durch Bücher, sondern als unmittelbarer Zeuge – die harte Wirklichkeit einer weltgeschichtlichen Wende. Während er selbst in der vordersten Reihe der Demonstranten stand, trat Gardeinfanterie an, Geschütze wurden aufgefahren, Schüsse fielen. Das erste Opfer, ein Wiener Arbeiter, sank neben Hebbel zu Boden. Schon verbreitete sich das Gerücht und erreichte auch die beiden Frauen, der Dichter Friedrich Hebbel sei tödlich getroffen worden. Erst als er, völlig erschöpft, zu Hause anlangte, wurden die Frauen aus ihrer Ungewißheit befreit.

Hebbel ließ sich von den Fahnen, von den schmetternden Musikzügen, den Sprechchören und den Gesängen der Menge hinreißen. »Ich lebe jetzt in einem anderen Österreich, in dem ich sicherer bin als Fürst Metternich.« Bald aber packte ihn, den überaus Empfindsamen, das Entsetzen, als sich die Kehrseite der Revolution zeigte: Brutalität, Zerstörungswut, Mordlust. »Man reißt jetzt das Pflaster des Staates und der Gesellschaft auf. Ich habe dabei ein eigentümliches Gefühl. Mir ist, als ob dem Bau, der jetzt zerstört wird, uralte Erfahrungen zugrunde lägen, aus Zuständen gewonnen, wie sie jetzt wieder im Anzug sind, als ob jeder Pflasterstein auf der umgekehrten Seite die Inschrift trüge: auch wir wissen, daß dies ein Pflasterstein ist, wenn wir ihm gleich das Bild eines Gottes aufgeprägt haben. Seht ihr zu, wie ihr ohne Pflastersteine, die man für mehr als Pflastersteine hält, fertig werden wollt!«

Nicht Zerstörung, Reform sollte nach seiner Einsicht das Programm der Revolution sein, und um dafür kämpfen zu können, meldete er sich als Kandidat für den neu zu wählenden Reichstag; er wurde jedoch seiner dänischen Staatsangehörigkeit wegen abgewiesen. Nun ließ er sich für das Frankfurter Parlament aufstellen. Als er in der Leopoldvorstadt zu den Massen sprach, verstanden die meisten seine norddeutsche Aussprache nicht, und wer ihn verstand, billigte nicht seine politischen Ideen. Nachdem er auch hier

kein Glück hatte, plante er die Herausgabe einer Zeitschrift, die den bezeichnenden Titel ›Reform‹ tragen sollte. Leider fand er in dieser aufgeregten Zeit weder einen Verleger noch Mitarbeiter.
Im Mai drangen Nationalgardisten mit geladenen Musketen bis zum Kaiser vor und überreichten ihm eine Petition. »Alles jubelte, ich hätte fluchen können. Von welchen Hammeln diese Revolutionsherde geleitet wird!« Der Hof verließ Wien, und die Hauptstadt war den Revolutionären überlassen. Hebbel, inzwischen in den Vorstand des Schriftstellervereins gewählt, regte die Entsendung einer Deputation an, die nach Innsbruck fahren und den Kaiser zur Rückkehr auffordern sollte, damit »Ruhe und Ordnung« wiederhergestellt werden könne. Die Petition, von Hebbel vorgetragen, hatte keinen unmittelbaren Erfolg, der Hof blieb in Innsbruck, doch nun trat die Reaktion zum Gegenstoß an. Die Kaiserstadt Wien wurde bombardiert, darauf durch Militär besetzt.
Hebbel, erschreckt, daß Brutalität mit Brutalität beantwortet wurde, flüchtete nunmehr in die Kunst. »Mein Talent hat mir nie größere Dienste geleistet, es war die Schwimmblase, die mich über Wasser hielt. Während der schlimmsten Zeit schrieb ich die Hauptsachen des fünften Akts meiner ›Mariamne‹.«
Ein Gutes hatte die Revolution erbracht. Metternich war gestürzt worden, die Zensur gelockert, Presse und Theater bekamen größeren Spielraum. Der Intendant von Holberg erinnerte sich an den Dichter Friedrich Hebbel und erklärte sich bereit, die ›Julia‹ und die ›Maria Magdalena‹ aufzuführen. Dazu Hebbel: »Wer Kind genug wäre, sich darüber freuen zu können! Mir schmeckt das Ei nicht, das der Weltbrand geröstet hat.«
Als erstes Stück – am 8. Mai – brachte das Burgtheater

›Maria Magdalena‹. Christine spielte die Hauptrolle, Elise saß im Parkett. Beide Frauen, die eine als Darstellerin, die andere als Zuschauerin, erlebten im Spiegel der Dichtung ihr eigenes Schicksal, das der verlassenen Mutter. Christine wuchs über sich selbst hinaus. Hebbel sagte: »Tine legte ein zerfleischtes Herz auf eine mich so erschütternde Weise bloß, daß ich für sie zitterte und bebte.«

Was die Aufführung für Elise bedeutete, blieb ihm verborgen. Sie nahm an dem kleinen Fest, das Freunde für Hebbel und Christine gaben, nicht teil, sie zog sich auf ihr Zimmer zurück und bedachte diesen für sie so denkwürdigen Theaterabend. Hatte sie nicht früher die ›Maria Magdalena‹ nur unter Tränen gelesen? Heute, als das Stück, von großartigen Schauspielern verwirklicht, über die Bühne ging, vergaß sie die Handlung, identifizierte sie sich – nicht mit der Klara – sondern mit Christine, die durch Sprache, durch Schweigen, durch ein blasses, versteinertes Gesicht Klaras Weg zum Brunnen als Opfergang deutete.

Elise machte sich klar: Ich bin nicht mehr das gebrochene Weib, als das ich gekommen bin. Ich bin stärker geworden. Die Vergangenheit schmerzt mich nicht mehr. Warum nehme ich nicht Abschied und kehre nach Hamburg zurück? Wien ist hübsch, graziös, aber die herbe Luft Hamburgs paßt eher zu mir. Ich entbehre auch die Menschen mit ihrem Plattdeutsch. Ich sehne mich nach meiner Mutter und meinem Stiefvater Ziese.

Christine – niemand auf der Welt steht mir so nahe. Aber auch ihretwegen sollte ich gehen. Ich werfe einen Schatten auf ihr Glück. Ich bin ein Fremdkörper in der Familie, solange Hebbel sich mir verschließt, und er wird es in alle Ewigkeit tun.

Aber Karl, das Kind! Er hat sich so an mich gewöhnt, und ich liebe ihn wie einen eigenen Sohn. Wenn ich abreise,

werde ich allein sein. Keine Kinderhand wird in meiner Hand liegen.
Was soll ich tun? Ich weiß nur, daß ich fort muß.
Zögernd öffnete sie sich Christine. Die zeigte sich gar nicht überrascht. Elises Gesundung hatte sie dankbar beobachtet. Daß diese wieder auf eigenen Füßen stehen wollte, konnte Christine verstehen. Aber sie möge noch etwas warten, Karls wegen; sie wußte niemanden, der sich seiner annahm.
Der Name Karl fiel immer, wenn von Elises Abreise die Rede war. Schließlich sprach Christine aus, was Elise sich wünschte, aber als unerreichbar von sich gewiesen hatte. »Wenn du ihn mitnähmest ...«
»Das kann ich deinetwegen nicht.«
Eines Tages hatte Christine sich durchgerungen. »Er würde es gut bei dir haben. Das ist das Wichtigste. Du wärest nicht allein und hättest eine Aufgabe, das ist nicht weniger wichtig. Und du bekämest ein Pfand, das dich mit uns verknüpfte.«
»Aber du – kannst du ihn entbehren?«
»Wir beide werden uns regelmäßig schreiben. Das ist kein Ersatz, wirst du sagen, aber Hebbel und ich können dich besuchen. Ich habe in Berlin zu spielen, und vielleicht erinnert sich auch Hamburg an mich.«
Am 26. August dieses Jahres 1848 war es soweit. Hebbel notierte: »Heute abend reist Elise wieder nach Hamburg zurück und nimmt den Knaben mit. – Eine Periode, von der ich nicht weiß, ob sie segenbringend war oder nicht. Der erste Zweck wurde freilich erreicht: sie wurde ihrer Selbstquälerei entzogen.«
Dieser nüchternen Eintragung folgte eine andere, die fast den Ton seiner früheren Briefe hatte: »Werde nicht krank! Und wenn du krank wirst, werde wieder gesund!«

Am nächsten Tag fügte er noch einen Satz hinzu, der zeigte, wie sehr er im verborgenen mit Elise gelitten hatte und wie tief das Siegel der Schuld ihm eingebrannt war. »Ich wollte, du arme Seele, es gäbe einen Himmel, damit du für alle deine Leiden Vergeltung erhieltest, ich wollte es, obgleich es für mich dann auch eine Hölle gäbe!«

»Durch mein stetes Alleinsein habe ich mich gesammelt ... Es ist die Gelassenheit des Gemütes. In Wien war ich aufgelöst, zum Teil nicht ich selbst – ich habe mich wiedergefunden und abgeschlossen.«

So schrieb Elise zum 17. Februar 1850, Christines fünfunddreißigstem Geburtstag. Vorher schon hatte sie fleißig Briefe nach Wien geschickt, hatte über Karls Befinden, über die sorgfältige Erziehung, um die sie sich bemühte, über sein Verhalten in der Schule berichtet, und immer hatte sie Christine ihrer Liebe und Dankbarkeit versichert. Aber fast zwei Jahre hatte sie gebraucht, bis sie sich »gesammelt« hatte und bis sie über ihr Verhältnis zu Hebbel und über ihr wiedererwachtes Selbstbewußtsein sich selber Rechenschaft ablegen konnte. Jetzt trieb es sie, Christine zu sagen, daß sie »abgeschlossen« habe und in der »Gelassenheit des Gemüts« lebe. Und sie gab dazu die Begründung. »Ach, es ist ein schlimmes Ding um den Menschen, daß er erst durch Unglück und harte Schicksalsschläge geläutert wird; die Natur sollte wenigstens diejenigen, die sie sich zu ihren Opfern erkiesen hat, auch mit mehr Kraft ausrüsten und von vorneherein Temperament und Charakter danach gestalten. Aber dem ist nicht so: erst nachdem man sein Herzblut vergossen hat, die Gesundheit gelitten, wird man das, was man schon von vorneherein hätte sein sollen, und kommt man auf die Stufe zu stehen, wo man herab auf so viele Dinge schaut. Über diese Dinge möchte ich mit jemand, der mich versteht, den ganzen Tag sprechen.«

Sie weiß, daß sie die Überwindung nicht allein geschafft

hätte. »Daß unser Verhältnis sich so rein gestaltete, verdanke ich meinem Dortsein, Eurem Ruf, nach Wien zu kommen. So viel Schmerzensstunden mir in jener unvergeßlichen Stadt auch bestimmt waren – nimmer würde es sich gewendet haben, hätt' ich nicht Dich und alles dort selbst kennen gelernt. Jetzt ist unser Verhältnis gewiß eines von denen, deren es wenige gibt.«

Ohne Neid kann sie schreiben: »Genießt Euer Glück, denn Ihr seid glücklich.« Und mit dem Blick auf Hebbel fährt sie fort: »Wie so manche schöne Stunde wird durch die nicht zu beherrschende Leidenschaft getrübt, die ohne diese Qual hätte vorübergehen können.«

Wieder beruhigt sie Christine, daß sie sich Karls wegen nicht zu sorgen brauche. »Daß Du Sehnsucht empfindest, Dein Kind wiederzusehen, begreife ich am ehesten. Nur weil Du mich kanntest und überzeugt sein konntest, wie Dein Kind bei mir aufgehoben, daß es zu seinem eigenen Besten war, wenn es mit mir ging, konnte Dich zu dem Schritt bestimmen, und ich bin überzeugt, Du bereust es nicht. – Er ist es ja allein, auf den ich meine Sorgfalt, Liebe und Mühe verwende, weiter steht mir nichts zur Seite, denn ich habe weiter nichts auf der Welt.«

Auch in diesem Brief geht sie auf Ziel und Methode ihrer Erziehung ein. »Ich lasse ihn seine Kinderjahre genießen, gebe ihm so viel Freiheit, als es sich irgend mit einer guten Aufführung verträgt; ich sorge für seine körperliche und geistige Entwicklung. Er muß aber folgsam aufs Wort sein. In bezug auf sein Lernen schenk ich ihm nichts, er hat seine Spielstunden erst dann, wenn er seine Arbeiten gemacht... Eins möchte ich aus ihm bringen: seine Feigheit. Er läuft, wenn ihn nur ein Knabe anschaut und ihm droht ... Nun, die Zeit ändert die Kinder oft ganz um ...«

Zu Hebbels Geburtstag (18. März) wird sie nicht schreiben,

bekennt sie im gleichen Brief. »Da mein Glückwunsch das Porto nicht aufwiegt, übernimm Du es, an jenem Morgen den meinigen mündlich abzustatten.« Anders ausgedrückt: sie hat ihm so wenig zu sagen, daß es das Porto nicht wert ist.

Den Namen Hebbel kürzt sie an dieser Stelle mit ›He‹ ab. Sonst setzte sie, wohl nicht von ungefähr, für den Namen lediglich ein großes ›H‹. Ganz selten hat sie den Namen ausgeschrieben.

Elises Briefe aus Hamburg sind, von wenigen Ausnahmen abgesehen, an Christine gerichtet. Von Christine stammen auch die Antworten; gelegentlich legte sie – hinter Hebbels Rücken – ihren Briefen Geld bei. Hebbel schickte regelmäßig das Pensionsgeld für Karl, das zwar knapp, doch wohl im ganzen ausreichend gewesen ist. Sonderausgaben wie Arztrechnungen, Schulgeld, Kosten für einen Turnunterricht mußte Elise anmahnen.

Hebbel, der die Schrecken der Armut nicht vergessen konnte, drehte den Groschen zweimal um, ehe er ihn ausgab. »Warum hat der Arme, der reich wird, noch immer so viel Respekt vor dem Gelde, daß er es nur selten auszugeben wagt, wenn er anders nicht ein unbedeutender Mensch ist? Weil es ein Verhältnis ist, als ob ein Sklave dem Herrn, dem er so viele Jahre gedient hat, plötzlich befehlen sollte; er würde sich ungeschickt dabei benehmen.« Dennoch ist er sich seiner Verpflichtung Elise gegenüber bewußt. »Welchen Furien würde ich anheimfallen, wenn ich nicht Gelegenheit erhielte, so manches, so unendlich vieles an Dir wieder gutzumachen.«

Während Elise zu der Person Hebbel Abstand wahrt, nimmt sie an seinem Schaffen auch jetzt lebhaften Anteil. »Wie steht es mit H.? Ist sein Geist wieder tätig?« Solche Fragen kehren in den an Christine gerichteten Briefen wieder. Sie erbittet sich ein Exemplar seiner Neuerscheinungen und mahnt sie an, wenn sie nicht sogleich geschickt werden. Sie will hören, wie die ›Judith‹ und die ›Mariamne‹ bei den Wienern angekommen sind. Sie freut sich jedesmal, wenn sie in einem Journal Nachrichten über den Dichter Friedrich Hebbel oder die Hofschauspielerin Christine Hebbel findet. Daß ›Agnes Bernauer‹ in München über die Bühne gegangen und der Autor vom Königspaar empfangen worden ist, vermerkt sie mit Stolz.

Ihr Wunsch, Christine und Hebbel in ihrem Heim zu sehen, erfüllte sich im Juli 1850 und ein zweites Mal, gleichfalls in den Theaterferien, im Juli des folgenden Jahres. Dieses Mal begleitete das Paar Emil Kuh, Hebbels Sekretär und späterer Biograph. Ihm war Elise als Hebbels Cousine vorgestellt worden, er ahnte nicht, wen er vor sich hatte, muß aber in ihrem Auftreten und in ihrem Gesicht etwas von ihrem Schicksal gelesen haben, denn er erwähnt in seinen Notizen die »geknickte, aber tapfer sich aufrecht haltende Leidensgestalt des schmächtigen alten Mädchens und die mit eitel Seelengüte genährten Züge ihres Antlitzes«.

Hebbel war Elise wie in Wien mit reservierter Höflichkeit gegenübergetreten und konnte selbst jetzt, in der Rolle des Gastes, seine Heftigkeit nicht immer zügeln. Wenige Tage nach dem Abschied richtete sie zum erstenmal einen ausführlichen Brief an ihn und tat, was er ängstlich vermieden hatte: sie beschwor noch einmal – nun mit dem Blick eines Menschen, der überwunden hatte – die gemeinsame Vergangenheit. Sie äußerte sich freimütig, furchtlos. »Du stehst mir ja nicht gegenüber, also Deine Heftigkeit kann mich nicht wehr- und wortlos oder stumm machen.«

Sie erklärte, warum sie damals überhaupt nach Wien gekommen war und in welchem Zustand sie sich befunden hatte. »Im ersten vollen Schmerz reiste ich hier ab, kaum wissend, was ich tat ... in jener Zeit, nur von einem einzigen Gedanken, einem Gefühl mächtig beherrscht: vor meinen Ohren tönte das herzzerreißende Schreien des gequälten, gemarterten Kindes, vor meinen Augen sah ich die von Schmerz und Krämpfen entstellten Züge – meine Seele war mit ihm zusammengewachsen, sie war zerrissen – sein sterbender Blick – der letzte süße Laut ›Mama‹ – ach, man muß Mutter zweier liebender Geschöpfe gewesen sein und sie beide verloren haben, um das zu empfinden! Dann war mein innigster Wunsch zu sterben, hatte auch den Glauben daran, und doch wollte ich Euch noch einmal sehen. Ich hatte ja auch Tine weh getan, das wollte ich wiedergutmachen. Seit vielen Monaten hatte ich so gut wie keinen Schlaf gehabt, gegessen nur so viel, um kaum die Kräfte zum fortwährenden Nachtwachen aufrecht zu erhalten – so kam ich nach Wien.«

Jetzt kam der eigentliche Vorwurf. »Ganz als wäre nichts vorgefallen, empfingst Du mich. Ich mußte, statt mich auszusprechen, alles verschließen. Es gibt viele Mütter, die ihre Kinder verlieren, dann haben sie tröstend den Gatten zur Seite – fehlt auch der ... Nur wer so gewaltig die Mutterliebe empfunden hat, der wird auch eben so allgewaltig von Schmerz beherrscht sein.«

Diese seine wirkliche oder nur scheinbare Gleichgültigkeit der Vergangenheit gegenüber sollte für Elise nunmehr »abgetan« sein. Aber seine Heftigkeit, unter der sie in Wien und auch bei den Hamburger Besuchen gelitten hatte!

»Deine Heftigkeit wirst Du nie ablegen, wenigstens nicht gegen Personen, gegen die Du wahr bist. Du selbst schriebst einst: Sollte ich aufhören, heftig zu werden, so müßte ich falsch werden. – Nur, daß Deine Heftigkeit, seit ich in Wien war und jetzt hier zweimal gegen mich mit einer gehässigen Bitterkeit gemischt war und Du Dich immer bemühtest, mich herunterzusetzen ...«

Es sollte ihm doch nicht schwerfallen, meinte sie, in ihr eine gute Freundin oder eine Schwester zu sehen; mehr wollte sie ja nicht.

»Ich bin mit meiner Lage zufrieden und erkenne, daß es so kommen mußte, solltest Du glücklich werden und nicht untergehen. Der Himmel hat für Dich doppelt gesorgt, indem er Dir die beste Seele zur Gefährtin gab, die zugleich in dem, was Kunst und Bildung betrifft, Dir würdig zur Seite steht.«

Warum also sich gegenseitig Schmerzen und Unruhe bereiten?

»Tine ist mir eine treue Freundin und Schwester, so sei Du mir ein Gleiches. Irre ich nicht – ich lernte Dich 1834 zu Ende des Jahres oder 1835 kennen, also vor neunzehn Jahren. Und laut meines Taufscheins bin ich 1804 geboren, werde also Oktober das verhängnisvolle fünfzigste Jahr erreichen, wo es schon heißt, ein Menschenalter; da kann man jedes Jahr als das letzte betrachten.«

Elise schrieb diesen Brief am 10. April 1853. Im Juli darauf bekam sie Besuch von Christine mit ihrem Töchterchen Titi, das Elise wie ihr eigenes liebte. Vierzehn Tage später kam Hebbel. Diesmal sah er nicht an Elise vorbei. Zum erstenmal entdeckte er Spuren eines körperlichen Leidens an ihr und schlug vor, sie solle im Frühjahr nach Bad Ems zur Kur gehen. Sie winkte ab. Ihr Wunsch, einmal mit den einzigen Menschen, die ihr nahestanden, ungetrübte Tage und Wochen zu verleben, erfüllte sich eben jetzt. Über diesem Glück vergaß sie Schmerzen und Atemnot.

Im folgenden Jahr verschlimmerte sich ihr Leiden. Seit September lag sie hoffnungslos darnieder. Am 18. November erlöste sie der Tod.

Einer ihrer letzten Briefe, Anfang September auf dem Sterbebett an Hebbel gerichtet, mit zitternder Hand geschrieben, begann »Mein lieber Freund« und schloß: »Tausend Küsse!« Sie konnte kaum von anderen Dingen berichten als von ihren körperlichen Qualen, fügte jedoch hinzu: »Sorget nicht für Karl. Er schläft seit einem Jahr bei Mutter, in einem andern Zimmer. Ich sorge für seine Gesundheit.«

Und ihr letzter Brief, auch an Hebbel gerichtet, in einer aufgelösten, kaum lesbaren Handschrift gekritzelt, enthält die Sätze: »Ich schließe Euch alle an mein Herz ... Bis in die Ewigkeit ich Euch lieb ...«

Am 21. November wurde sie auf dem Friedhof St. Georg »mit sieben anderen Armen« beerdigt.

Das Armenbegräbnis darf Hebbel nicht angerechnet werden. Noch wenige Tage zuvor hatte er eine ansehnliche Summe geschickt, wie sein korrekt geführtes Ausgabenbuch ausweist. Geld für eine würdige Bestattung wäre also vorhanden gewesen; wahrscheinlich haben die Verwandten anders über dieses Geld verfügt.

Er selbst kam nicht zur Beerdigung. Vielleicht schreckten ihn Ritual und Leichenpredigt; er verbat sich ja später beides für seine eigene Beerdigung. Vielleicht auch konnte er, der ihr Leiden schmerzlich mit empfunden hatte, den Tod nicht als Unglück aufnehmen. Er schrieb in sein Tagebuch:

»Elise ist nicht mehr; am 18. November 1854 gegen Morgen ist sie verschieden. Lange vorher schon war für sie nichts mehr zu hoffen und also nur der Tod noch zu wünschen; so erschütterte mich die Schmerzenskunde denn im Moment des Eintreffens nicht so sehr, als sie in mir nachzitterte und nachzittern wird! Welch ein verworrenes Leben; wie tief dem meinigen verflochten, und doch gegen den Willen der Natur und ohne den rechten inneren Bezug! Dennoch werde ich niemand lieber als ihr in den reineren Regionen begegnen, wenn sie sich mir dereinst erschließen.«

Hebbel vermied es fortan, den Namen Elise zu nennen. Fürchtete er, selbst die Tote könne einen Schatten auf seine Ehe werfen? Auch in schriftlichen Äußerungen erwähnte er sie nicht. 1861, als er seinen Bruder in Holstein besucht hatte, fuhr er über Hamburg nach Berlin weiter. Bei seinem Aufenthalt in Hamburg führte ihn sein Weg in die Nähe des Friedhofs, auf dem Elise und die beiden Kinder lagen; er ging vorüber. Der Brief, den er am Abend an Christine richtete, erzählt ausführlich vom Bruder und dessen Lebensumständen; über Elise fiel kein Wort.

Trotzdem mögen gewisse Andeutungen in seinen Tagebüchern sich auf sie beziehen. Warum hatte er sich vor der Lebenden in eine Zone des Schweigens zurückgezogen? Und warum hatte er ihr Andenken scheinbar aus seinem Gedächtnis verdrängt? Zwei Jahre nach ihrem Tode notierte er: »Es ist eine bekannte Erfahrung, daß der Mensch die Beleidigungen, die er empfängt, leichter vergibt und vergißt als diejenigen, die er anderen zufügt. Dieser Zug, mag er ihm nun zur Ehre oder zur Schande gereichen, ist jedenfalls ein Beweis für den hohen Adel seiner Natur. Sie verträgt die Selbstbefleckung nicht und haßt den Gegenstand, der sie zu einer solchen verleitete.« Im gleichen Jahr fand er für sein Verhalten die folgende Erklärung oder Beschönigung: »Nicht sein Herz zu entblößen, ist die Keuschheit des Mannes.«

Vielleicht wollte er auch nicht zurückblicken, um sich der Gegenwart unbelastet stellen zu können. Durfte er nicht mit Recht sagen, daß er »die Höhe seiner Existenz« erreicht hatte? Er besaß ein schönes Heim, hatte die beste, die einzig ihm gemäße Frau gewonnen, seine Tochter »erblühte lieblich« unter seinen Augen, er hatte Freunde. Mit seiner eigentlich immer schwankenden Gesundheit konnte er zufrieden sein, und seinem Schaffen war endlich Erfolg beschieden. Wenn von einem bedeutenden Dramatiker nach Schiller und Kleist die Rede war, wurde sein Name genannt. Das Burgtheater, das ihm so lange verschlossen gewesen war, ließ nach dem Erfolg von ›Maria Magdalena‹ und ›Judith‹ im folgenden Jahr 1849 ›Der Rubin‹ aufführen und ›Herodes und Mariamne‹, das Stück, auf das er große Hoffnungen setzte; leider war es mit eisigem Schweigen aufgenommen worden. In München war die ›Agnes Bernauer‹ erfolgreich über die Bühne gegangen, und im Januar 1854 erlebte die ›Genoveva‹ im Burgtheater unter lautem Beifall ihre Uraufführung. Nach jedem Akt wurde Hebbel herausgerufen, und als am Schluß er und Christine, Hand in Hand, vor den Vorhang traten, erhob sich das Publikum von den Plätzen.

Was konnte er noch wünschen?

Der erniedrigende Kampf gegen Armut und Hunger war überstanden. Dankbar berichtete er: »Das Mittagsmahl und besonders die bei einem Glase Bier und einem Butterbrot verplauderte letzte Abendstunde ist mir immer ein Fest, und ich nähre keinen andern Wunsch mehr als den natürlichen, daß es bleiben möge, wie es ist.« Trotzdem war seine Freude nicht rein. Die herbstliche Melancholie, die sein Leben begleitet hatte, verdichtete sich. »Es kann nach der Natur der Dinge nur noch heruntergehen; meine Gesundheit wird wankend werden, das Talent wird schwinden.«

»Soweit im Leben ist zu nah dem Tod« lautete das Thema eines Gedichts, das er 1844 in Paris geschrieben hatte. 1852 entstand in Wien das ›Herbstlied‹.

Dies ist ein Herbsttag, wie ich keinen sah!
Die Luft ist still, als atmete man kaum,
Und dennoch fallen raschelnd, fern und nah,
Die schönsten Früchte ab von jedem Baum.
O stört sie nicht, die Feier der Natur!
Dies ist die Lese, die sie selber hält,
Denn heute löst sich von den Zweigen nur,
Was von dem milden Strahl der Sonne fällt.

Er war sich der Flüchtigkeit des Augenblicks bewußt. »Der Greis nimmt, indem er genießt, bewußt auch immer schon Abschied von den Dingen. Ich bin kein Greis, aber ich ertappe mich oft schon auf ähnlichen Empfindungen.«
Selbst seine Erfolge wollten ihm nicht recht mehr schmekken. Dagegen erfreuten ihn kleine Ereignisse wie der Besuch eines Pfarrers Filtsch. Dieser Mann war aus Siebenbürgen gekommen, um eine Aufführung der ›Judith‹ zu sehen und dem Dichter seine Aufwartung zu machen. »Er näherte sich dem Dichter«, sagte Hebbel, »wie dem Holofernes die Gesandten aus Mesopotamien. Dergleichen tut mir wohler als alle Kritiken.«
Seine Schaffenskraft blieb ihm gleichwohl erhalten. Im Dezember 1855 erschien die Buchausgabe der Tragödie ›Gyges und sein Ring‹, im Jahr 1859 das Versepos ›Mutter und Kind‹. 1860 wurde die Trilogie ›Die Nibelungen‹ abgeschlossen. Sie erlebte ihre Uraufführung 1861 in Weimar und die Wiener Erstaufführung im darauffolgenden Jahr. Er besorgte die Gesamtausgabe seiner Gedichte für Cotta, schrieb nebenher Rezensionen und erledigte eine umfangreiche Korrespondenz.
Die ›Nibelungen‹ weckten, vor allem bei der akademischen Jugend, Stürme der Begeisterung. Die Wiener Studentenschaft gab ihm zu Ehren zwei feierliche Kommerse, an

denen er wohl mit Stolz, doch durch Krankheit geschwächt und von Schmerzen gequält, teilnahm. Die Ahnung, daß er früh sterben werde, verstärkte sich. Bereits 1856, also im Alter von dreiundvierzig Jahren, setzte er sein Testament auf.

»Der Tod ist gewiß, die Stunde aber ungewiß, sagt ein schöner alter Spruch. Ich habe mich daher, obgleich ich mich voller Gesundheit und des Gebrauchs aller meiner Kräfte erfreue, am heutigen Tage entschlossen, mein Haus zu bestellen und meinen letzten Willen zu Papier zu bringen.

Was zunächst mich selbst betrifft, so wünsche ich, auf die möglichst einfache Weise zur Erde bestattet zu werden. Meinen teuren Hinterbliebenen überlasse ich mit Ruhe die Sorge, mich gegen die Gefahren sicherzustellen, die sich an den Scheintod knüpfen. Am liebsten wäre es mir, wenn mein Leichnam den Flammen übergeben würde, wie es bei den Alten geschah; denn von Jugend an habe ich mich vor dem Wurm geschaudert, und mein Wunsch steht mit dem Grundprinzip der christlichen Religion nicht im Widerspruch. Kann dies jedoch nicht geschehen, ohne den stillsten Akt zu einem lauten zu machen, so muß es davon sein Abkommen haben. Nur in jedem Falle keine Todesanzeigen, keine Trauerzettel, kein Leichengefolge und keine Reden am Sarg.

Zur Universalerbin meines ganzen Nachlasses, bestehe er nun in liegenden Gründen und in barem Vermögen oder in literarischen Werken und daher entspringenden Rechten und Forderungen, setze ich meine teure Gattin Christine, geborene Engehausen ein. Es ist nur ein kleiner Dank für ihre große Liebe, denn unendlich bin ich ihr verschuldet, und ich sage nicht zuviel, wenn ich die Überzeugung ausspreche, daß ich ohne sie längst Staub und Asche sein würde ...«

Der letzte Satz übertreibt nicht. Zwar half ihm auch sein elementarer Schaffenstrieb, der zunehmenden Gebrechlichkeit zu begegnen. Noch auf dem Sterbebett beschäftigten ihn Fragment gebliebene Pläne (›Moloch‹ und ›Demetrius‹), das in der Skizze steckengebliebene Christusdrama, die Gesamtausgabe seiner Werke. Es stärkte ihn auch die Liebe zur Natur, die sich von Jahr zu Jahr, besonders mit dem Erwerb eines Landhauses, vertiefte.

Hebbel und Christine hatten sich während einer Sommerreise in die Landschaft am Traunsee verliebt, der eher in der Nachbarschaft Salzburgs als Wiens liegt. 1855 wurde ihnen ein Haus in Orth bei Gmunden angeboten, und sie griffen zu. Hier hatte die Familie See, Wald, Hügelgelände und das Felsenmassiv des Traunsteins vor der Tür. »Ich fühle mich jetzt wieder unendlich zur Natur hingezogen. Die Gedanken der Menschen verlieren Tag für Tag mehr in meinen Augen, und die Gedanken Gottes treten wieder an ihre Stelle. Man wird so von neuem Kind, aber mit Bewußtsein und darum für immer.« Wieder zeigte sich Hebbels Fähigkeit, zu Tieren ein nahes, schwer zu enträtselndes Verhältnis zu gewinnen. Ein Eichhörnchen, Lampi genannt, gewöhnte sich ans Haus, schlief in einem zusammengebastelten Bett, bekam seine Mahlzeiten und erwiderte Küsse und andere Zärtlichkeiten. Als es starb, war Hebbel tief betroffen. Lampi hatte ihn gelehrt, »in allem, was lebt und webt, ein unergründliches göttliches Geheimnis zu suchen, dem man durch Liebe näher kommen kann. So hat das Tier mich veredelt und meinen Gesichtskreis erweitert. Wenn ich nun gar die Unsumme von Freude und Heiterkeit aufzählen sollte, die es für seine paar Nüsse und seinen Fingerhut voll Milch ins Haus brachte, so würden wir wie arme Schächer dastehen, die ihre Schuld nie bezahlen können.«

Aber die eigentliche Kraftquelle blieb für Hebbel die Ehe.

Was ihm Christine bedeutete, nämlich eine Erfüllung all dessen, was er vom Weibe erwartete, sagt das Distichon aus, das er ihr 1854 als Weihnachtsgeschenk überreichte. »Möge der alte Homer, der größte der Dichter, dir sagen, daß du mir Helena bist, aber Penelope auch.« Das bezeugen ebenfalls die vielen Briefe, die er ihr von seinen Reisen schickte. Als er im Revolutionsjahr 1848 die Schiffsreise auf der Donau mitmachte, schrieb er: »Ich habe für alles nur ein halbes Herz, die zweite Hälfte ist bei Dir.« In Linz angelangt, sandte er sogleich die Zeilen: »Ohne Dich ist die Welt mir nichts; habe ich Dich, so kümmert es mich nicht, ob wir unsere Bettel verlieren oder behalten.« Als er 1852 in München von Verpflichtung zu Verpflichtung gehetzt wurde, schrieb er: »Weißt Du, was mich diese drei Tage aufrecht erhalten hat? Einzig und allein der Gedanke an Dich oder vielmehr das Gefühl von Dir!« Und drei Tage später: »Deine bloßen Schriftzüge sind für mich elektrisch, als ob ein Teil Deines Wesens in sie übergegangen wäre ...« Am 3. März: »Könnt ich doch mein Herz in ein einziges Wort pressen und es Dir schicken.« Zwei Tage später: »Edles, so oft verkanntes Herz, ich gäbe einen Finger drum, wenn ich Dich in diesem Augenblick an die Brust drücken dürfte!« Am 10. März: »Mir ist oft, als hörte ich durch die weite Ferne Deine Stimme: Komm, komm!« Am 12. März: »Bin ich in einer Gesellschaft, so sehe ich Dich, geh ich spazieren, so rede ich mit Dir ...« Am 16. März: »Wir sind jetzt wie ein zerbrochener Ring. Die eine Hälfte liegt hier, die andere dort, aber bald werden sie wieder zusammengeschmiedet.« Am 25. März: »Ich glaube mit Dir, daß der liebe Gott Menschen wie uns lieben muß, mich wenigstens Euretwegen.« In Weimar, wo der Hof ihn feierte, fühlte er sich wie ausgesetzt. »Hier ist doch alles nur Zerstreuung und Betäubung, und das wahre Leben ist bei Dir.« Und in einem seiner letzten Briefe an Christine aus dem Jahre 1861 heißt es: »So lebe denn wohl, und erwarte Dein altes, graues, auf seiner Weltfahrt vollkommen verwittertes, ja, bis auf das Herz, das sich wie jener Tropfen Wein im tausendjährigen Faß jung und glühend erhielt, versteinertes Nux.«

Auf Hebbels Briefe antwortete Christine, ihrer Natur entsprechend, anfangs herber. Man spürt auch, daß sie erst die despotischen Ansprüche ihres Mannes mit List und Humor überwinden mußte. Noch im Jahr 1848, als die Tochter Titi ein Jahr alt war, schlug sie des schlechten Wetters wegen vor, das kalte Wien zu verlassen und »wie die Schwalben in ein wärmeres Nest zu kriechen«. Und sie schloß: »Beuge mich jedoch in Demut Deinem Anspruch. Deine ganz untertänigste Magd Christine Pinscher.«

Bald jedoch sind ihre Briefe auf den zärtlichen Ton seiner Briefe gestimmt.

»Geliebtes, teures Nuxel«, beginnt sie, oder: »Mein allerbester Mann.« Einmal, im Jahr 1851, heißt es: »Dein armer P. lebt ohne Dich nur halb – hat keinen Appetit mehr, seit Du fort bist, und wenig Freude.« Im Jahr 1852 klagt sie: »Unausgesetzt hat Dein P. an Dich gedacht und Dich sehr bedauert, daß Du gewiß bei den kalten Nächten gefroren. P. wäre gern nachgelaufen und hätte Dir eine warme Decke gebracht, aber leider waren die Springstiefel, mit denen man mit jedem Schritt eine Meile machen soll, hier nicht zu bekommen.« Im gleichen Jahr malt sie an den Briefrand einen Krakel und setzt zur Erläuterung den Satz hinzu: »Der Abendstern, der Dir jeden Abend ein Küßchen von mir bringt.«

Ihren Geburtstagsbrief im gleichen Jahr beginnt sie: »Zu Deinem Geburtstag kann ich Dir nichts andres wünschen als mich zu Dir! Du weißt ja, mit Worten kann ich wenig, aber mit Küssen und Umarmungen Dir alles sagen, was ich für Dich empfinde. Da ich mich selbst in keinen Brief legen (wie das Titeli meint) und mich Dir nicht schicken kann, so mußt Du schon mit diesem kleinen Teil von mir vorliebnehmen.« Selbst sein lautes nächtliches Schnarchen, das sie oft verwünscht hat, entbehrt sie jetzt. »Beim Einschlafen mangelt mir Nux-Sphärenmusik, so wenig angenehm sie mir ist und so ungern ich die Töne höre, so entbehre ich sie doch oder vielmehr das Instrument, das sie hervorbringt.« Im November 1861 kleidet sie ihre Sehnsucht in ein hübsches Bild: »Unsere Tage vergehen wie gewöhnlich, unr mit dem Unterschied, daß uns ein Lärm machendes kleines Nuxel mangelt. Ich dachte lebhaft an die Mühle, die den König von Preußen so sehr genierte und, als er sie nicht mehr hörte, sie doch vermißte.« Im gleichen Monat antwortet sie auf Hebbels Brief, in dem er von den Zuständen in Holstein und der Armut seines Bruders berichtet: »Ich habe bitterlich geweint, auch meine Jugend stand mir lebhaft vor Augen, und wie danke ich Gott mit jedem Atemzug, daß er uns nicht allein gegeben, was wir brauchen, sondern auch noch etwas mehr, um die Not dieser armen Menschen zu lindern. Ja, ja! Wir wollen immer nur hinab-, nie hinaufsehen, dann fühlen wir erst recht, wie glücklich wir sind! Dazu die besten Gaben von Gott, die er nur Erwählten zuteil werden läßt: einen Geist, wie Du ihn hast, das Hohe zu schaffen, ich ein Herz, es nachempfinden zu können, gegenseitige Liebe, gegenseitige Achtung ... das ist ein Glück, wie es wenigen beschieden ist.«

Sie sprach aus: es war Wirklichkeit geworden, was sie beide sich von der Ehe versprochen hatten, ein Bündnis, das nicht auf Unterwerfung eines Partners, das auf Liebe und gegenseitiger Achtung beruhte. In seinem Gedicht ›An Christine‹ (1846) hatte Hebbel diesen Zustand als einen Traum vorweggenommen. »Wo treu und fest sich Mann und Weib umarmen, da ist ein Kreis, da ist der Kreis geschlossen, in dem die höchsten Menschenfreuden wohnen.«

Die häusliche Idylle hatte Hebbels tragisches Lebensgefühl nicht in heitere Beschaulichkeit verwandelt. Das Leben bot sich ihm weiterhin dar als gnadenloser, zur Vernichtung der Individuen führender Kampf. Und in den späten Tragödien waltet weiterhin das Gesetz eherner Notwendigkeit, dem die Menschen ohne Gnade unterworfen sind. ›Gyges und sein Ring‹ ist wie ›Mariamne‹ eine Geschlechtertragödie. Rhodope stirbt für die Unverletzlichkeit ihrer Person. Nachdem ihr Gatte Kandaules aus Besitzerstolz sie dem Gastfreund Gyges unverschleiert gezeigt hat, kann sie die »ewige Umschattung ihres Seins« nicht mehr ertragen und muß Kandaules durch Gyges töten lassen. Ähnlich motiviert ist die entsetzliche Rache Brunhilds, als sie Hagen zum Mord an Siegfried anstiftet. »Ich ward nicht bloß verschmäht, ich ward verschenkt, ich ward wohl gar verhandelt! Das ist noch mehr als Mord, und dafür will ich Rache! Rache! Rache!«

Einmal nur hat Hebbel aus der Grundstimmung seiner Ehe ein Werk geschaffen, das idyllische Epos ›Mutter und Kind‹. Es entstand gleichsam zur Erholung, während er an ›Siegfrieds Tod‹ arbeitete.

Bald nach der erfolgreichen Aufführung der ›Nibelungen‹ meldete sich seine Krankheit wieder, die fälschlicherweise als Rheumatismus diagnostiziert wurde. Seinen fünfzigsten Geburtstag (1863) mußte er im Bett verbringen. Im September machte er, ohne Erfolg, Kuren in Gmunden und in Baden bei Wien. Im folgenden Monat begann er mühselig, denn er konnte kaum den Bleistift halten, am ›Demetrius‹ zu arbeiten. Am 10. November erhielt er den Preis der preußischen Schillerstiftung. »Das ist Menschenlos. Bald fehlt uns der Wein, bald fehlt uns der Becher.« Das Leiden verschlimmerte sich. Es zeigten sich bedenkliche Symptome: sein Brustkorb sank ein. Als er wußte, daß sein Ende bevorstand, gab er dem Hausmädchen ein Päckchen mit dem Auftrag, es zu verbrennen. Das Päckchen enthielt Gift. Er wollte, wie die Helden seiner Tragödien, mit vollem Bewußtsein sich bis zuletzt behaupten. »Am 13. Dezember um vier Uhr morgens«, so erzählte Christine, »gab er mir die Hand. Er lächelte mit ganzem Gesicht und schickte mich fort.« Unmittelbar darauf drückte ihm sein Arzt die Augen zu. Bei der Sektion des Leichnams ergab sich eine allgemeine Knochenerweichung; nur der Schädel und die unteren Extremitäten waren verschont geblieben.

Letzter Wunsch

Mancherlei Wünsche hatt' ich und mancherlei hab' ich fürs Leben,
Einen einzigen nur spar' ich mir auf für den Tod:
Daß sich in Flammen mein Geist entbinden möge, noch glühend
Von dem letzten Gedicht, daß sich in Flammen mein Leib
Wandeln dürfe in Asche, bevor noch völlig das Antlitz
Sich zur Larve verstellt, das der Geliebten gefiel!

Christine hat ihren Mann um siebenundvierzig Jahre überlebt. Sie starb im Jahr 1910 (29. Juni).
In diesem langen Zeitraum blieb sie mit ihm und seinem Werk verbunden. Wenn sie mit Freunden zusammensaß, war es »er«, so schrieb sie einmal, der im Mittelpunkt des Gespräches stand. Sie träumte von ihm. Zwei Traumbilder hat sie in ihrem Erinnerungsbuch aufgezeichnet.
»1. März 1868. Mir träumte, als ich gegen den Morgen noch einmal einschlief, ich trete mit Tine ans Fenster und sehe die Schottenkirche mit ihrem Kreuz auf der Spitze wunderbar von der Sonne beleuchtet – einen Glanz, wie ich ihn nie gesehen. Wir stehen beide versunken in den Anblick, als ich auf einmal Hebbels Stimme im Nebenzimmer höre. Ein Schauer durchrieselt mich, und ich denke bei mir selbst, er kommt aus seinem Grabe. Ich schaue trotz meines Grauens ins Zimmer und sehe ihn in seiner gewöhnlichen Kleidung stehen – doch mir den Rücken zukehrend – er geht, ohne sich umzuwenden, zum Fenster und sagt: Warum öffnet ihr das Fenster nicht? Ich folge ihm nach, er dreht sich um – ich sehe sein Gesicht, wie es im Leben war. Darauf faß ich seine beiden Hände, um mich zu überzeugen, ob er wirklich lebt – und berühre den kalten Tod. Er winkt mir wehmütig freundlich zu und sagt: ›Aber nur für eine Stunde bin ich hier.‹ Darauf erwache ich mit dem schmerzlich-seligen Gefühl, ihn wiedergesehen zu haben.«
»17. Juni 1875. Diese Nacht träumte mir, mein teurer Mann zierte sein Grab mit Früchten und Blumen und sagte: ›Damit ich freundlich darin ruhe.‹«

Als Hebbel entschlafen war, ließ Christine durch den Bildhauer Anton Ritter von Fernkorn die Totenmaske abnehmen. Fernkorn formte nicht nur das Gesicht, sondern den ganzen Kopf ab und schuf nach diesem Abguß im folgenden Jahr eine Marmorbüste. Christine erwarb sie und gab ihr einen Platz in ihrem Empfangssalon. Sie steht heute in der Österreichischen Galerie des neunzehnten Jahrhunderts.
Für den Freundeskreis ließ Christine die 1858 entstandene Lithographie von Josef Krieshuber photographieren. Ein in Kiel befindliches Exemplar dieser Kopie trägt die handschriftliche Bemerkung: »Mir die liebste Photographie von Hebbel. So sah er aus, als ich ihn zum ersten Mal sah.«
Unter den vielen Kondolenzschreiben, die Christine nach Hebbels Tod erhielt, befand sich auch ein Brief des Verlegers Julius Campe; er fügte seiner Teilnahme das Angebot hinzu, die Gesammelten Werke herauszubringen. »Aber wie steht es mit dem Material? Ist es zum Druck bereit?«
Christine antwortete sogleich. »Hochgeehrter Herr! Meinen Dank für Ihren lieben teilnahmsvollen Brief! Sie waren ein treuer Freund meines seligen Mannes, werden Sie auch der Meine und der meiner Kinder. Sie kannten Hebbel so gut. Sie können ermessen, wie groß mein Schmerz um den Hingeschiedenen ist. Ich habe alles, alles in ihm verloren, und nur der Gedanke an meine Kinder hält mich noch aufrecht. Auf Ihre Anfrage, wie es mit dem Material bestellt ist, kann ich Ihnen nur erwidern, daß alles geordnet daliegt und nur der Zusammenstellung und der Erledigung der noch in Frage stehenden Punkte bedarf. Über beides bitte ich Sie, sich mit unsrem langjährigen Freunde Professor Glaser ins Einvernehmen zu setzen, und ich glaube, daß der Druck in kürzester Zeit beginnen kann. Mit wahrhafter Freundschaft Ihre Christine Hebbel.«
Sie tat das Ihre, um die Herausgabe zu beschleunigen. Die

zwölfbändige erste Gesamtausgabe, besorgt von Emil Kuh und Julius Glaser, erschien in den Jahren 1866 bis 1868. Emil Kuh, langjähriger Sekretär Hebbels, später Professor für Literaturgeschichte an der Wiener Handelsakademie, begann sich mit Hebbels Biographie zu beschäftigen. Zu ihr konnte Christine aus ihrer Sicht manches beisteuern, und sie tat es, indem sie erzählte oder schriftlich niederlegte, was ihr wichtig erschien. Kuh, der unter Hebbels überragender Kraft gelitten hatte und fast an ihr zerbrochen war, sah in ihm vornehmlich den rücksichtslos Ichbezogenen, das »Gehirnraubtier«, was Hebbels Selbstbezichtigung als »Ungeheuer« und »Menschenfresser« entsprach. Sie wies dagegen auf seine ethischen Eigenschaften hin, die er doch auch besaß, auf seine Güte, seinen Zartsinn, seine unbedingte Wahrhaftigkeit. Als sie am 1. September 1873 – also achtundzwanzig Jahre danach – über ihre erste Begegnung mit Hebbel schrieb, da hatte sie nicht vergessen, daß sie dieser Stunde mit Furcht und Zittern entgegengesehen hatte. »Seine hagere Gestalt, die blasse Leidensmiene flößten mir beim ersten Anblick das tiefste Mitleid ein. Meine Furcht war verschwunden ... Wenn ich reich wäre, sagte ich mir, so würde ich ihm eine sorgenlose Zukunft schaffen – dies war mein Gefühl bei seinem ersten Scheiden. Welche geraume Zeit liegt jetzt zwischen dem ersten und dem letzten Scheiden, welche Kämpfe, welche Leiden, aber auch welche Freuden, die nur der zu würdigen weiß, der wie Sie, lieber Freund, Hebbel als Geist, als Charakter kannte.« In Gesprächen erinnerte sie daran, daß Hebbel nur als Bündel von Widersprüchen zu begreifen sei. Hatte er, der Menschenfresser, nicht bekannt: Ich fühle mich mit jedem Nackenden nackt?

Im Gedenken an seine düstere Jugend und an die materiellen Schwierigkeiten, denen er bis zu seiner Ankunft in Wien

ausgesetzt war, gründete sie die Hebbel-Stiftung. Ihr Zweck sollte sein, »in Schleswig-Holstein geborenen Künstlern, deren Leistungen über das Durchschnittsmaß hinausgehen, in erster Linie Dichtern, eine Unterstützung zu gewähren«.
Hebbels Bruder Johann, der im Alter erblindete, wurde von Christine bis zu seinem Tod mit regelmäßigen Geldsendungen bedacht. Zu Weihnachten erhielt er jedesmal eine Extrageldspende, dazu eine Kiste mit Kleidung.
Aber Christine war eine zu starke Persönlichkeit, und sie war auch zu jung für die Rolle einer Witwe, die ausschließlich dem Andenken eines bedeutenden Mannes lebt. Eine Reihe von Jahren gehörte sie noch dem Ensemble der Burg an. Auch sah sie gern Kollegen vom Theater und Freunde Hebbels bei sich zu Gast.
Christine war ja auch Mutter. Ihre Tochter Titi, die mit ihr die schwärmerische Verehrung für Hebbel teilte, lebte noch sechs Jahre in der elterlichen Wohnung. Nach ihrer Heirat mit Alfred Kainzl zog sie in ein nahegelegenes Haus. Die sechs Töchter, die aus der Ehe hervorgingen, durfte Christine mit aus der Taufe heben. Sogar zwei Urenkel erlebte sie noch, die 1898 geborene Christine und den 1907 geborenen Kurt Christian.
Ihr Sohn Karl ging als Exportkaufmann nach Valparaiso und machte mit dem Export von Salpeter ein Vermögen. Mit ihm, seiner deutsch-chilenischen Frau und den Kindern, drei Töchtern und einem Sohn, stand Christine in lebhaftem Briefwechsel. 1895 besuchte Karl auf einer Europareise auch Wien. Leider dauerte die Freude des Wiedersehens nur wenige Tage. Auf der Wiener Hauptpost erlitt er einen Herzschlag. Christine ließ ihn auf dem Matzleinsdorfer Friedhof in der Nähe von Hebbels Grab bestatten. Mit Karls Familie blieb sie in dauernder Verbindung. Zwei seiner Töchter fügten nach ihrer Verheiratung ihren

Familiennamen den Namen Hebbel an: Schmidt-Hebbel und Prollius-Hebbel. Während sein Sohn Carlos unverheiratet blieb, zeigte die Tochter Olga Schmidt-Hebbel der Großmutter die Geburt von drei Urenkeln an, Elisabeth (1895), Edgar (1899), Carola (1902); die Tochter Alida Prollius-Hebbel schenkte ihr ebenfalls drei Urenkel, Hermes Carl (1898), Hertha Elisabeth Stella (1899), Werner (1902).

Über ihren vielfachen Verpflichtungen und Neigungen vergaß Christine ihre ›Schwester‹ Elise nicht. Als der Friedhof St. Georg aufgehoben wurde, ließ sie Elises sterbliche Überreste auf den Ohlsdorfer Friedhof überführen; sie erwarb auch die neue Grabstätte. Später stiftete die Hamburger Literarische Gesellschaft einen Stein. Er konnte mit keiner Plakette geschmückt werden, da es kein Porträt von Elise gab und auch niemand sich mehr ihrer äußeren Erscheinung erinnerte. Aber eingemeißelt wurde ein Epigramm Hebbels, das ein Licht auf ihr Schicksal wirft. »Blumenkränze entführt dem Menschen der leiseste Westwind, Dornenkronen jedoch nicht der gewaltigste Sturm.«

Christine starb mit fünfundneunzig Jahren. Das steinerne aufgeschlagene Buch an der Gruft in Matzleinsdorf trägt seitdem zwei Namen: Christine Hebbel, geborene Engehausen, und Friedrich Hebbel.

LITERATUR

Außer allgemeiner zeitgeschichtlicher Literatur wurden benutzt:

FRICKE, KELLER, PÖRNBACHER: Friedrich Hebbel, Werke, Bd. 1–5
Hanser Verlag, München 1963–1967

KARDEL, RUDOLF: Elise Lensing, Briefe an Friedrich und Christine Hebbel
B. Behrs Verlag/Friedrich Feddersen, Berlin und Leipzig 1928

HEBBEL, CHRISTINE: Gedenkbuch, handschriftlich, in den Jahren 1867–1876 niedergelegt
Hebbel-Museum, Wesselburen

BORNSTEIN, PAUL: Friedrich Hebbels Persönlichkeit, Gespräche, Urteile, Erinnerungen
Propyläen-Verlag, Berlin, o.J.

MATTHIESEN, HAYO: Friedrich Hebbel in Selbstzeugnissen und Bilddokumenten
rowohlts monographien, herausgegeben von Kurt Kusenberg 1970

KUH, EMIL: Biographie Friedrich Hebbels, 2 Bd., herausgegeben von Dr. Rudolph Waldeck
Verlag: Wilhelm Braumüller 1877

WERNER, RICHARD MARIA: Friedrich Hebbel, Ein Lebensbild
Verlag: Ernst Hoffmann und Co., Berlin 1905

KRUMM, HERMANN Friedrich Hebbels Leben und Werke In: Friedrich Hebbels sämtliche Werke in 12 Bänden, Bd. 1 Max Hesse Verlag, Leipzig, o. J.

MEETZ, ANNI: Friedrich Hebbel I. B. Metzlersche Verlagsbuchhandlung, Stuttgart 1962

MEETZ, ANNI: Friedrich und Christine Hebbel In: Hebbel-Jahrbuch 1960, herausgegeben von Ludwig Koopmann

WIESE, BENNO: Die Deutsche Tragödie von Lessing bis Hebbel Hoffmann und Campe Verlag, Hamburg 1952

BÜHRMANN, MAX: Briefwechsel Christine Hebbel – Klaus Groth In: Mitteilungen Gesellschaft für Literatur und Theater, 10. Jahrgang Nr. 2, S. 2–16, Kiel 1932